蜀汉与东吴之间	112
乱世中的州牧	116
戏法人人会变	125

虚实之辨

精彩的地方都是虚构	143
框架的真实（上）	158
框架的真实（下）	171
赤壁之战是一笔糊涂账	178
借荆州实乃借南郡	196

战争描写

中国人怎么描写战争	207
战争描写之经典	217
蜀汉一路下滑的转折点	223
空城计	228
投降种种	233
跳槽的理论	243

人物塑造

最难理解是曹操	251
生死攸关的人才问题	266
最急需的人才	272

古典新知

三国演义的前世今生

张国风 著

人民文学出版社

图书在版编目(CIP)数据

三国演义的前世今生 / 张国风著. —北京: 人民文学出版社, 2023
(古典新知)
ISBN 978-7-02-018198-8

Ⅰ.①三… Ⅱ.①张… Ⅲ.①《三国演义》研究 Ⅳ.①I207.413

中国国家版本馆 CIP 数据核字(2023)第 153108 号

责任编辑　胡文骏
装帧设计　刘　远
责任印制　张　娜

出版发行　人民文学出版社
社　　址　北京市朝内大街 166 号
邮政编码　100705

印　　刷　三河市鑫金马印装有限公司
经　　销　全国新华书店等
字　　数　211 千字
开　　本　880 毫米×1230 毫米　1/32
印　　张　11.25　插页 15
版　　次　2023 年 9 月北京第 1 版
印　　次　2023 年 9 月第 1 次印刷

书　　号　978-7-02-018198-8
定　　价　56.00 元

如有印装质量问题,请与本社图书销售中心调换。电话:010-65233595

目　录

成书始末

写乱世的首先打响　　　　　　　　3

《三国演义》之本　　　　　　　　11

裴注的贡献　　　　　　　　　　　17

化历史为英雄传奇　　　　　　　　22

让英雄回归历史　　　　　　　　　30

毛本的贡献　　　　　　　　　　　36

亦雅亦俗　　　　　　　　　　　　45

拥刘反曹

毛宗岗的正统论　　　　　　　　　59

欲显刘备之长厚而似伪　　　　　　68

诸葛亮为刘备所累　　　　　　　　88

"拥刘"源自"拥诸葛"　　　　　　96

大打折扣的"拥刘反曹"　　　　　102

千呼万唤始出来　　　　　　　　　　　278
诸葛亮的名士风度　　　　　　　　　288
"以貌取人"及魏延的悲剧　　　　　293

题外杂谈

恩怨观念之主宰人心　　　　　　　　305
《三国》的妇女观　　　　　　　　　317
儿女情长与英雄气短　　　　　　　　331
曹操与方士　　　　　　　　　　　　337
什么藤结什么瓜　　　　　　　　　　346

成书始末

写乱世的首先打响

《三国演义》作为中国小说史上的第一部长篇小说,又是一部长篇历史小说,这当然不是一种巧合。历史的兴亡成败,史学与生俱来的宏大背景和广阔视野,史书的时空纵深和丰富内容,可以最方便地提供长篇小说所需要的巨大内容与叙事线索。与此同时,借鉴史书的体裁,特别是参考纪传体、编年体和纪事本末体,参考史家叙事的互见法,小说家也可以不太困难地构筑起长篇小说的巨大框架。在中国古代的各种文体中,史学和诗歌正是最强势的文体。诗歌长于抒情而史学善于叙事,小说向史家借鉴叙事的技巧是顺理成章的事情。在小说成熟以前,没有别的文体比史学更善于叙事。唯其如此,古人赞誉小说的叙事之妙,便说是才比班、马,文追左丘。毛宗岗称誉《三国演义》,便说作者是司马迁再世:"予尝读《史记》,至项羽垓下一战,写项羽,写虞姬,写楚歌,写九里山,写八千子弟,写韩信调军,写众将十面埋伏,写乌江自刎,以为文章纪事之妙,莫有奇于此者,及见《三国》当阳、长坂之文,不觉叹龙门之复生也。""其过枝接叶处,全不见其断续之痕,而两边夹叙,一笔不漏。如此叙事,真可直追迁史。""每见左丘明叙一国,必旁及他国而事乃详。又见司马迁叙一事,必旁及他事而文乃曲。今观《三国演义》,不减左丘、司马之长。"像《金瓶梅》那种以日常生活为题材的长篇世情小说,不可能跑到历史小说的前面去。令人惊奇的是,历史真实性非常稀薄的《水浒传》,几乎与《三国演义》同时诞生了。当然,有关《水浒传》的成书时间,学术界还有争论。有人认为,《水浒传》的成书当在永乐以后,正德、嘉靖以前,那就得另说。这里采用的还是成书于元末明初的含糊的说法。中国的史学和小说有一种不解之缘,就像中国的诗歌永远从大自然汲取灵感一样。

当然,从结构上看,小说与史学毕竟有所不同,尤其是长篇小说。正史的体裁大多为纪传体,以一个人物的生平为叙事的线索,长篇小说的结构显然不能照搬纪传体的结构。譬如说赤壁之战,就必须参考刘备、曹操、孙权、周瑜、诸葛亮、鲁肃等数家的传,才能叙述出来。毛宗岗注意到这一点,所以他在《读〈三国志〉法》中说:"《三国》叙事之佳,直与《史记》仿佛,而其叙事之难则有倍于《史记》者。《史记》各国分书,各人分载,于是有本纪、世家、列传之别。今《三国》则不然,殆合本纪、世家、列传而总成一篇。分则文短而易工，合则文长而难好也。"不难想象，编年体或是纪事本末体的结构也无法套用于长篇小说的结构。从关注点来看，史学关注的是军国大事，小说关注的是故事和人物。两者有交叉，但毕竟不同。

中国古代的小说，恰恰选择了一个乱世作为题材，来进行它的鸿篇巨制的最初尝试，这是不是一种巧合呢？当然不是。我们看现在保存下来的宋元讲史话本，譬如《新编五代史平话》《武王伐纣书》《乐毅图齐七国春秋后集》《秦并六国平话》《三国志平话》《三分事略》《吴越春秋平话》，写的都是乱世，这个书单差不多就是现在能够看到的宋元讲史话本的全部。至于宋元时期的戏曲，元杂剧的优秀作品，亦大多以乱世作背景。如《窦娥冤》《鲁斋郎》《单刀会》《赵氏孤儿》《陈州粜米》。南戏中的《琵琶记》《拜月亭》，也是写乱世。《西厢记》里，也要穿插兵变。孙飞虎的兵变提供了崔、张爱情取得突破的契机。从现存的《永乐大典》的目录来看，大量的宋元话本已经失传，可是，按常理推测，能够保存下来的，大多是其中的精华。由此可见，长篇小说和戏曲都是写乱世的首先打响。

中国历史上的乱世很多，恰恰是写三国的历史演义最为出色，这当然不是偶然的。如鲁迅所说："因为三国底事情，不像五代那样纷乱；又不像楚汉那样简单，恰是不简不繁，适于作小说。而且三国时底英雄，智术武勇，非常动人,所以人都喜欢取来做小说底材料。再有裴松之注《三国志》,甚为详细,也足以引起人之注意三国的事情。"(《中国小说的历史的变迁》)

　　当着中国文学的重心从正统文学向通俗文学战略转移的时候,当着小说和戏曲由附庸而为大国,取诗文而代之的时候,写乱世的题材首先取得成功,这是毫不奇怪的。通俗小说和戏曲不同于文言小说,它在起步阶段不是文人所作,为文人所传播、所欣赏的案头之作,而是瓦舍勾栏的艺人谋生的手段。通俗小说和戏曲面对的是广大文化程度有限的民众,这就决定了它们必须主要依靠情节的曲折离奇来吸引听众和观众,戏曲则除了情节的曲折离奇以外,还需要调动"唱、念、做、打"的各种手段。因为是乱世,所以常常可以打破常规,可以容纳更多的巧合,敷演出更多的悲欢离合,产生更多浪漫的情节,寄托更多的人生感慨。从另一个方面来看,乱世是一个最需要英雄,也产生了英雄的时代。毛宗岗说得好:"古史甚多,而人独贪看《三国志》者,以古今才人之聚,未有盛于三国者也。观才与不才敌,不奇;观才与才敌,则奇。观才与才敌,而一才又遇众才之匹,不奇;观才与才敌,而众才尤让一才之胜,则更奇。"毛宗岗所谓"一才之胜",指的是诸葛亮。乱世是斗智斗勇的时代,是"天下争于气力"的时代。三国故事的魅力就是一个"斗"字。如果你对这个"斗"字不感兴趣,那就读不下去。

毛宗岗在《三国演义》的开头加了杨慎的一首词作为卷头词，词中写道："是非成败转头空，青山依旧在，几度夕阳红。"好像当年的"是非成败"都没有什么意义，只有大自然是永恒的。宋人范仲淹写了一首《剔银灯》，意思更加消极：

> 昨夜因看蜀志，笑曹操、孙权、刘备。用尽机关，徒劳心力，只得三分天地。屈指细寻思，争如共、刘伶一醉。　人世都无百岁，少痴騃，老成尪悴。只有中间，些子少年，忍把浮名牵系。一品与千金，问白发、如何回避。

这似乎不像我们所熟悉的那个"居庙堂之高，则忧其民；处江湖之远，则忧其君""先天下之忧而忧，后天下之乐而乐"的范仲淹，但这首词确为范仲淹所作，见于《中吴纪闻》，收入《全宋词》。由此可见，人都是复杂的，范仲淹的思想性格也是多侧面的，人的情绪也总有起伏波动。一时的消沉，不影响范公的伟大。体味这首词的意思，我们不妨设想一下，如果"是非成败"真的没有什么意义，如果三国纷争，"争如共、刘伶一醉"，那么，作者还写这本书干什么呢？毛宗岗给《三国演义》加上了这个帽子以后，读者对蜀汉灭亡、曹魏一统中国北方,司马氏进一步统一全国的悲剧结局或许可以心平气和一些。反正"是非成败转头空",反正"分久必合,合久必分",人何苦要去与命争呢。可是,全书把人的智慧、人的力量和人的主观努力、斗智斗勇,写到那样淋漓尽致的地步,恐怕不是一首短短的卷头词就可以抹掉的。读者的激动心情,也不是两句哲理就可以抹平的。三国时期在中国的历史长河中固然只占很小的一段,可以说是"转头空",但读者读完《三国演义》以后,却是不能立刻就平静下来。

"斗",就是斗勇气,斗力量,斗智慧。《三国演义》中凡是给人留下深刻印象的人物,也无一不与其军事政治智慧,或是超群绝伦的武艺有关。即便是反面人物,如曹操、吕布,也是如此。吕布不是雄狮,可也不是虫豸。刘、关、张三位英雄,与吕布"转灯儿般厮杀",也没能占得多少便宜。辕门射戟,更是让人领教了吕布的绝技。吕布一生的污点,就是杀丁原而投董卓。所谓"见利忘义",主要是指这件事。毛宗岗就此讽刺道:"杀一义父,拜一义父,为其父者,不亦危乎?"曹操固然是"奸雄","奸雄"毕竟还是"雄"。《三国演义》里,只看到一首首力量的赞歌、武艺的赞歌!你看那猛张飞,"声若巨雷,势如奔马",百万军中取上将首级,如探囊取物。一声吆喝,曹操几十万大军,吓得屁滚尿流。你看那关云长,一把青龙偃月刀,竟有八十二斤重——虽然汉代的度量衡与现在不同，但也得有四十多斤。华雄、颜良、文丑，都成了他的刀下之鬼。你看那赵云，身陷重围，竟无半点怯意。枪挑剑砍，砍倒大旗两面，杀死曹营名将五十余人。再看那典韦，"双手提着两个军人迎敌，击死者八九人"。当然，比较而言，《三国演义》更加侧重写智慧，勇气和力量的描写还在其次。智勇双全胜过匹夫之勇，运筹帷幄比战场上的拼搏更为重要。《三国演义》中最有魅力的人物诸葛亮就是政治智慧和军事智慧的化身。全书简直就是一首智慧的赞歌！你看那曹操，老谋深算；你看那周瑜，足智多谋；你看那司马懿，深谋远虑；再看那诸葛孔明，更是料事如神，玩对手于股掌之间。《三国演义》中最吸引人的地方，一般来说，也就是斗得最精彩的地方。

人们都盼望太平盛世，不喜欢乱世，所谓"乱离人不如太平犬"；可是，人们又都爱看写乱世的历史小说。这是多么有趣的现象啊！这正如现在很多人爱看体育节目，却并不参加体育锻炼一样。又好比热爱和平的人民，未必不喜欢战争片；温文尔雅的人们，却酷爱好勇斗狠的武侠小说；循规蹈矩的大众偏偏爱看推理片、警匪片。这里好像也有一种所谓"互补"的现象。人性中的各个互相矛盾的侧面都希望得到满足。有些在实践中得以满足，有些在幻想中、在审美中、在玩味他人的实践中得到满足。其实，人们之所以喜欢描写乱世的、刻画钩心斗角的《三国演义》，倒也并不是要学习权术、学习钩心斗角,很大程度上是出于对真实的热爱。这种真实在冠冕堂皇的经史中,远没有小说写得那么不加掩饰。

《三国演义》之本

《三国演义》之本，无疑是《三国志》。《三国演义》只是一个简称，一个约定俗成的书名。它的全名、原名是《三国志通俗演义》，明确承认《三国演义》对《三国志》的依附关系。"通俗"二字，是自谦，也是实情；是实情，又是策略。以史娱人的历史小说，只有降低身段，作出仰慕正史的姿态，才能获得上流社会的宽容，削弱、消解他们的鄙视和排斥，赢得生存的空间。《三国志》诞生以前，三国的故事已经在民间广泛地流传，但是，处于分散的、口耳相传、自生自灭的状态。直至陈寿的《三国志》诞生，三国兴亡的全貌，有了权威的完整的叙述文本，三国故事才有了依附的对象。《三国志》分别从曹魏、蜀汉、东吴三个角度，为三国的兴衰描绘出基本的线索，对三国时期众多历史人物的生平轨迹、思想性格作了基本的勾勒和界定。

说到《三国志》与《三国演义》的关系，值得注意的，至少有以下八点：

一、作为正史,《三国志》关心的是军国大事,目的是总结兴亡成败的历史经验。这一点被《三国演义》继承。《三国演义》关注的,同样是军事和政治,特别注重战争的描写。其他的一概不管。军事政治以外的人物,统统被边缘化,可有可无。

二、封建社会的史学家信奉英雄史观。他们认为,历史是英雄创造的,关注的是帝王将相。这一点亦被《三国演义》所继承。英雄史观对群体的忽视,渗进了历史小说对战争的描写。逼上梁山的黄巾,在《三国演义》中,更是被描写成一群愚昧无知、唯知劫掠的乌合之众。小说的聚光灯,打在三国的领袖身上,打在各国运筹帷幄的谋臣和搏杀疆场的武将身上。

三、史家推崇实录。虽然史学必定为尊者讳,又必定为胜利者所涂抹,但这种避讳和涂抹,也是有时限的。历史的真相终究是掩盖不住的,档案总有解密的一天。陈寿死于晋元康七年(297),他在撰写三国的历史时有很多顾忌,特别是涉及曹丕代汉、魏晋易代的敏感问题,无法彻底地做到实录。但历史的基本轨迹是不能伪造的,平心而论,他写到那样,已经很不容易。史官不直接参加行政管理,地位相对超脱,史学那种爱而知其恶、憎而知其善的"史德",也被《三国志》作为传统,惯性地继承下来。《三国演义》尊重基本的历史事实,摒弃那些明显违背史实,过于荒唐的情节。

时至元明，对于曹丕代汉、魏晋易代的问题，已经没有什么顾忌，没有必要替曹丕、司马懿父子遮掩。与此同时，根据拥刘反曹的需要，根据艺术的需要，作了大量的虚构，是所谓"七实三虚"。可以毫不夸张地说，《三国演义》里的精彩之处，完全出于虚构。事实证明：过犹不及，《三国演义》在历史与虚构的平衡问题上，处理得非常成功。

四、就《三国志》而言，《魏书》三十卷，《蜀书》十五卷，《吴书》二十卷，其中《蜀书》的记载最为简略。因为蜀汉无史，陈寿必须自己收集资料。有关蜀汉的事迹，往往要到《魏书》《吴书》里去找。诸葛亮全神贯注于军国大事，没有设置史官，没有安排人去记录蜀汉的历史，身为宰相，是有责任的。如果说诸葛亮的治国有什么不足之处，这就是一点。譬如赤壁之战中，刘备方面在军事上如何配合东吴击败曹操，《蜀书》的记载极为简略，语焉不详。《先主传》里只是说："权遣周瑜、程普等水军数万，与先主并力，与曹公战于赤壁，大破之，焚其舟船。先主与吴军水陆并进，时又疾疫，北军多死，曹公引归。"《诸葛亮传》中大段文字介绍诸葛亮出使东吴，劝说孙权下定决心，与曹操决战。军事方面没有具体介绍，只是说："权大悦，即遣周瑜、程普、鲁肃等水军三万，随亮诣先主，并力拒曹公。曹公败于赤壁，引军归邺。"关羽大意失荆州，如此重大事变，《诸葛亮传》里居然一字不提。在《先主传》里也只有7个字的记载："俄而孙权袭杀羽。"刘禅在位40年，而《后主传》居然只有3000字其中有13年的记载，每年不到20字。——亡国那一年的记载几乎占了三分之一的文字。其中刘禅的降表大约250字，魏元帝安慰他的诏书大约350字——似乎刘禅一生干的最大的一件事就是投降。《后主传》中基本上没有记录刘禅的事迹，只记诸葛亮和蒋琬、费祎、姜维等人的活动。《三国演义》要突出刘备一方，歌颂刘备一方，《蜀书》却那么简略，这是一个矛盾。小说用大胆的艺术虚构来解决这个矛盾。首先，蜀汉的国力，在小说里被大大地夸张了。其次，《三国演义》里大部分精彩的虚构集中于刘备一方，尤其是集中于诸葛亮和关羽。刘、关、张桃园三结义，虎牢关三英战吕布，陶谦的三让徐州，刘备三顾茅庐的种种花絮，诸葛亮火烧新野，刘皇叔跃马过檀溪，刘备去东吴成亲，三个锦囊妙计，诸葛亮三气周瑜，关羽的降汉不降曹、秉烛达旦、斩文丑，庞统的连环计，草船借箭，诸葛亮借东风，华容道放曹操，关羽过五关斩六将、斩蔡阳、单刀赴会、战黄忠，华佗为关羽刮骨疗毒，关羽显灵与吕蒙之死，诸葛亮七擒孟获、空城计、巧布八阵图，死诸葛吓退活仲达，等等。《蜀书》的简略为《三国演义》的虚构留下了广阔的空间。材料少，一方面是困难，一方面是机遇，事情就是这样的矛盾。《三国演义》里，赤壁之战的描写用了整整八回的巨大篇幅，波澜迭起，精彩纷呈。巧妇做出了无米之炊。

五、《三国志》分国书写，每国的历史，仍然采用纪传体的体例，这种体例显然不能催生出长篇历史小说的框架。借鉴北宋司马光编年体的《资治通鉴》，参考其融《三国志》和裴注于一体的三国部分，可以更方便地构筑起长篇历史小说的巨大框架。

六、《三国志》对三国的态度，基本上是不偏不倚，没有明显的褒贬。陈寿对曹操的评价是："汉末，天下大乱，雄豪并起，而袁绍虎视四州，强盛莫敌。太祖运筹演谋，鞭挞宇内，揽申、商之法术，该韩、白之奇策，官方授材，各因其器，矫情任算，不念旧恶，终能总御皇机，克成洪业者，惟其明略最优也。抑可谓非常之人，超世之杰矣"。对刘备的评价："先主之弘毅宽厚，知人待士，盖有高祖之风、英雄之器焉。及其举国托孤于诸葛亮，而心神无贰，诚君臣之至公、古今之盛轨也。机权干略，不逮魏武，是以基宇亦狭。然折而不挠，终不为下者，抑揆彼之量必不容己，非唯竞利，且以避害云尔。"非常客观，一碗水端平。《三国志》对曹魏集团以正面的描写为主，而民间传说和野史笔记中对曹魏则以负面的描写为主。民间传说和野史的这种状况，在南北朝时期已经初见端倪。《世说新语》里提及曹操的条目，都是负面的描写。离三国的时代越远，这种趋势就越明显。在唐宋的诗文中，曹操还是正面的评价为主，而民间的舆论中，野史的描写中，曹操已经是一个酷虐诡谲的形象。

七、《三国演义》里的很多人物，其思想性格，与《三国志》对他们的刻画完全一致。譬如董卓、袁绍、袁术、吕布、荀彧、贾诩。恰恰是那些更加重要的人物，譬如曹操、诸葛亮、周瑜、司马懿，性格与《三国志》的描写有了一定程度的偏离，他们的事迹被极大地细化和扩张。

八、在《三国志》里，曹丕代汉，司马炎代魏，这种禅让的闹剧获得了正面的描写，似乎是一种正常的过渡。可是，宋元以后，特别是明清时期，中央集权制越来越加强，魏晋南北朝那种权臣以禅让形式篡位的模式，已经不能为后世的君王和史学家所接受，曹操、司马懿的形象也越来越黑，被钉在了乱臣贼子的耻辱柱上。《三国演义》对曹操、对司马氏集团的负面描写，继承民间对曹魏的反感，顺应这一重大的变化，而与《三国志》大相径庭。

裴注的贡献

在中国的古籍中,有四大名注:《三国志》的裴松之注、《世说新语》的刘孝标注、《水经》的郦道元注、《文选》的李善注。四大名注之所以被人称道,归根到底,是因为它们的文献价值。裴注对于后来的《三国演义》有特别的意义,它是《三国演义》取材的一座宝库。这当然是裴氏始料不及的。他一心要为《三国志》拾遗补阙,却无意中成为一千年后的一部小说巨著的功臣。裴松之憾《三国志》之简略,为其作注,其文字数接近《三国志》。裴注引及魏晋人的200多种著作,据统计,这些著作在《隋书·经籍志》中被记载的已经不到四分之三;唐宋以后,其中的十分之九已经看不到了。后人对裴注褒贬不一,如王通、刘知几,指责裴注烦琐,批评裴氏该注的不注,不该注的却注了。叶适甚至讽刺说,裴松之所用的材料,都是陈寿抛弃不用的。王通、刘知几的批评并非无的放矢,叶适的意见不免偏激。即就史料的保存来说,裴注的贡献就不可抹杀。刘知几的评价,一方面是出于史家的严谨，一方面也是因为他距离三国的时间还不够遥远，如果他能够预知裴注所引之书后来大多散失，就不会那么说了。历史一再地告诉我们：创造文化不易，保存文化同样不易。历朝战争对文献文物的破坏，像敦煌卷子的大量流失，《永乐大典》的所剩无几，圆明园文物的流落海外，都是例子。横祸袭来，玉石俱焚。许多小说古本散落在日本和欧洲，又是一个证明。《永乐大典》如果完整地保存下来，中国小说史、中国戏曲史就得重写。裴松之是一位史学家，他为《三国志》作注，目的是补《三国志》之缺漏。他认为，碑铭和家传不可轻信，敌国的传闻未必可信，同一事件的不同记载，无法核实的，姑且并列存疑。例如《三国志》说，官渡之战时曹操"兵不满万，伤者十二三"，裴氏直接提出怀疑和反驳。应该说，他的态度非常认真严肃。他的《三国志注》，开启了史料辨伪的风气。

　　裴注对《三国演义》的贡献弥足珍贵。由于裴松之嗜奇爱博的个性，裴注所引的大多是野史。野史处于历史和小说的中间地带。一方面，野史也还是史。一般来说，野史的作者具有很好的文史修养，不是三家村秀才。他们在主观上具有弥补正史的动机，如果一味地信马由缰，胡侃海聊，笔下生花，一味地要显示其锦心绣口的文学才华，那就连作野史的资格都不够。文人爱惜羽毛，戏说历史是会挨骂的。另一方面，野史没有官方的认可和支持，没有官方的审查，少了一种束缚，少了一点顾忌，不用那么小心翼翼地左顾右盼。它不像正史那样一本正经。野史往往根据传说而来，同样的一件事，在不同的野史中，常常会有不同的记载。譬如曹操仓皇出逃，路过故人吕伯奢家杀人的事情，在孙盛的《杂记》、郭颁的《魏晋世语》、王沈的《魏书》里就有三种不同的记载。野史的记载，或与史实相违背，如三顾茅庐的故事，鱼豢的《魏略》、司马彪的《九州春秋》说是诸葛亮毛遂自荐，求刘备录用。可诸葛亮的《出师表》中说得非常清楚："先帝不以臣卑鄙，猥自枉屈，三顾臣于草庐之中，咨臣以当世之事。"鱼豢是魏人，司马彪是晋人，他们离那个烽火连天的时代并不遥远，但其纪事却与史实有如此大的出入，则野史是否符合史实，确实需要我们慎重对待。野史的作者，常常带着个人的爱憎褒贬，笔端蘸着感情，字里行间夹着风霜。野史在叙事的时候，注重细节。描写一具体，情节一细致，就不免加入想象的虚构的成分。譬如马超与曹操在潼关的遭遇战，《武帝纪》里有如下的记载："公自潼关北渡，未济，超赴船急战。校尉丁斐因放牛马以饵贼，贼乱取牛马，公乃得渡。"而在《曹瞒传》里则有细致的描写："操征马超，隔渭水，操将过河，前队适渡，超等奄至，操犹坐胡床不起，张郃等见事急，共引操入船，河水急，比渡，流四五里，超等骑追射之，矢下如雨，诸将见军败，不知操所在，皆惶惧，至见，乃悲喜，或流涕，操大笑曰：'今日几为小贼所困乎!'"后者显然更有小说的意味,曹操的狼狈和自嘲,生动如画。再如许攸投奔曹操一事,《武帝纪》中有如下的记载:"绍谋臣许攸贪财,绍不能足,来奔,因说公击琼等。"而《曹瞒传》则有详尽的生动的描写:"既入坐,谓公(曹操)曰:'袁氏军盛,何以待之?今有几粮乎?'公曰:'尚可支一岁。'攸曰:'无是,更言之!'又曰:'可支半岁。'攸曰:'足下不欲破袁氏邪,何言之不实也!'公曰:'向言戏之耳,其实可一月,为之奈何?'攸曰:'公孤军独守,外无救援而粮谷已尽,此危急之日也,今袁氏辎重有万余乘,在故市、乌巢,屯军无严备,今以轻兵袭之,不意而至,燔其积聚,不过三日,袁氏自败也。'公大喜。"由此可知,细节的描写对于小说来说,是多么重要。搜奇觅异,追求趣味,讲究文采,放飞想象。一边受到实录传统的束缚,一边又抵御不住文学的诱惑,控制不住好奇的本能。野史的这种双重性格,使它理所当然地成为历史小说取材的对象。当然,野史和野史,其情况也有种种的不同,它们的小说意味,或浓或稀,也有程度的不同。

读过《三国演义》的人,都会感受到曹操思想性格的矛盾复杂,恰恰是裴注里有关曹操的材料最多,思想倾向又最为复杂。这当然不是一个巧合。各种倾向不同的材料涌入裴注,后来纷纷地卷入《三国演义》成书的洪流。这是曹操形象复杂的一个重要原因。裴注所引孙盛的《异同杂语》,提及许邵对曹操的评价"治世之能臣，乱世之奸雄"，这十个字的评语，更是成为《三国演义》刻画曹操的总纲。裴注所引诸书对曹操的描写，虽然大多突出了曹操的雄才大略，但负面的描写也不少。曹操年轻时的放荡不羁，对声色犬马的追逐，假作中风，给叔父下套、破坏叔父的信誉，"宁我负人，毋人负我"的自白，与许攸见面时的忽悠，袭击乌巢时杀害俘虏的凶残，赤壁之战华容道仓皇出逃的窘迫，遭遇马超追杀的狼狈，捕杀伏后时的冷血，侍寝女子的被杀，对杨修的嫉恨，杀害边让、袁忠、桓邵所暴露的酷虐，军粮不足，诬仓官贪污，遂以仓官之头压众人之怒，这些劣迹，都被野史记录下来。裴注所提供的材料，虽然虚实难辨，但无疑为《三国演义》刻画一个立体的鲜活的曹操，特别是刻画其奸诈多疑的性格侧面，提供了珍贵的资料。可见"抹黑"曹操的颜料大部分来自野史。

我们可以说，裴注是从《三国志》到《三国演义》的一块出色的跳板。裴注的严肃，使《三国演义》不至于成为一种戏说；裴注的好奇，又为《三国演义》提供了丰富的素材和想象的空间。与此同时，我们也会注意到，裴注中有关蜀汉的材料，依然比较短缺。蜀汉的那些领袖人物，在裴注里的形象，也远不如《三国演义》里那么高大和丰满。这种不足，对于一部以蜀汉为主要表现对象、歌颂对象的长篇历史小说来说，是一个缺陷。很显然，从史传到《三国演义》，还有很长的路要走。

化历史为英雄传奇

《三国演义》虽然成书于明末清初，但是成书的关键时期在宋元。宋元的说话艺术和戏曲艺术为《三国演义》提供了新的思路、新的目光。说话艺术和戏曲艺术带来了民间的野性和粗糙，无拘无束的想象力，为未来的《三国演义》提供了正史和野史以外的另一条取材的渠道。正是来自民间的创造力，冲击了三国故事的文人解读方式。至此，从《三国志》向《三国演义》发展的漫长过程中出现了真正的拐点。元代留下了讲说三国故事的长篇话本《三国志平话》（下文简称《平话》）和内容大致相同的《三分事略》。我们读一读《平话》就会明白，民间的创造对于未来的《三国演义》意味着什么。

首先，平话把魏、蜀、吴的争霸称雄，变成了曹魏和蜀汉之间的善与恶的对立，兴复汉室和篡权窃国的对立。东吴则成为其间的陪衬。刘备被定位为兴复汉室、攘除奸凶的英雄，而曹操则被定格为挟持献帝、篡夺帝位的奸雄。人们把这种爱憎褒贬概括为"拥刘反曹"四个大字。历史上魏、蜀、吴之间的拼搏，并非善与恶的较量，不是应该由谁来统一中国的问题，而是谁有力量来统一中国的问题。可是，平话以十分夸张的手笔，突出地描写了刘备的仁义坚忍、张飞的勇猛无畏、关羽的神勇义气、诸葛亮的神机妙算、赵云的浑身是胆。值得注意的是，在平话里，张飞的风头压倒关羽。可以想象，张飞这种嫉恶如仇、勇猛无畏、快人快语的性格，是多么受到民众的喜爱。出于同样的原因，《水浒传》里有一个李逵，《隋唐演义》里有一个程咬金，《说岳全传》里有一个牛皋。

　　拥刘反曹的立场，给三国故事带来了浓郁的悲剧色彩。历史的结局，是以"兴复汉室"为旗帜的蜀汉先于曹魏和东吴灭亡。曹操统一了中国的北方。曹操一死，曹丕迫不及待地代汉而立。同为奸雄的司马懿父子如法炮制，取曹魏而代之，统一了全国。这就造成了一个悖论。为了消解这个令人沮丧的结局给观众、读者带来的抑郁愤懑，平话求助于因果报应的模式。宋人或金人的《新编五代史平话》中，已经有这样的故事：刘邦诛杀功臣韩信、彭越、陈豨，后来三人托生曹操、孙权、刘备，分了汉朝的天下。在《平话》中，演变为司马仲相断狱，让韩信、彭越、英布转世，托生曹操、孙权、刘备，让汉高祖、吕后托生为汉献帝、伏后，用穿越的方式，一报当年之仇。《平话》的结尾又把刘渊的崛起,汉王灭晋,视为汉室的复兴。这一头一尾的大胆而荒唐的设计,都被后来的《三国演义》所抛弃。我们读《三国志》,没有觉得有悲剧的意味;可是,拥刘反曹的立场,却把三国故事带向必然的悲剧。这一点,被《三国演义》所继承,且大大地加强。是所谓"历史的必然要求和这个要求的实际上不可能实现之间的悲剧性冲突"。关羽大意失荆州以后,悲凉的气氛笼罩一切,无力回天的趋势不可逆转,至诸葛亮星落秋风五丈原,读者的抑郁达到顶点。

拥刘反曹的立场,带来了三国故事总体结构的改变:蜀汉与曹魏的斗争成为主线,两国与东吴的时战时和成为副线。蜀汉与曹魏之间,以蜀汉的描写为主。这种结构又反过来加强了拥刘反曹的倾向。观众和读者在这种结构的引导下,全神贯注于蜀汉的命运。读者的喜怒哀乐随着蜀汉命运的兴衰而起伏。主题和结构相辅相成,成功地引导着观众和读者对人物的爱憎褒贬。值得注意的是,《平话》对赤壁之战的描写,将历史上刘备与孙权在赤壁之战中的精诚团结、携手抗曹,改造成刘备集团与东吴集团"联合为主,斗争为辅,斗而不破"的关系。这种复杂关系,集中体现为诸葛亮和周瑜的智斗,体现为"三气周瑜"的跌宕起伏。使赤壁之战的情节更加曲折,诸葛亮的形象更加突出。《平话》将刘备集团与东吴集团的矛盾提前,对史实的这一重大改造,被罗贯中接受,并进一步地改编,使其更加地合乎情理，更加地具有小说的意味，成为全书最精彩的篇章。《平话》的另一点值得注意的地方是，诸葛亮已经不再是足食足兵、提供后勤支援的萧何式的人物，而是变成了临阵指挥的三军统帅，而刘备则变成知人善任的英主。这种角色的转换意义重大，为《三国演义》突出诸葛亮的形象作了强烈的提示。

作为一部讲史话本，尽管《平话》不足以囊括和反映宋元三国故事说话艺术的全部成就，但这部简陋的话本却已经为未来的长篇历史小说建筑起了一个总体的框架。其内容已经包括黄巾起义、桃园结义、张飞鞭督邮、三英战吕布、王允献貂蝉、白门楼斩吕布、曹操审吉平、关羽斩颜良杀文丑、古城会、先主跃马过檀溪、三顾孔明、火烧新野、张飞拒桥退曹兵、孔明出使东吴劝说孙权和周瑜、黄盖诈降、赤壁鏖兵、华容道、周瑜使美人计、气死周瑜、曹操杀马腾、马超战渭河、张松献地图、刘备入川、雒城庞统中箭、义释严颜、平定益州、单刀会、定军山斩夏侯渊、水淹七军、先主伐吴、白帝城刘备托孤、孔明七纵七擒、斩马谡、百箭射杀张郃、秋风五丈原、三家归晋等一系列的故事。《平话》对《三国志》有所参考。譬如《平话》说刘备"不甚乐读书，好犬马，美衣服，爱音乐"，这些话显然是从《先主传》里搬来的，不是编出来的。《平话》中排比的历史，大致符合历史发展的时间顺序。

《平话》是一部讲史话本，但能否称作一部历史小说，却是令人怀疑的。首先，在《平话》里，刘备的实力、蜀汉的国力，被随意地夸大。刘备方面，动不动就是起兵三十万、起兵五十万。天下大乱，连年混战，民生凋敝，社会经济遭到极大的破坏，"出门无所见，白骨蔽平原"，不知刘备从哪里去筹备那么多粮草，去养活他的三十万、五十万士兵。《平话》全书接近 7 万字，草草一览，我们就会明白，其中的历史真实性非常稀薄。与其说它是一部历史小说，莫如说它是一部英雄传奇。如果说《三国演义》是"七分实事，三分虚构"，那么反观《平话》，则连"三分实事"都不够。《平话》里的虚构有两种情况：一种比较离谱，这种虚构都未被《三国演义》所接受。这种杜撰的"历史"，从客观的效果来说，不但没有提高英雄的形象，反而损害了英雄的形象。譬如诸葛亮出使东吴，恰好曹操的使者来下战书，威胁孙权。诸葛亮怕东吴投降曹操，使出烂招，竟把曹操的来使杀了，显得那么鲁莽。七擒孟获的时候，诸葛亮大吼三声，把蛮王吓得从马上掉了下来，使人想起长坂坡立马横矛的张飞。曹操下了战书，孙权吓得"遍身汗流，衣湿数重，寒毛抖擞"。他主意不定，请周瑜来商量。军情紧急，孙权急得火烧火燎，周瑜居然每天和小乔作乐，置孙权的邀请于不顾。直到孙权派人送来一船金珠缎匹，"小乔甚喜"，周瑜这才起身。这哪像那个"羽扇纶巾，谈笑间、樯橹灰飞烟灭"的赤壁之战的前线总指挥！诸如此类的地方说明，说话艺人只求故事讲得热闹，并不在乎故事是否符合历史的真实。说话艺人对于历史人物的思想境界、气质神韵、性格特点，缺乏起码的把握。由此可见，在实际的创作过程中，如何处理历史真实与艺术虚构的关系，说起来容易，做起来很难。实际的过程，必定是不断地渗入想象的成分，反复地试错。

另一种情况是比较成功的虚构。所谓"成功"，指的是虚构不那么离谱，能够在合情合理的虚构中抹黑曹操、美化刘备，加强拥刘反曹的主题，塑造人物的性格。譬如刘、关、张在桃园结拜，立下"不求同日生，只愿同日死"的誓言。《三国志》和裴注所引《典略》里的刘备鞭挞督邮，被移花接木变作张飞鞭打督邮。维护了刘备仁义宽厚的性格特征，突出了张飞嫉恶如仇、处事鲁莽而不顾后果的性格。但《平话》把张飞的性格写得过于残忍，他不但鞭挞督邮，而且把督邮杀了。不但杀了，还"分尸六段，将头吊在北门，将脚吊在四隅角上"。说话艺人只顾耸人听闻，其实是损害了张飞的形象。虎牢关三英战吕布，吕布大败，尤其突出了张飞超群绝伦的武艺。王允用貂蝉使美人计，分化吕布和董卓的关系，最后除掉了董卓。但《平话》说貂蝉本是吕布失散的妻子。张辽劝降，关羽提出三个条件，被曹操全部接受。这就努力地维护了关羽的形象。长坂坡，赵云在百万曹军中救出阿斗，成功地塑造出一位忠心为主、孤胆英雄的形象。张飞立马横枪，喝退三十万曹军。刘琮投降曹操，曹操轻取荆州，随后派人杀了刘琮，但历史上并无曹操杀刘琮之事。诸葛亮谎说曹操南下，为二乔而来，以此激怒周瑜。周瑜打黄盖，使苦肉计。蒋干上当，带回一份假情报，曹操中了周瑜的离间计。如此等等有违史实而又无悖情理的虚构，都被罗贯中略加改造，收入《三国演义》。

当时流传的三国故事远非《平话》所能囊括。如果说有关三国的故事传说是一条滔滔不绝的大江大河，那么《平话》只是它的一条支流。《平话》里虚构的情节和人物，也未必全是它的原创。譬如死诸葛怖生仲达的故事，早见于唐人大觉的《四分律行事钞批》。其实，东晋习凿齿的《汉晋春秋》中已记有"死诸葛走生仲达"的民谚。唐人章孝标有诗《诸葛武侯庙》云："木牛零落阵图残，山姥烧钱古柏寒。七纵七擒何处在？茅花枥叶盖神坛。""木牛"当指木牛流马，"阵图"似指八阵图，"七纵七擒"当然是指七擒孟获。这些故事都不见于《三国志》和裴注。唐人李冗的《独异志》中，已有曹操借仓官之首压众人之怒的故事。有关三国的故事和传说，源远流长，《三国志平话》所反映的，只是很小的一部分。说三分是一个流动的过程，不断地有新的情节加入进来，不断地有一些情节被改编，甚至被放弃。人物的形象也在不断地调整。调整的中心，是不断地寻找历史与虚构的平

曹操绣像

衡点。调整的动力就是永不满足的听众和说话艺人同行之间的竞争。在这个漫长的过程中，故事越来越生动，情节越来越合理，人物形象越来越鲜明。中国古代小说没有知识产权的概念，说话艺人之间，必有互相借鉴的现象。一方面是纵向的师徒相传，一方面是横向的互相学习。在借鉴和学习的过程中，话本在不断地被修改、增补、润色。说话艺术对趣味性的追求，以史娱人、寓乐于史的动机，必然推动着三国故事按照历史小说的审美要求，向前发展。

如果把《三国演义》比作美丽的蝴蝶，那《三国志平话》就是化蝶前的毛毛虫，或是蝶蛹。毛毛虫很难看，可是如果没有丑陋的毛毛虫，哪来翩翩起舞的蝴蝶？从这一点来说，《三国志平话》的"戏说"三国，与当下流行的让蝴蝶重回毛毛虫的戏说三国，性质上有区别。

让英雄回归历史

元明之际，罗贯中在长期的群众创作的基础上，经过艰苦的再创造，终于写成了长篇历史小说《三国演义》。《三国演义》所根据的正史，不限于《三国志》和裴松之的注，还参考了《后汉书》《晋书》和《资治通鉴》。《三国演义》较之《三国志平话》重视历史的真实性。如果说《三国志平话》是"一分实事，九分虚构"，那么《三国演义》就是"七分实事，三分虚构"；如果说《三国志平话》是刘、关、张和诸葛亮的英雄传奇，那么《三国演义》就是一部波澜壮阔的长篇历史小说；如果说《三国志平话》中的刘、关、张、赵，已经脱离了他们的原型，沾染了太多的草莽气息、江湖习气，那么《三国演义》就是让英雄回归历史，恢复了深厚的历史感。罗贯中对三国人物的思想气质、性格爱好，有非常精准的把握，对他们活动的历史空间和历史氛围相当熟悉。在此基础上，根据拥刘反曹主题的需要，吸收民间创作的想象力，对史实进行微调，对原型进行艺术加工，把流水账式的历史记载化作波澜壮阔的历史小说。

《三国志平话》中那些杜撰的官职，都被罗贯中纠正，那些荒诞无稽、离开历史事实过于遥远的情节或描写，被罗贯中果断地抛弃：

> 玉皇敕道："与仲相记，汉高祖负其功臣，却交三人分其汉朝天下：交韩信分中原为曹操，交彭越为蜀川刘备，交英布分江东长沙吴王为孙权，交汉高祖生许昌为献帝，吕后为伏皇后。交曹操占得天时，囚其献帝，杀伏皇后报仇。江东孙权占得地利，十山九水。蜀川刘备占得人和。刘备索取关、张之勇，却无谋略之人，交蒯通生济州，为琅玡郡，复姓诸葛，名亮，字孔明，道号卧龙先生，于南阳邓州卧龙冈上建庵居住，此处是君臣聚会之处；共立天下，往西川益州建都为皇帝，约五十余年。交仲相生在阳间，复姓司马，字仲达，三国并收，独霸天下。"（《三国志平话》卷上）

在罗贯中看来，借因果报应来冲淡三国结局的悲剧意味，过于肤浅，必须坚决删除。

> 诸葛本是一神仙，自小学业，时至中年，无书不览，达天地之机，神鬼难度之志；呼风唤雨，撒豆成

兵，挥剑成河。(《三国志平话》卷中)

《平话》的本意是神化诸葛亮，但客观的艺术效果是将诸葛亮妖魔化，把诸葛亮写成一个装神弄鬼的妖道。

来日，张飞引数十人，至历阳衙前下马。有百姓、官吏皆言庞统不仁。张飞持剑入衙。至天晚，听得鼻气若雷。张飞连砍数剑，血如涌泉。揭起被服，却是一犬。(《三国志平话》卷下)

《平话》把刘备集团的第二号智囊写得如此不堪。在罗贯中看来，丑化庞统，也就间接地贬低了刘备和诸葛亮。

曹操又骂："尔料诸葛不敢正视，料吾有似草芥，尔有篡位之心！"令人斩杨修。(《三国志平话》卷下)

杨修的父亲杨彪是拥汉派的代表人物之一，杨修露才扬己，介入曹丕、曹植的嗣位之争，触犯曹操的忌讳，招来杀身之祸。《平话》把杨修之死的原因简单化，妄图篡位的罪名令人莫名其妙。

又数日，至云门关。反将杜旗要战，有老将王平三

千军取云门关。数日不下,军师斩了王平。(《三国志平话》卷下)

街亭一战,王平脱颖而出,开始获得诸葛亮的赏识。《三国志》载,建兴九年(231),"魏大将军司马宣王攻亮,张郃攻平,平坚守不动,郃不能克"。建兴十二年(234)诸葛亮去世,"魏延作乱,一战而败,平之功也"。延熙七年(244)的汉中之役中,王平临危不乱,力排众议,以三万守军顶住了曹爽十多万军队的进攻,一直坚持到费祎率援军到达。而《平话》却说诸葛亮因王平攻关一时受挫就把他杀了。不但把王平之死大大提前,严重有违史实,同时贬低了诸葛亮和王平的形象。

罗贯中从《三国志平话》等说话艺术和戏曲艺术中得到启发,首先在大的方向上,继承了以下三点:一、以蜀汉与曹魏的对立作为主线,以东吴作为陪衬。在蜀汉与曹魏的对立中,以蜀汉为主。加强拥刘反曹的主题,充分地利用各种负面的材料抹黑曹操,将曹操定格为奸雄而兼能臣的双重人格。美化刘备,赞扬刘备的仁义和坚忍。二、将诸葛亮定位为临阵指挥的蜀军统帅,将刘备定位为知人善任的英主。三、罗贯中从宋元的说话艺术和戏曲艺术中吸收合理而大胆的想象,为其拥刘反曹的倾向服务,为突出人物的性格特征服务。

罗贯中让英雄回归历史，让他们回到比较严格的历史时空。三国故事从历史到英雄传奇，又从英雄传奇回到历史，似乎是转了一个圈，回到了起点。其实，这是一个螺旋式上升的过程。回归历史的英雄，是在历史原型的基础上加工而成的艺术形象。《三国演义》里的诸葛亮，已经不能完全等同于《三国志》里的诸葛亮，《三国演义》里的关羽比《三国志》里的原型更为高大，《三国演义》里的曹操比历史上的曹操更加具有奸雄的特质，更加有血有肉。《三国演义》里的赤壁之战，比历史上的赤壁之战更加富有戏剧的色彩。

　　一个明显的变化是，《三国演义》将诸葛亮推到舞台的中心，使其成为军事智慧和政治智慧的化身。如陈翔华先生所说，《三国演义》以"隆中策"为全书的"主脑"，"罗贯中这一艺术构思，显然是对《三国志平话》以及前代其他三国故事的重大突破和发展"（《〈三国志演义〉史话》）。刘备在得孔明以前，寄人篱下，屡战屡败，不成其为一支独立的力量。如诸葛亮的《出师表》所言："受任于败军之际，奉命于危难之间。"诸葛亮不出则已，一登场就成为舞台的中心。小说也变得风吹云动，精彩纷呈。诸葛亮的一举一动、一颦一笑，都让读者为之屏息凝神。诸葛亮所有的对手，都成为他的陪衬。他是刘备集团实际上的灵魂，成为一位身系天下安危的丞相，成为一个集公、忠、勤、能于一身的完人。当《三国演义》普及全社会，渗透沁润到生活的方方面面，成为一种文化以后，诸葛亮最终成为一个民族的偶像。

毛本的贡献

有清一代，风行于时的小说文本，都是名家的评点本。明末清初，带有理论色彩的小说批评，进入群星璀璨的全盛时期。金圣叹的《水浒传》评点，毛宗岗的《三国演义》评点，张竹坡的《金瓶梅》评点，便是其中的佼佼者。文人的评点，多半出于自娱，一种在阅读过程中的随意挥洒。他们将自己的爱憎融贯其中，思想活泼大胆，文笔自由恣肆，嬉笑怒骂，皆成文章，读来分外新鲜。阅读是作者与读者的对话，现在又加入一个评点家，变成三方的对话和交流，使阅读的过程更加丰富多彩。评点提高了读者的鉴赏能力，极大地增强了小说的娱乐功能，从而推动了小说的传播进程。为了招徕顾客，扩大书籍的销路，书坊主纷纷以评点本相号召。他们或亲自操刀，或求诸名士，或干脆假托名士。金圣叹是开风气之先的人。而金圣叹又是受了叶昼的启迪。叶昼则喜欢打着李卓吾的旗号。我们不难看出，叶昼、金圣叹与明朝中晚期那股思想解放思潮的联系。没有一点独立思考的精神，没有一股狂劲儿，就很难成为理论界领风气之先的人物。那种自负自信，那股舍我其谁的狂劲儿，那种举世皆醉、唯我独醒的意识，正是来自以李贽为代表的解放思潮。金圣叹、毛宗岗、张竹坡的小说评点，自然带有时代的局限，在精彩的小说批评中，不免夹带着迂腐的说教。譬如金圣叹的深恶宋江。他的思想是那么充满矛盾。一面敌视民众的反抗，指责《水浒传》"无恶不归朝廷，无美不归绿林"，坚决要去掉《水浒传》的"忠义"冠名；一面又对《水浒传》的艺术佩服得五体投地，欣赏得如痴似醉，不能自已。毛宗岗的思想没有金圣叹那么充满悖论，但他的"正统说"，越说越糊涂，经不起一点推敲。他的小说评点，拂去其正统说的灰尘，才显露出真正的价值。毛宗岗之评点《三国演义》，其主要的贡献，一言以蔽之，就是把《三国演义》真正当小说来欣赏。其次，毛宗岗完善了评点的体例，以序言、读法、回评、夹批和眉批等编织成一个相当严整的评点体系。

宋人严羽在《沧浪诗话》中说："诗有别趣。"短短四个字，意味深长。是说诗歌有其特殊的美。但是，要具备准确、丰富、细腻、独特的艺术感受，并不容易，需要一点天赋，需要一点对诗歌、对语言的敏感，也需要一点勤奋。小说也是一样。是叶昼、金圣叹首先说出了小说的"别趣"。后来的毛宗岗评《三国演义》、张竹坡评《金瓶梅》，都是以金圣叹为榜样。金圣叹第一次将小说的艺术创作手法作为研究的对象。他说《史记》是"因事生文",《水浒传》是"因文生事",将历史纪实和小说虚构区别开来。他将人物性格的分析视为小说艺术的中心,指出"《水浒传》写一百八个人性格,真是一百八样"。他又归纳出小说叙事的各种文法:倒插法、夹叙法、草蛇灰线法、背面敷粉法、横山断云法等等。金圣叹、毛宗岗、张竹坡共同的强项是艺术的感受能力,他们对小说的艺术手法有天赋的敏感,对事实与虚构的关系有准确的理解。他们的兴奋点不是追究艺术的描写是否符合事实,而是体会小说的艺术效果,体会情节是否精彩、人物是否生动。感受一通,一通百通。我们看毛宗岗评点《三国演义》,不是着眼于虚实之辨,认为小说而有虚构是理所当然的事情,没有必要在虚实问题上纠缠不休。他着眼于人物思想性格的分析,着眼于艺术的成败得失。这是一个飞跃。他的评点,引导读者把《三国演义》当小说看,引导读者去体会罗贯中的艺术匠心。从这一点来看,毛宗岗是《三国演义》的功臣。他的评点使《三国演义》跳出"演义"的框架和束缚,恢复了历史小说的真面目。历史演义不再仅仅是以通俗的语言来敷衍三国的历史,而是要通过史实与虚构的完美融合来展现历史小说的特有魅力。下面,我们来具体分析一下毛评的贡献。

沈伯俊先生把毛宗岗对旧本的修改归纳为六个方面:一、修改文辞。二、修改情节。譬如曹丕代汉而立时,旧本说曹后斥责献帝，毛宗岗将其改作曹后斥责其兄。这种改动，自然是把曹丕的形象进一步地抹黑。三、整顿回目，将嘉靖本的240则，改变为120回。回目加工为对仗工整的偶句。四、削除论赞。五、改换诗文。六、重作批评。（见于《中国古代小说百科全书》沈伯俊先生所撰"毛宗岗"条目）分析毛宗岗的修改旧本，可以看出三点意图：一、强化拥刘反曹的倾向，使之建立在正统论的基础之上。二、使其更加符合小说的文体。旧本大量的论赞，将情节的链条截断，于小说有害无益。所以毛宗岗将其删除。回目的润饰，不但使回目更加地赏心悦目，而且使其更加符合章回小说的规范。三、毛宗岗修改文辞和回目、削除论赞，没有对旧本进行伤筋动骨的手术；可是，他的评点却使人耳目一新。通过评点，毛宗岗深入分析了《三国演义》在情节构思、人物塑造等方面的艺术匠心。毛宗岗的贡献，主要在评点。

毛宗岗评点的强项是人物分析，其次是小说结构分析。他特别推崇诸葛亮、曹操、关羽三个人物形象的塑造，分别称之为"智绝""奸绝"和"义绝"。这是很有眼光的。分析诸葛亮的时候，毛宗岗特别强调了人物互相映衬、相得益彰的艺术效果："观才与不才敌，不奇；观才与才敌，则奇。观才与才敌，而一才又遇众才之匹，不奇；观才与才敌，而众才尤让一才之胜，则更奇。""叙刘、关、张及曹操、孙坚之出色，并叙各镇诸侯之无用：刘备、曹操、孙坚其主也,各镇诸侯其宾也。刘备将遇诸葛亮,而先遇司马徽、崔州平、石广元、孟公威等诸人:诸葛亮其主也,司马徽诸人其宾也。诸葛亮历事两朝,乃又有先来即去之徐庶、晚来先死之庞统:诸葛亮其主也,而徐庶、庞统又其宾也。"正是在层层对比之中,产生了"山外青山楼外楼""强中更有强中手"的艺术效果。分析曹操的时候,毛宗岗特别强调了曹操形象的复杂性:"历稽载籍,奸雄接踵,而智足以揽人才而欺天下者,莫如曹操。听荀彧勤王之说而自比周文,则有似乎忠;黜袁术僭号之非而愿为曹侯,则有似乎顺;不杀陈琳而爱其才,则有似乎宽;不追关公以全其志,则有似乎义。王敦不能用郭璞,而操之得士过之;桓温不能识王猛,而操之知人过之。李林甫虽能制禄山,不如操之击乌桓于塞外;韩侂胄虽能贬秦桧,不若操之讨董卓于生前。窃国家之柄而姑存其号,异于王莽之显然弑君;留改革之事以俟其儿,胜于刘裕之急欲篡晋:是古今来奸雄中第一奇人。"毛宗岗忠实于自己的艺术感受,所以他在反曹的同时,又能体会到曹操的可爱之处:"袁术不识玄德兄弟,无足责也。本初亦是人豪,乃亦拘牵俗见,不能格外用人。此孟德之所以为可儿也。""此时孙策在江东,曹操更不以英雄许之,直待后来孙权承袭,乃始叹曰:'生子当如孙仲谋!'然则老贼眼力,大是不谬。""袁绍善疑,曹操亦善疑。然曹操之疑,荀彧决之而不疑,所以胜也;袁绍之疑,沮授决之而仍疑,所以败也。""玄德势小,曹操不敢小觑之;本初势大,曹操偏能小觑之。然徐州之役,八面埋伏,是小题大做,固不敢小视玄德也;仓亭之战,十面埋伏,是大题大做,亦不敢小视本初也。狮子搏兔搏象,皆用全力,曹操可谓能兵矣。""曹操厚待云长,袁绍亦厚待玄德。然曹操则始终不渝,袁绍则忽而加礼,忽而欲杀,主张不定。袁、曹优劣,又见于此。""使琳为曹操骂绍,而为绍所获,则绍必杀琳。绍不能为此度外之事,而操独能为此度外之事。君子于此益识袁、曹之优劣矣。""孙权之兵事决于大都督,刘备之兵事决于军师,而惟曹操则自揽其权,而独运其谋。虽有众谋士以赞之,而裁断出诸臣之上,又非刘备、孙权比也。""奸雄而能敬爱豪杰(关羽),则是奸雄中有数之奸雄也。"承认刘备的用兵,不如曹操:"操之敌绍,能以寡胜众;备之敌操,不能以寡胜众。是备之用兵不如操矣。"同样是因为毛宗岗忠实于自己的艺术感受,所以他能看出刘备形象的虚伪之处:"刘备之辞徐州,为真辞耶?为假辞耶?若以为真辞,则刘璋之益州且夺之,而陶谦之徐州反让之,何也?或曰:辞之愈力,则受之愈稳。大英雄人,往往有此算计,人自不知耳。""玄德在车前哀告夫人,涕泣请死,活似妇人乞怜取妍,在丈夫面前放刁模样。以英雄人作此儿女态,是特孔明之所教耳!"拥刘反曹的爱憎褒贬,没有影响毛宗岗去体会人物思想性格的复杂性。分析关羽的时候，毛宗岗特别强调了他的光明磊落、义薄云天："历稽载籍，名将如云，而绝伦超群者莫如云长。青史对青灯，则极其儒雅；赤心如赤面，则极其英灵。秉烛达旦，人传其大节；单刀赴会，世服其神威。独行千里，报主之志坚；义释华容，酬恩之谊重。作事如青天白日，待人如霁月光风。心则赵忭焚香告帝之心而磊落过之；意则阮籍白眼傲物之意而严正过之。是古今来名将中第一奇人。"

毛宗岗拥刘反曹，但并不狭隘。他能够欣赏曹魏集团中的人才："张辽之守合肥，其真大将之才乎！赤壁之战，射黄盖以救曹操，犹不过战将之能耳。观于此卷，有大将之才三：既胜而能惧，是其慎也；闻变而不乱，是其定也；乘机以诱敌，是其谋也。宜其为关公之器重欤！"赤壁一战，诸葛亮已经算定曹操必走华容道，而且知道关羽必放曹操，却不派张飞、赵云去华容，这显然是一个漏洞。毛宗岗要维护诸葛亮的形象，曲为之辩："孔明既知关公之不杀操，则华容之役，何不以翼德、子龙当之？曰：孔明知天者也。天未欲杀操，则虽当之以翼德、子龙，必无成功。故孔明之使关公者，所以成关公之义；而其不使翼德、子龙者，亦以掩翼德、子龙之短也。然则关公之释操，非公释之，而孔明释之；又非孔明释之，而实天释之耳。"毛宗岗极赞诸葛亮，却又能提出关羽失荆州一役中诸葛亮的责任："孔明若不使关公取樊城，则荆州可以不失。即欲使公取樊城，而另遣一大将以代公守荆州，则荆州亦可以不失。"最后又将这一重大失败归于天命："而孔明计不出此，此不得为孔明咎也，天也！……人欲兴汉，而天不祚汉。天实为之，谓之何哉！"凡此种种，无不证明毛宗岗对作品的尊重。尊重作品的客观描写，尊重作品给人的艺术感受。时时处处地采用对比的方法，加深对人物的理解、对作者艺术匠心的体会。追求准确、细腻、丰富、独特的艺术感受，以感受冲破教条，不给人物贴标签、画框框，这是毛宗岗留给后人的珍贵启迪。

毛宗岗常常以自己的阅历，去揣摩古人之心胸，体会小说中的人情世故。读到桃园结义，便有这样的感慨："今人结盟，必拜关帝，不知桃园当日又拜何神？可见盟者盟诸心，非盟诸神也。今人好通谱，往往非族认族；试观桃园三义，各自一姓，可见兄弟之约，取同心同德，不取同姓同宗也。"读到关云长处处不忘兄长，就不由得想起："乐莫乐于新相知，凡今之人，喜新而弃旧者多矣。"读到孙策怒斩于吉，就联想到吴下的风俗："最好延僧礼道，并信诸巫祝鬼神之事。"读到刘表之怕蔡夫人，又联想到当下的社会："今天下岂少刘景升哉？笑景升者复为景升，吾正恐景升笑人耳。"刘琦病逝，东吴立即派鲁肃来吊丧，毛宗岗就此分析道："观孙权之使鲁肃吊丧，而叹今日之人情大抵如斯矣。前之吊刘表，非为刘表而吊也，为刘备而吊也；后之吊刘琦，又非为刘备而吊也，为荆州而吊也。……凡近世之纷纷往来，皆当作东吴吊丧观也。"以今度古，以古观今，古今一理，人同此心，触类旁通，浮想联翩。庞统带了两封推荐信去见刘备，却没有拿出来。毛宗岗就此发挥："可见有本事人不藉荐书之力。今之求讨荐牍专靠吹嘘者，恐为庞统所笑矣。""玉泉山关公显圣"一回，提及一位点化关羽的高僧普静。毛宗岗借题发挥，借他人之酒杯，浇胸中之块垒："昔之和尚能感神，今之和尚善捣鬼。看普静独自一个在玉泉山修行，方是清净法师，所以能点化云长耳。每见近日有一等没发光棍，略诵几句《多心经》，辄欲升座说法；盗袭几句野狐禅，便称棒喝宗门。聚徒成群，过都越国，哄动男女，填塞街巷，布施金钱。和尚捣鬼，众人见鬼，总是一派鬼混。恨不借云长青龙刀，一斩其魔障也。"读到刮骨疗毒，毛宗岗便想起："古之名医，志在济人利物，绝不似今之名医，善于拿班，巧于图利，几番邀请，方才入门，先讲谢仪，然后开手也。"结合自己对现实社会、人情世故的体验，来揣摩历史人物的心理行为，这又是毛宗岗留给今人的启迪。

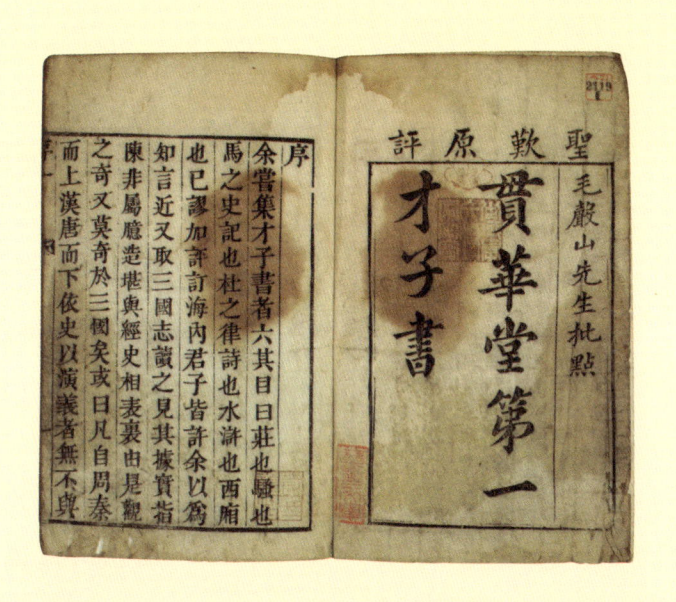

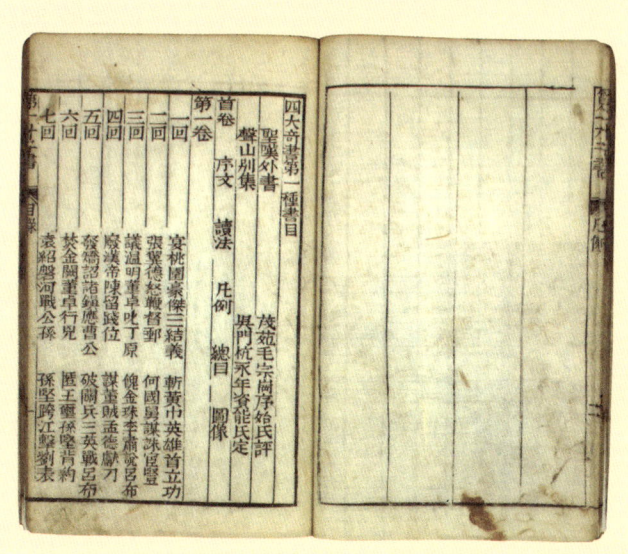

毛纶、毛宗岗批评本《三国志演义》书影

亦雅亦俗

纵观中国古代的小说，那些影响最大的作品，都是亦雅亦俗、雅俗共赏的作品。譬如说《三国演义》《水浒传》《西游记》，都是如此。老百姓喜闻乐见，文人学子也津津乐道。像《儒林外史》《红楼梦》这样的作品，虽然也划入通俗小说，但比起《三国》《水浒》《西游》来，又要"雅"一点。《儒林外史》《红楼梦》在民间的影响，便无法和《三国》《水浒》《西游》相比。曹操、刘备、诸葛亮、关羽、张飞、林冲、宋江、鲁智深、李逵、孙悟空、猪八戒，比王冕、范进、周进、贾宝玉、林黛玉、薛宝钗的知名度高多了。难怪鲁迅要说："伟大也要有人懂。"（《叶紫作〈丰收〉序》）说雅俗共赏则"影响最大"，其实是同义反复。世界上的人，除了雅人，就是俗人，雅人欣赏，俗人也欣赏，当然是影响最大。问题在于，《三国演义》"雅"在哪里，"俗"在哪里，又是如何做到雅俗共赏的。

雅和俗的分野，不是一种政治的分野，而是一种文化的分野。仔细推究起来，雅和俗的关系实在是一个说不清、道不明，剪不断、理还乱的问题。什么叫雅，什么叫俗，当然有很多的含义。有时候指文学的体裁，"雅体"和"俗体""野体""鄙体"相对立。有时候指正统文学与民间文学的区分，正统文学是"雅"，民间文学是"俗"。有时候指作品的风格，"雅"指高雅的风格，"俗"指鄙俗的风格。文学是语言的艺术，文体和风格的"雅"和"俗"，又往往牵涉到语言和文体的"雅"和"俗"。就诗歌而言，古体、今体之外，就有所谓打油诗。这打油诗就是俗的，是被人看不起的。就古典小说而言，文言小说被认为是"雅"的，通俗小说、白话小说被认为是"俗"的。《四库全书》就不收白话小说。尽管白话小说当时已经诞生了像《儒林外史》和《红楼梦》这样伟大的作品，但《四库全书》依然保持着官方对于白话小说的轻蔑。语言的划分"雅""俗"，当然也是非常笼统的区分。譬如《聊斋志异》，虽然是文言，但趣味却与通俗小说相近。像《三国演义》，是半文半白，《红楼梦》虽然是白话，但文言味相当重。如《古今小说评林》中冥飞所说："《三国志》（实指《三国志演义》）是白描浅说的文言，不是白话。"雅俗之分，有时候指人的风度气质，"雅"是洒脱不群、高迈脱俗，"俗"是指平庸、浅薄。此外，要谈什么是"雅"，什么是"俗"，不能离开一定的时代。周代的时候，《大雅》《小雅》《鲁颂》《周颂》《商颂》被认为是

"雅"的；十五《国风》则被认为是"俗"的。后来，《诗经》整个被奉为儒家的经典，《国风》也逐渐地"上升"为雅文学。汉朝以后，四言诗就显得非常古雅。极而言之，一切的雅文学也都是从俗文学进步而来，然后又逐渐地僵化。但是，几千年来，"雅"字常带褒义，而"俗"字常带贬义。其中包含着"高贵者"对"卑贱者"、文化人对没文化人、劳心者对劳力者的蔑视。鲁迅曾经如此地讽刺道："优良的人物，有时候是要靠别种人来比较、衬托的，例如上等与下等，好与坏，雅与俗，小器与大度之类。"（《且介亭杂文·论俗人应避雅人》）

从《三国演义》的成书过程来看，既不是一种单纯的由俗趋雅的过程，更不是一种由雅趋俗的过程，而是一种俗和雅不断地互相渗透、互相影响，又互相排斥、互相摩擦，终于交融在一起、难分难解的过程。

《三国演义》中"雅"的成分主要来自《三国志》。《三国志》是史学著作，从叙事来说，《三国志》要排斥虚构和想象；任何一点寻奇觅异和炫耀想象的地方都会招致批评和责难。从语言上来说，《三国志》采用纯正的文言；从趣味来说，《三国志》感兴趣的是探索兴亡成败的道理和历史人物的功过是非；从风格上说，《三国志》追求的是严肃简明的风格。《三国演义》固然不是史学，而是小说；可是，《三国演义》既然要以《三国志》作为自己最重要的文字依据，它就不能不受到《三国志》的巨大牵制。如此一来，《三国演义》的想象和虚构便不能离史实太远。《三国志》中的很多奏章、书信、诏书，人物的传记，人物的对话，带有故事性的情节，被直接抄入小说，或是稍作加工，便吸收进去。《三国演义》的行文中因此而出现大量的文言。国家的兴亡成败，人物的功过是非，便自然地成为小说的兴奋点。凡此种种，都为小说《三国演义》注入了"雅"的成分。

《三国演义》中"雅"的成分，不仅来自《三国志》，而且来自裴注，来自《世说新语》一类的笔记小说，来自唐诗宋词。它们给小说《三国演义》所注入的营养要比《三国志》复杂得多。裴注引书200多种，其中多有野史。这些野史往往带有较多的感情投入，常有细节的描写，也不排斥虚构和想象。野史里那些杂有爱憎、不乏想象和虚构的故事，虽然与民间的说唱还有区别，但与严肃的《三国志》已是大异其趣，而与搜奇觅异、逞其想象的小说相比，只有一步之遥。难怪四库馆臣虽然对裴注的功绩加以肯定："网罗繁富，凡六朝旧籍，今所不传者，尚一一见其崖略。又多首尾完具，不似郦道元《水经注》、李善《文选注》皆剸裁割裂之文，故考证之家，取材不竭，转相引据者，反多于陈寿本书。"但对裴松之的"嗜奇爱博"也有所不满。"嗜奇"则偏爱野史，"爱博"则选择不精。总而言之，偏离了信史实录的轨道。此类批评，不免使人想起扬雄对《史记》"爱奇"之批评，韩愈对《左传》"浮夸"之责难。至于诗词和笔记小说，那就更不必说。野史和笔记往往在偷偷摸摸地追求趣味性和故事性，这就是它们和小说相通的地方，也是它们常常因此而"降低身份"的地方。但野史和笔记毕竟是文人所作，所以又带来了文人的爱好和趣味，带来了文人的学问和语言。我们看诸葛亮的那种名士风度，那一份超凡脱俗的胸襟识度，便不能不承认《世说新语》和唐诗宋词对《三国演义》的潜移默化。除此以外，历代的文人还写有无数有关三国历史人物的史论、杂文和辞赋，这些作品施加于《三国演义》的影响也隐约可见。

雅文化虽然也带着感情，带着爱憎褒贬，有倾向，有取舍，但还是比较客观。在追求故事性、趣味性的同时，不敢，也不肯离开学术性。雅文化是在保持学术性的前提下追求故事性和趣味性。当然，这种说法也是相对的。追求故事性和趣味性总难免会使学术性遭受一些损失。那些故事性、趣味性很强的野史、杂传不能被称为"信史"，甚至被贬为"小说家言"，就是这个道理。这里当然还包括了雅文化对俗文化的轻视和排斥。《隋书·经籍志》里一大批杂史类的作品，像《述异记》《搜神记》《孔氏志怪》《幽明录》《齐谐记》《感应传》《冥祥记》《集灵记》《冤魂志》等，到了《新唐书·艺文志》，都被"降"入"小说家"类。从雅文化的角度去看，这类讲述怪异的书连"杂史""杂传"也已经"不配"

了。到了清代乾隆年间，又有一批属于杂史、杂传、地理类的书，譬如像《山海经》《神异经》《汉武帝内传》《拾遗记》《开天传信记》等书，被"贬"为"小说"。扬雄在《法言·君子篇》中揶揄司马迁"爱奇"，就是说司马迁不应该为了追求趣味性和故事性而掺入想象和虚构，不应该为了文学而损害史学的"实录"。经史高于文学，经史是学问，讲的是修身、齐家、治国、平天下的道理。文学是雕虫小技，业余搞搞还可以，专门去搞就是"玩物丧志"。文学之中，诗文又高于小说、戏曲。前者是雅，后者是俗。小说之中，文言小说高于白话小说、通俗小说，因为前者比后者要雅一些。文言小说可以收入《四库全书》，通俗小说则没有资格。总而言之，雅的高于俗的。

尽管《三国演义》从《三国志》及裴注，从笔记小说和唐诗宋词中吸取了丰富的营养；但是，如果没有俗文学的发展，没有说话艺术、宋元戏曲的浇灌，要产生像《三国演义》这样伟大的历史长篇小说几乎是不可能的。是民间的说话艺术、戏曲艺术，给了三国故事以"拥刘反曹"的倾向。这就使三国故事染上了强烈的感情色彩。是说话和戏曲娱乐大众的功能给了小说创作以巨大的推动，使三国故事借助大胆的艺术虚构不停地提高它的故事性，使人物越来越生动传神。说话艺术和戏曲艺术是商业化的艺术、市场化的艺术，是民间艺人的"身上衣裳口中食"。文化市场的激烈竞争大大加快了三国故事的进化过程。民间艺人不是一般的俗人，他们一方面从生活中汲取灵感，另一方面也不拒绝从雅文化中汲取营养。南宋人罗烨所著的《醉翁谈录》中就说：

> 夫小说者，虽为末学，尤务多闻。非庸常浅识之流，有博览该通之理。幼习《太平广记》，长攻历代史书。

这种兼跨雅、俗两大文化的说话艺人，虽然常常被有学问的雅人讥为"村学秀才""三家村秀才"，但他们确是《三国演义》的功臣。

从《三国志》到《三国演义》，大胆的艺术虚构是关键。文人不容易跨出这一步，民间的艺人则没有那么多的顾虑和犹豫。他们并非因为读过《文学原理》《文学概论》，懂得了艺术真实和生活真实的区别与联系，才勇敢地跨出了这关键一步。为了娱乐大众，为了谋生，同时也为了自娱，他们视艺术的虚构为理所当然之事。这些地位卑贱的"三家村秀才"又一次显得比文人聪明。虽然最初的虚构可能比较幼稚笨拙，甚至非常可笑；但是，它的方向没有错，终于越来越成熟。与此同时，雅文化却显得十分保守，对文学的新形式十分看不惯。他们一味地在虚实问题上纠缠不休，蔑视一味"媚俗"的小说，表现出雅文化对俗文化的误解和隔膜。

清代大文豪王士禛写诗来吊庞统，题目是《落凤坡吊庞士元》，被人传为笑柄。清人严元照即说："演义、传奇，其不足信一也，而文士亦有承讹袭用者。王文简《雍益集》有《落凤坡吊庞士元》诗，自演义外更无确据。"（《蕙榜杂记》）原因就在于王士禛混淆了雅文化和俗文化的界限。袁枚在其所著的《随园诗话》卷五中说："崔念陵进士，诗才极佳，惜有五古一篇，责关公华容道上放曹操一事，此小说演义语也，何可入诗？何屺瞻作札有'生瑜生亮'之语，被毛西河诮其无稽，终身惭悔。"也是不允许混淆雅文化和俗文化的界限。杜牧有诗句"东风不与周郎便，铜雀春深锁二乔"，有人引《三国演义》来为其作注，于是招来后人的窃笑："乃江西坊本，有《唐诗三百首注疏》者，于此诗下竟引《三国演义》诸葛祭风事，余窃笑之。"（顾家相《五余读书廛随笔》）

通俗小说显然是感受到了来自雅人的压力，于是，小说的序跋中便常有"寓教于乐"的自辩。即便是充斥性描写的《金瓶梅》，前面的序也要说《金瓶梅》是如何有益于世道人心。将嘉靖本和毛本《三国志演义》相比，后者显然地加强了封建的说教。这种说教色彩的加强，一方面固然反映了毛纶父子的思想；另一方面，也不妨看作面对雅文化的压力，俗文化的一种自我保护本能的反应。

小说毕竟有审美的功能，这种美的诱惑对于雅人也是难以抗拒的。随着小说文体的日趋成熟，这种诱惑促成了文人的分化。于是，一部分文人出来替通俗文学辩护，一部分文人则激烈地咒骂。辩解者说小说之感人，犹如暮鼓晨钟，胜过《论语》《孝经》；咒骂者说小说之可恶，简直是洪水猛兽。他们形似对立，其实都承认小说必须具有教化的功能，必须有益于世道人心。清朝《皇朝经世文编》卷六十八《礼政·正俗上》载钱大昕一奏折，有云：

> 古有儒释道三教。自明以来，又多一教，曰小说。小说演义之书，未尝自以为教也，而士大夫农工商贾，无不习闻之。以至儿童妇女不识字者，亦皆闻而如见之。是其教较之儒释道而更广也。释道犹劝人以善，小说专导人以恶。奸邪淫盗之事，儒释道书所不忍斥言者，彼必尽相穷形、津津乐道。以杀人为好汉，以渔色为风流，丧心病狂，无所忌惮。子弟之逸居无教者多矣，又有此等书诱之，曷怪其近于禽兽乎。世人习而不察，辄怪刑狱日繁、盗贼之日炽。岂知小说之中，于人心风俗者，已非一朝一夕之故也。有觉世牖民之责者，亟宜焚而弃之，勿使流播。内自京邑，外达直省，严察坊市，有刷印鬻售者，科以违制之罪。行之数十年，必有弭盗省刑之效。或訾吾言为迂，远阔事情，是目睫之见也。

慷慨陈词，切齿痛恨。

尽管雅文化在抵制俗文化，但俗文化终究是挡不住的。即便是在官场和文坛，《三国演义》的影响也是无处不在。《三国演义》中许多脍炙人口的故事虽然与正史不符，但许多文人仍用为典故。陈孟象《与程石门书》中说："惟恨无情峦巘，遮吾望眼，不啻刘豫州之伐树望徐元直也。"徐渭《注参同契序》则说："譬如陆逊束炬，先攻一营，遂晓破蜀之法。连营七百里，一旦席卷。""乾隆初，某侍卫擢荆州将军，人贺之，辄痛哭，怪问其故，将军曰：'此地以关玛法尚守不住，今遣老夫，是欲杀老夫也。'闻者掩口。"（姚元之《竹叶亭杂记》）这里体现关羽失荆州的典故。王士禛的《古诗选·凡例》、尤侗的《沧浪诗话序》、金正希的《任澹公文序》、何屺瞻的《与王贻上书》，都用到《三国演义》中"既生瑜，何生亮"的典故。钦定的类书《渊鉴类函》中，亦载有诸葛亮借东风的故事。

世界上毕竟是"雅人"少，"俗人"多，"俗人"受通俗小说影响之大，是"雅人"无可奈何的事情。梁启超即就此发出如下的感叹："今我国民绿林豪杰，遍地皆是，日日有桃园之拜，处处为梁山之盟，所谓'大碗酒、大块肉、分秤称金银、论套穿衣服'等思想，充塞于下等社会之脑中，遂成为哥老、大刀等会。卒至有如义和拳者起，沦陷京国，启召外戎，曰：'惟小说之故。'呜呼！小说之陷溺人群乃至如是，乃至如是！"（《论小说与群治之关系》）"盖全国大多数人之思想业识，强半出自小说，言英雄则《三国》《水浒》《说唐》《征西》，言哲理则《封神》《西游》，言情绪则《红楼》《西厢》，自余无量数之长章短帙，樊然杂陈，而各皆分占势力之一部分。此种势力，蟠结于人人之脑识中，而因发为言论行事，虽具有过人之智慧、过人之才力者，欲其思想尽脱离小说之束缚，殆为绝对不可能之事。"（《告小说家》）

拥刘反曹

毛宗岗的正统论

毛宗岗的《读〈三国志〉法》，一开始就大谈正统不正统的问题：

> 读《三国志》者，当知有正统、闰运、僭国之别。正统者何？蜀汉是也。僭国者何？吴、魏是也。闰运者何？晋是也。

毛宗岗的正统论反映了一种道德化的历史观。他完全以道德的眼光去审查得到政权的手段是否正当，以此来进行朝代性质的划分。毛宗岗认为，刘备以"兴复汉室"为号召，所以代表正统。曹操篡汉而立，自然是"篡国之贼"；虽然据有中原，不得为正统。晋虽然统一了中国，"而晋亦不得为正统者，何也？曰：晋以臣弑君，与魏无异，而一传之后，厥祚不长，但可谓之闰运，而不可谓之正统也"。东晋是偏安江东，亦不得谓之正统。蜀汉明明也是偏安，毛宗岗却置之不理。"三国之并吞于晋，犹六国之混一于秦，五代之混一于隋"。而秦是暴秦，"不过为汉驱除"。等于是为汉铺路。隋文帝的皇位是从北周那里篡来，当然也不得为正统。说白了，毛宗岗的正统说，不过是为《三国演义》的拥刘反曹作辩解而已。如此说来，秦以后，唐朝以前，只有汉和刘备的蜀汉是正统，其他都不是正统。按照毛宗岗的标准，符合正统的王朝确实不多，而刘备的蜀汉却是符合正统的幸运者。

别人都是为本朝争正统，而毛宗岗却在为小说里的刘备争正统，这不是很有趣吗？毛宗岗的拥刘反曹建立在正统说的基础之上，所以有必要简单地探讨一下正统的问题。正统不正统的问题，归根到底，是一个政权合法性的问题。名不正则言不顺，每个政权都要论证自己的合法性。

古人在论证政权合法性的问题时，有五个方面的考量：一、嫡长制继承制。即是说，王位和财产必须由嫡长子继承，嫡长子是嫡妻（正妻）所生的长子。这个制度来自宗法制，是为了减少纷争，以求稳定。废长立幼是大忌。可是，立嗣以长，还是立嗣以贤，需要具体情况具体分析，但理论上通常由嫡长子继位。《三国演义》中，袁绍喜欢小儿子袁尚，让他继位，不让长子袁谭继位。于是，袁绍死后，袁谭和袁尚骨肉相残，从内耗走向内战，相继被曹操剿灭。袁绍的废长立幼，留下了严重的后患，加速了袁氏集团的灭亡。

唐　阎立本《历代帝王图·蜀主刘备》

刘表也是废长立幼，结果，曹操挥师南下，幼子刘琮投降曹操，长子刘琦投靠刘备。荆襄集团的人才被曹操、刘备瓜分。与袁谭、袁尚相比，刘琮和刘琦没有兵戎相见，不过是体现为不同的政治选择而已。曹操在谁来接班的问题上也曾经有所犹豫，曹丕和曹植，曹操不知选谁。他问贾诩，贾诩是个聪明人，他知道介入嗣位问题是大忌，那是曹操的家事，外人不便插嘴。但他间接地表态，反对废长立幼。曹操问他在想什么，贾诩说："我在想袁本初、刘景升父子的事情。"曹操大笑。他受到贾诩的启发，接受袁绍和刘表的教训，决心立曹丕为魏太子。刘备有儿子阿斗，有养子刘封。刘备问诸葛亮，立谁为太子好。诸葛亮不表态，让刘备去问关羽。关羽说："有亲生的刘禅，为什么立养子啊？"消息外泄，引起刘封的强烈不满。日后成为关羽后方不稳，大意失荆州的一个原因。

　　二、大一统。是否正统，常常把能否统一天下作为标准之一。如果说嫡长继承制是一个纵向的时间的指标，那大一统就是一个横向的空间的指标。中国自秦汉以后，都认为统一是正常的情况，分裂是不正常的情况。太平盛世都是统一的局面，分裂的时候是乱世，五胡十六国、五代十国，都是乱世，整个魏晋南北朝基本上就是乱世，西晋只是非常短暂的统一。按照这条标准，分裂时期没有正统，正统中断，魏、蜀、吴都无权代表正统。大一统，说到底，是对胜利者的尊重。

三、道德的标准。是所谓得人心者得天下。孟子有反暴君的思想："暴其民甚，则身弑国亡；不甚，则身危国削。""庖有肥肉，厩有肥马，民有饥色，野有饿莩，此率兽而食人也。""贼仁者谓之贼，贼义者谓之残，残贼之人，谓之一夫。闻诛一夫纣矣，未闻弑君也。""天子不仁，不保四海；诸侯不仁，不保社稷；卿大夫不仁，不保宗庙；士庶人不仁，不保四体。""桀、纣之失天下也，失其民也；失其民者，失其心也。""君之视臣如手足，则臣视君如腹心；君之视臣如犬马，则臣视君如国人；君之视臣如土芥，则臣视君如寇雠。""民为贵，社稷次之，君为轻。"几千年前孟子提出的这些见解，即便是今人读来，也令人肃然起敬。

四、华夷之辨。直接的意思是，汉族的君主才是正统，少数民族的君主不是正统。可是，中国历史上的元、清，都不符合这个条件。事实上，所谓"华夷之辨"，具有很大的灵活性。南宋人视契丹、女真、蒙古为夷，而顺从蒙古的北方儒生，则指宋为夷。元世祖于至元十六年（1279）灭南宋，元帅伯颜向忽必烈拜表称贺说："国家之业大一统，海岳必明主之归。帝王之兵出万全，蛮夷敢天威之抗。"华夷之辨的实际情况是一种文化的传承，能够传承中国传统文化的就是华，反之就是夷。元、清的统治者虽然是少数民族，但最后都接受了汉文化，都将孔孟儒家作为思想的正统，都奉四书五经为经典，都要拜孔庙、祭孔子，所以最后都自认为是华。

五、天命。汉朝的儒生以五德终始的循环理论推演和论证王朝的兴替。汉儒认为，王朝更迭，必有圣人受命。开国皇帝，都是符应于天上的某帝某德：青帝是木德，赤帝是火德，黄帝是土德，白帝是金德，黑帝是水德。受命必有祥瑞出现。曹丕要代汉而立，便说是"黄龙见谯"。因为汉是火德，魏是土德，土德是黄帝。荀彧劝曹操迁都许昌，便说："汉以火德王，而明公乃土命也。许都属土，到彼必兴。火能生土，土能旺木：正合董昭、王立之言。他日必有兴者。"但联系到后来荀彧反对曹操进位魏王，前后矛盾。这是小说作者杂取各种材料时没有注意到其中的矛盾，造成了人物思想的不可捉摸。天命如何，说到底，依然是对胜利者的尊重。

这五个方面的考量，常常会发生冲突，但胜利者总能抓住其中的一个或几个。所有的考量，都不能与本朝的合法性唱反调。如若违反，必遭镇压。这是一条不可逾越的红线和底线。汉儒认为，如有天灾，则是上天示警，皇帝应该让贤。汉昭帝时的眭弘、汉宣帝时的盖宽饶，都因为提出汉帝应该让位被杀或被迫自杀。书呆子不懂政治，死心眼，认死理，付出了生命的代价。眭弘、盖宽饶的罪名是"大逆不道"。其实，他们都是恨铁不成钢，都是贾府的焦大，归根到底，是为主子好，目的是长治久安。

最简单的正统论，就是胜者王侯败者贼，胜利的就是正统，失败的就不是正统。这么说很难听，但历史就是这样。有人美其名曰"历史的选择"。关键是历史并不以善恶定胜负。永乐武力夺位，获得成功，他的侄儿、仁义之君建文帝被推翻，下落不明，成为千古之谜。标准的大儒方孝孺，面对屠刀，否定永乐继位的合法性，被灭了十族。处死方孝孺以前，永乐劝说道："这是我的家事，你不必管。"皇帝把天下都当作他的家产，把臣子和百姓都当作他的奴隶。永乐以后的明朝皇帝，都是他的子孙。这是一个典型的例子，足以证明，历史并不以善恶定胜负。

蜀汉未能统一中国，不符合正统论的条件。统一中国北方的是曹操，统一全国的是司马氏。《三国演义》拥刘反曹，毛宗岗要为刘备争正统，只能放弃统一天下这个条件。毛宗岗抓住刘备的"皇叔"身份，强调刘备的仁义爱民，抓住"兴复汉室"这面旗帜，抓住曹丕篡汉而立的史实，为刘备争正统。"皇叔"这一条，未能获得史家的承认。刘表和刘璋，是货真价实的宗室，却遭到了毛宗岗的唾弃。由此可见，毛宗岗的正统说是多么的自相矛盾。

正统的问题，在喜欢辩论的宋代争论得非常热闹。欧阳修的《正统论》，影响深远，但也没有把问题说清楚。事实上，也无法说清楚。司马光的看法与众不同。他的呕心沥血之作《资治通鉴》，以曹魏纪年，使毛宗岗有所不满："故以正统予魏者，司马光《通鉴》之误也。"毛宗岗的指责，是对司马光的误解。是有意的误解，还是无意的误解，那就只有毛宗岗自己知道了。司马光认为，天下分裂，不能以其中的一国为正统，无论其是仁是暴，是大是小，是强是弱，只要你没有统一中国，就不能代表正统："苟不能使九州合为一统，皆有天子之名而无其实者也。虽华夷、仁暴、大小、强弱或时不同，要皆与古之列国无异。岂得独尊奖一国谓之正统而其余皆为僭伪哉！"司马光认为，史学家对分裂时期的各国应该一视同仁，不要强分正统和僭伪："名号不异，本非君臣者，皆以列国之制处之。彼此均敌，无所抑扬，庶几不诬事实，近于至公。"既然如此，司马光又为什么以曹魏纪年，来记载三国时期的历史呢？其实，《资治通鉴》的三国部分以曹魏纪年，只是为了叙事的方便，是不得已而为之。这一点，司马光解释得非常清楚，他似乎已经预见到后人可能的误解："然天下离析之际，不可无岁时月日以识事之先后，据汉传于魏而晋受之，晋传于宋以至于陈而隋取之，唐传于梁以至于周而大宋承之，故不得不取魏、宋、齐、梁、陈、后梁、后唐、后晋、后汉、后周年号以纪诸国之事，非尊此而卑彼，有正闰之辨也。"说到底，司马光的史学是对胜利者的尊重，不管其仁暴与否，胜利者是不受责备的。这种正统观超越了道德的衡量，但在胜利者的前面加上了一个条件，就是必须"使九州合为一统"。话说得再清楚不过。司马光不承认魏、蜀、吴之间有正统和僭伪之别，曹魏、东吴、蜀汉都不能算是正统。三国之间，不过是如同春秋战国时期的列国之间的关系。以魏纪年，不过是图个方便，并没有扬此抑彼的意思。

嘉靖本的《三国志通俗演义》里，已经有一批为道德教条而牺牲的忠臣义士，譬如丁管、伍孚为抗争董卓而死；吉平、沮授、徐庶之母、孔融、崔琰、耿纪、韦晃为抗争曹操而死；诸葛瞻父子为蜀汉殉国；王累进谏，因刘璋不从而自杀。毛宗岗的评点有意地突出这些人的形象，撰写诗词大加赞扬，对这些从一而终的牺牲者大唱赞歌："忤奸则有孔融之正，触邪则有赵彦之直，斥恶则有祢衡之豪，骂贼则有吉平之壮，殉国则有董承、伏完之贤，捐生则有耿纪、韦晃之节。"毛宗岗还修改情节，让孙夫人听到先主驾崩的流言而投江自尽。但是，具有讽刺意味的是，这些人物的死都显得非常概念化，没有一点动人的力量。这不是因为毛宗岗的艺术功力不够，而是因为这样一个乱世实在不需要这样的人物。他们既无补于国家，更无补于民众，甚至对政权集团的利益也没有一点用处。而读者在小说有意无意的熏染之下，已经沉浸在一种利害得失的盘算之中。

对百姓来说，拥刘反曹之所以获得他们的支持，其真正的原因,既不是因为刘备的血统,也不是因为"兴复汉室"的旗号,而是因为百姓对仁政的向往,是一种得人心者得天下的理念。

欲显刘备之长厚而似伪

中国人读小说，看戏剧，喜欢好人得好报，恶人得恶报。所以读起《三国演义》来，必然不喜欢那个结局。明朝一位无名氏所作的《新刻续编三国志引》便说："及观《三国演义》，至末卷，见汉刘衰弱，曹魏僭移，往往皆掩卷不怿者众矣。又见关、张、葛、赵诸忠良反居一隅，不能恢复汉业，愤叹扼腕，何止一人？及观汉后主复为司马氏所并，而诸忠良之后杳灭无闻，诚为千载之遗恨。"读者都为刘备集团的悲剧结局感到惋惜不已，他们的同情无疑是在刘备这一边，可是，刘备这个人物，让人尊敬，却难以给人亲切的感觉。原因何在呢？在于人物自身的发展逻辑和作者的创作意图之间产生了不可克服的矛盾。作者要塑造一个仁君的形象，这个意图十分明显。但是，当作者用仁君的标准去拔高原型的时候，当作者用封建的伦理道德对原型进行规范化的时候，他得到的却是一个可敬而不可爱的人物。我们看到，刘备身处激烈的斗争旋涡之中，但内心感情的流水却非常平静，一点波澜也没有。"欲显刘备之长厚而似伪"，鲁迅在《中国小说史略》里的批评击中了要害。当作者企图突出刘备的宽厚时，却无意中写出了刘备的虚伪。作品的客观效果走向作者主观愿望的反面，这恐怕是作者始料未及的。

从正史的记载来看，刘备的性格确实比较宽厚。《三国志·蜀书·先主传》写道：

> 荆州豪杰归先主者日益多。……过襄阳，诸葛亮说先主攻琮，荆州可有。先主曰："吾不忍也。"……比到当阳，众十余万，辎重数千两，日行十余里，别遣关羽乘船数百艘，使会江陵。或谓先主曰："宜速行保江陵，今虽拥大众，被甲者少，若曹公兵至，何以拒之？"先主曰："夫济大事必以人为本，今人归吾，吾何忍弃去！"

其实，与其说刘备不忍乘刘表尸骨未寒而取荆州，莫如说刘备当时是心有余而力不足。毛宗岗分析道："马良请表刘琦为荆州牧，以安众心，可见荆州之人未忘刘表。其从曹操者，迫于势耳。使玄德于刘表托孤之日而遂自取，则人心必不附。人心不附，则曹操来迫而内变必作。故知玄德之迟于取荆州，未为失算矣。"从《三国志》来看，刘备确实很有领袖的魅力。小说中陶谦的三让徐州，陈珪、陈登父子的推崇，孔融的赞许，荆州士人的归顺，虽然带有小说的夸张和文饰，但也都有历史的根据，不是向壁虚造。刘备与刘表、袁绍、曹操、刘璋的关系，都是"先礼后兵"，先好后坏。刘备依附刘表，"刘表遂命孙乾先往报玄德，一面亲自出郭三十里迎接。玄德见表，执礼甚恭。表亦相待甚厚"。后来察觉荆州的人才都在悄悄地投靠刘备，刘表这才警惕起来，开始提防刘备。刘备投奔袁绍，"绍大喜，相待甚厚，同居冀州"。后来身在曹营的关羽连斩颜良、文丑两员大将，袁绍大怒，袁、刘的关系才由亲变疏。刘备投靠曹操，曹操与刘备煮酒论英雄，说："今天下英雄，惟使君与操耳。"可见当时曹操很推重刘备，评价非常高。后来，刘备卷入衣带诏的密谋，刘、曹翻脸。刘备应刘璋之邀入川，刘璋亦是倾心相待。但后来发现了刘备企图取而代之的雄心，遂反目成仇。

　　三国鼎立，比较而言，蜀汉的内部比较团结，曹魏的内部关系最为紧张。可是，小说夸大了刘备的性格特点，把刘备定格为仁义之君，定格为与曹操本质上完全相反的人物，问题就来了。从三国的立国过程来看，蜀汉的建立最为艰难曲折。且不说小说中已经大大地夸大了蜀汉的国力。得孔明以前，刘备东奔西走，寄人篱下，被动挨打，穷于应付，不成其为一支独立的力量。连文丑都说："刘玄德屡败之将，于军不利。"毛宗岗亦感叹刘备创业之艰难："吕布袭兖州，而曹操卒复兖州；吕布袭徐州，而刘备不能复徐州。非备之才不如，而实势不如也。本是吕布依刘备，今反成刘备依吕布，客转为主，主转为客，备之遇亦艰矣哉！""非绍之贤而纳备，乃备之急而投绍耳。前乎此者，依托吕布，又依托曹操；后乎此者，依托刘表，又依托孙权。茕茕一身，常为客子，然则备之为君，殆在旅之六五云。"刘备没有根据地，时而北上，时而南下，一直是漂着。刘备没有形成强有力的领导核心，身边人才寥落，虽有关羽、张飞、赵云等数位"万人敌"的虎将，但文职人员如孙乾、糜竺等人，充其量也只是三流人才。这样一个领导班子，根本不可能制订出有远见的战略。在这个阶段，刘备还远未具备割据称雄的条件。小说写到赤壁之战以前，刘备形象的虚伪性并没有成为严重的问题。当时刘备势力尚弱，羽毛未丰，还没有力量去欺负别人。三让徐州是刻画刘备仁义品格的重要的一笔。小说在这里用张飞来衬托："又不是我强要他的州郡，他好意相让，何必苦苦推辞？"刘备回答说："汝等欲陷我于不义耶？"从表面上来看，此时的刘备已经近似于宋襄公，难怪毛宗岗就此揶揄刘备道："刘备之辞徐州，为真辞耶？为假辞耶？若以为真辞，则刘璋之益州且夺之，而陶谦之徐州反让之，何也？或曰：'辞之愈力，则受之愈稳，大英雄人，往往有此计算，人自不如耳。'"连毛宗岗这样同情刘备的人也在怀疑刘备三让徐州的动机。其实，刘备之所以不敢贸然去接徐州的大印，还是怕人心不服，怕袁术来攻。《先主传》谈到刘备让徐州的时候写道，陶谦死后，陈登劝刘备顺从陶谦的遗愿，接任徐州刺史的职务，刘备回答说："袁公路近在寿春，此君四世五公，海内所归，君可以州与之。"原来是怕袁术反对。孔融说，袁术"岂忧国忘家者邪？冢中枯骨，何足介意"，刘备才不再谦让。如果刘备说的是真心话，那么他的眼光还不如孔融。据《先主传》，刘备接任徐州太守以后不久，袁术果然来攻。小说把《先主传》里刘备和陈登的对话删去，改成陶谦弥留之际，诚心相托，并添上这样一段文字："次日，徐州百姓拥挤府前，哭拜曰：'刘使君若不领此郡，我等皆不能安生矣。'"这样一来，刘备就变成民心所向、众望所归，变成救苦救难的菩萨。袁术来攻也改成曹操要来攻，以突出刘备和曹操的对立。

刘备三顾孔明于草庐之中，孔明为刘备制定了先取荆襄、继夺西川的战略方针。至此，吞并刘表、刘璋两大集团，已成为刘备集团的既定方针。此时小说的作者意识到，如果让刘备一味地赞同诸葛亮的战略建议，势必损害刘备作为一个仁义之君的形象，于是，作者便连忙煞费苦心地为之弥缝遮掩：

玄德闻言，避席拱手谢曰："先生之言，顿开茅塞，使备如拨云雾而睹青天。但荆州刘表、益州刘璋，皆汉室宗亲，备安忍夺之？"孔明曰："亮夜观天象，刘表不久人世，刘璋非立业之主，久后必归将军。"玄德闻言，顿首拜谢。(《三国演义》第三十八回，后文凡征引《三国演义》只标明回目)

吞并刘表、刘璋既然是宗室之间骨肉相残的不仁不义之事，又怎么能使刘备产生"如拨云雾而睹青天"的快乐心情呢？幸好天意如此，刘备大可不必良心不安。毛宗岗为其辩解道："二刘之地，玄德不取，必为孙、曹所有。"其实，这种圆滑的处理把刘备写成了伪君子，把诸葛亮从高瞻远瞩的战略家降为了算命先生。

刘备得孔明以后，先是谨慎地插手和利用刘表家庭乃至集团内部的矛盾，后来又借赤壁之战以后的形势，推刘表的长子刘琦为荆州刺史。利用刘琦在荆州地区的影响与潜在势力，招抚和降服了长江以南的荆州四郡太守。刘琦的价值被充分地发掘出来。诸葛亮曾经劝刘备："新野小县，不可久居。近闻刘景升病在危笃，可乘此机会，取彼荆州为安身之地，庶可拒曹操也。"刘备回答说："公言甚善。但备受景升之恩，安忍图之！""吾宁死，不忍作负义之事。"在这里，小说用诸葛亮的权谋来衬托刘备的仁义。其实，就这件事而言，刘备的考虑比诸葛亮更为稳妥。人们只知道"诸葛一生惟谨慎",其实刘备的谨慎一点也不次于诸葛亮。我们只要看他如何处理和吕布及刘表的关系,就不难明白。赤壁之战以前,刘备表现得特别能忍让,什么原因呢?主要是实力太弱。《三国志·吴书·吴主传》评价孙权"屈身忍辱,任才尚计,有勾践之奇,英人之杰矣"。将孙权比作能屈能伸的勾践。孙权也确实能忍,孙权的忍,一是对大族能忍。譬如说,张昭是顾命大臣,资格老,为人刚直,"辞气严厉,义形于色",常常当面顶撞孙权,让年轻的君主下不来台。孙权曾经"案刀而怒曰":"吴国士人入宫则拜孤,出宫则拜君,孤之敬君,亦为至矣。而数于众中折孤,孤尝恐失计。"在这样的威胁面前,张昭并不屈服。最后,还是孙权"深自克责",多作自我批评,从而取得张昭的拥戴。二是对曹魏能忍。孙权擒关羽,夺回荆州以后,深怕刘备报复,转而与曹魏联合。于是,孙权将关羽之首函送许昌,称臣归命,希望以自己的卑顺来冲淡曹魏的敌意。但曹操洞察孙权的那点小聪明,说:"是儿欲使吾居炉火上耶!"让孙权去攻刘备。接着,又要求孙权的儿子到许昌来当人质。孙权当然做不到,最后还是与曹魏翻脸。其实,刘备在"屈身忍辱"的方面,比孙权更像勾践。孙权还有父兄的基业可以依赖,刘备则完全靠自己白手起家。他受的欺负更多,经历了更多的坎坷。始得豫州而曹操夺之,继得徐州而吕布夺去。小不忍则乱大谋,他不忍怎么能行!曹军大举南下,据《先主传》说，刘备当时确实不忍弃众逃跑，但小说夸大了这一点，写出了这样的一个场面：

> 即日号泣而行，扶老携幼，将男带女，滚滚渡河，两岸哭声不绝。玄德于船上望见，大恸曰："为吾一人而使百姓遭此大难，吾何生哉！"欲投江而死。（第四十一回）

结果当然是"左右急救止"，否则的话，下面的故事怎么讲？大概是毛宗岗也觉得这样的描写未免有点过火，于是插了一段解嘲的批语："或曰：玄德之欲投江，与曹操之买人心，一样都是假处。然曹操之假，百姓知之；玄德之假，百姓偏不以为假。虽同一假也，而玄德胜曹操多矣。"其实，毛宗岗的这种维护是越描越黑，他的话等于说，刘备比曹操更有欺骗性，更善于欺骗百姓。南宋的朱熹奉刘备为正统，可是，他也觉得刘备之不取刘琮没有道理："我这里方行仁义之师，救民于水火之中，你却抗拒不服，如何不伐得？圣人做处如此。到得后来，都不如此了。如刘先主不取刘琮而取刘璋，更不成举措。当初刘琮孱弱，为曹操夺而取之。若乘此时，明刘琮之孱弱，将为曹操所图，起而取之，岂不正当？到得临了，却淬淬地去取刘璋，全不光明了。当初孔明便是教他先取荆州，他却不从。或曰：终是先主规模不大，

索性或进或退，所以终做事不成。"(《朱子语类》卷四十七）

小说又写刘备"同行军民共数万，大小车数千辆，挑担背负者不计其数"，"缓缓而行"。别人警告他曹军"即日渡江赶来也"，刘备说："举大事者，必以人为本，今人归我，奈何弃之！"诸葛亮要他赶快去江夏求救于刘琦，他依然不紧不慢，"每日只走十余里便歇"。后面的曹军五千轻骑，正日夜兼程，以一日一夜三百多里的速度，火急追来。战场的形势瞬息万变，可作为主帅的刘备一路上只是哭泣，再不就是讲一些迂腐的话，一点主意、一点措施也没有。其实，刘备的军队和逃难的百姓混杂在一起，只会增加百姓伤亡的可能性，并没有一点保护百姓的实际作用。刘备的这种形象和春秋时的宋襄公已是毫无区别。有人认为，刘备是故意这样做，让羊群似的逃难百姓来掩护自己，但这样也未免把刘备想得太坏。

夺取了荆襄地区以后，刘备集团窥视着西川刘璋方面的一举一动。益州集团的中坚人物张松赴魏以后，"早有人报入荆州，孔明便使人入许都打探消息"。曹操的傲慢使张松大为不满，张松转而投靠刘备。这就给了刘备一个极好的机会。张松企图依靠外力推翻刘璋的统治，刘璋也一厢情愿地希望刘备帮助他去抵御和消灭盘踞汉中、威胁西川的张鲁。刘备对沃野千里的西川早已垂涎三尺，刘璋的邀请正中下怀，真是求之不得的天赐良机。

刘备夺取西川的第一步是拉拢张松。他为此下了很大的功夫。先是派赵云远迎，接着是派关羽去热情款待。一向看不起文人的关羽，此时也变得彬彬有礼。最后是"玄德引着伏龙、凤雏，亲自来接"。刘备"一连留张松饮宴三日，并不提起西川之事"。明明是为了西川之事，却偏偏绝口不提。毛宗岗就此议论道："孔明深欲为玄德取西川，又明知张松此来是卖西川，却教玄德只做不知，凭他挑拨，并不提起，直待张松忍耐不住，自吐衷曲，最似今之巧于贸易者：极欲买是物，偏故作不欲买之状，直待卖者求售，然后取之。"刘备一味地谦让，自己难以启齿的话让庞统去讲：

> 庞统曰："吾主汉朝皇叔，反不能占据州郡；其他皆汉之蟊贼，却都恃强侵占地土，惟智者不平焉。"
> （第六十回）

刘备不主动提出袭取西川的意图，却尽量把话题往这方面引。他一会儿叹息自己"未有安迹之所"，一会儿又假惺惺地半推半就："备安敢当此？刘益州亦帝室宗亲，恩泽布蜀中久矣。他人岂可得而动摇乎？"刘备一面表示同为汉室宗亲，怎能忍心夺取；一面又一个劲地打听西川的虚实："备闻蜀道崎岖，千山万水，车不能方轨，马不能联辔，虽欲取之，用何良策？"垂涎三尺而又扭扭捏捏，"犹抱琵琶半遮面"，真是虚伪到了极点！张松临行时，双方总算拍板成交。待到张松献出西川的地图，刘备赶快向他承诺："青山不老，绿水长存。他日事成，必当厚报。""孔明命云长等护送数十里方回"。

刘备入川的意图十分明确，他自然不肯抓紧时间替刘璋去消灭张鲁。到葭萌以后，他就驻扎下来，"广布恩德，以收民心"，再也不肯前进一步。由于张松之弟张肃的举报，刘璋此时也已得知刘备入川的真实企图，他收斩了私通刘备的张松，同时下令关戍诸将不得再与刘备联系。可是，刘璋的觉悟为时已晚。请客容易送客难，刘备找了一个小小的借口，回师西下，攻涪县，拔绵竹，进围成都。仅仅用了一年的时间，就粉碎了刘璋集团的抵抗。

刘备在入川的过程中，颇有一些失态的表现。譬如小说第六十二回写到，刘璋对刘备的意图有所察觉以后，"乃量拨老弱军四千，米一万斛，发书遣使报玄德"，想看一下刘备的反应。谁知一向宽和谦虚、能忍能让的刘备竟拍案大怒："吾为汝御敌，费力劳心，汝今积财吝赏，何以使士卒效命乎？"且"扯毁回书，大骂而起"。刘璋的使者吓得逃回成都。刘备这次的失态，连庞统都感到有点奇怪："主公只以仁义为重，今日毁书发怒，前情尽弃矣。"其实，刘备的失态，只是反映了一种急于寻衅而一时又找不到借口的急躁心理罢了。所谓"仁义为重"，只是手段，并非目的。刘备攻下涪关以后，设宴庆贺。酣醉之余，又有一次失态的表现："次日劳军，设宴于公厅。玄德酒酣，顾庞统曰：'今日之会，可为乐乎？'庞统曰：'伐人之国而以为乐，非仁者之兵也。'玄德曰：'吾闻昔日武王伐纣，作乐象功，此亦非仁者之兵欤？汝言何不合道理？可速退！'庞统大笑而起。左右亦扶玄德入后堂。睡至半夜，酒醒。左右以逐庞统之言告知玄德。玄德大悔。次早穿衣升堂，请庞统谢罪曰：'昨日酒醉，言语触犯，幸勿挂怀。'庞统谈笑自若。玄德曰：'昨日之言，惟吾有失。'庞统曰：'君臣俱失，何独主公？'玄德亦大笑，其乐如初。"（第六十二回）庞统只是开了一个小小的玩笑，刺着了刘备的痛处，一向礼贤下士的刘备竟把庞统赶下宴席。早先他还说刘璋也是汉室宗亲，"恩泽布蜀中久矣"，现在要夺人基业，便说人家是纣王了。这一段插曲并非出自小说家的杜撰，而是来自《三国志·蜀书·庞统传》。习凿齿就此指责刘备："夫霸王者，必体仁义以为本，杖信顺以为宗。一物不具，则其道乖矣。今刘备袭夺璋土，权以济业，负信违情，德义俱愆。虽功由是隆，宜大伤其败，譬断手全躯，何乐之有？"裴松之大致同意习凿齿的意见，只是认为"违义成功，本由诡道"，并讥刺刘备"宴酣失时，事同乐祸，自比武王，曾无愧色"。刘备袭击刘璋，是刘备枭雄面目最有力的证据，使倾向于蜀汉的人都觉得难以替他辩解。

儒家讲究王道和霸道的区别，王道强调德，霸道则强调力。孟子认为，实行王道则无敌于天下，道德和政治是可以统一的。可是，在那个天下争于气力的战国时代，谁也不相信孟子的理论，没有一个诸侯愿意用他。面对三国这样的乱世，要塑造刘备这样的仁义之君，就必然会遇到王道和霸道的冲突。在入川的过程中，小说屡次地写到刘备"高尚的"道德观念和军事政治利益之间的矛盾和冲突。作者的办法是让庞统来唱白脸，而让刘备来唱红脸，以此来维护刘备仁义的形象。第六十回，进军西川的前夕，庞统劝告刘备当机立断，进攻西川，刘备却在那里犹豫："若以小利而失信义于天下，吾不忍也。"庞统便"教唆"说："主公之言，虽合天理，奈离乱之时，用兵争强，固非一道。若拘执常理，寸步不可行矣。宜从权变。且'兼弱攻昧''逆取顺守'，汤、武之道也。若事定之后，报之以义，封为大国，何负于信？今日不取，终被他人取耳。主公幸熟思焉。"刘备于是恍然大悟："金石之言，当铭肺腑。"如此，王道被霸道代替，实利战胜了仁义。这么做是有根据的，作为圣人的汤、武就是榜样。再如小说第六十一回，写庞统和法正"劝玄德就席间杀刘璋，西川唾手可得。"刘备说："吾初入蜀中，恩信未立，此事决不可行。""二人再三说之，玄德只是不从。"又如第六十回，刘备对庞统说："季玉是吾同宗，诚心待吾，更兼吾初到蜀中，恩信未立，若行此事，上天不

容,下民亦怨。公此谋,虽霸者亦不为也。"《三国志·蜀书·先主传》对这件事是这么写的:

> 至涪,璋自出迎,相见甚欢。张松令法正白先主,及谋臣庞统进说,便可于会所袭璋。先主曰:"此大事也,不可仓卒。"

刘备的意思,此事不是不能做,而是要慎重,不能操之过急。正如毛宗岗所说:"玄德不欲遽杀刘璋,亦为收民心故耳。先收民心而后取西川,此是玄德主意。""然杀刘璋而急取之,则人心不附,而抚之也难;不杀刘璋而缓取之,则人心可服,而享之也固。"可谓洞察刘备肺腑。在这里,我们再一次看到刘备的谨慎。刘备、刘璋见面的宴会上,重演刘邦、项羽鸿门宴上"项庄舞剑,意在沛公"的一幕。不过,在这里,是庞统扮演范增的角色,刘备扮演项羽,刘璋则扮演刘邦。庞统在席上击杀刘璋的计划被刘备阻止。刘备事后责备庞统:"公等奈何欲陷备于不义耶?今后断勿为此。"《先主传》说:"璋敕关戍诸将文书勿复关通先主,先主大怒,召璋白水军督杨怀,责以无礼。斩之。"小说为了维护刘备仁义的形象,受《零陵先贤传》的启发,设计出杨怀和高沛想要行刺刘备的情节。如此一来,不是刘备主动要杀杨怀、高沛,而是变成杨怀、高沛要行刺刘备,分明是自己找死。

作者要维护刘备仁义之君的形象，而吞并西川、击灭宗室刘璋的情节又无法回避，于是，我们在这几回里看到了这样一幅荒谬的画面：刘备很不情愿地率领着他的精兵强将，向着那缺乏准备的"汉室宗亲"刘璋猛扑过去，并且迅速扼住了对方的喉咙。刘璋投降一节，更是把刘备的虚伪推到了顶点：

> 于是刘璋决计投降，厚待简雍。次日，亲赍印绶文籍，与简雍同车出城投降。玄德出寨迎接，握手流涕曰："非吾不行仁义，奈势不得已也！"（第六十五回）

刘备的"流涕"自然是鳄鱼的眼泪。毛宗岗也不得不说："备既入川，则已有不能不取之势，入其境而不忍取其地，则进退维谷，而祸及身矣。总之，召虎易而遣虎难，入险易而出险难耳。"人物不由自主地按照自己的逻辑行事。刘备愈是走近他的既定目标，就愈要遵循弱肉强食的原则。有句名言说得好："必然规律不知道德为何物。"在当时逐鹿中原的战争中，弱肉强食是必然的规律。刘备无法改变它。相反，只有遵循这条规律，才能实现自己的政治目标。刘备势力的两次大发展，都是以牺牲其他政权集团的利益为前提的。刘表集团是第一个牺牲品，刘璋集团是第二个牺牲品。

刘表和刘璋没有犯该被灭的罪过，但二刘的平庸无能，注定了他们覆灭的命运。当然，刘表集团直接覆灭于曹操的进攻，怪不得刘备；可是，刘表的许多残部却被刘备收编。关键是刘备、诸葛亮事先已经把刘琦争取过来。他们明白刘琦的价值，没有小看这位病病歪歪的公子。在争夺荆襄的大局中，刘琦似乎是一枚"闲子"，但闲子并非弃子，这枚闲子在荆襄局势的后续发展中体现出很大的价值。

作者错误的创作意图一次又一次地将人物推到情理之外，而人物自身的逻辑一次又一次地将人物领回到情理之中。具有讽刺意味的是：人物的理想化恰恰成为人物形象失败的根本原因。这种事与愿违的艺术效果其实是对于仁君理想的揶揄和讽刺。大而言之，刘备形象的虚伪反映出整个封建伦理的虚伪性。时代已经到了封建社会的晚期，统治阶级已经提不出新的伦理理想。人物的苍白根源于理想的苍白。

前人早已注意到塑造理想人物难以讨好的现象。夏曾佑在《小说原理》中总结小说创作之"五难"。第一难就是"写小人易，写君子难"："人之用意，必就己所往之本位以为推，人多中材，仰而测之，以度君子，未必即得君子之品性，俯而察之，以烛小人，未有不见小人之肺腑也。试观《三国演义》，竭力写一关羽，乃适成一骄矜灭裂之人；又欲写一诸葛亮，乃适成一刻薄轻狡之人。《儒林外史》竭力写一虞博士，乃适成一迂阔枯寂之人。而各书之写小人无不栩栩欲活。"夏氏的话虽然不免有些苛刻,但大致的意思是对的。

当然,说刘备虚伪是就小说对刘备的整体描写而言的。事实上,小说中某些不经意的情节反而把刘备的宽厚刻画得非常动人。譬如,刘备将刘封收为螟蛉之子,曾经遭到关羽的反对。关羽的意思,刘备自己有儿子,认什么义子!后来,吕蒙白衣渡江,偷袭关羽,关羽困守麦城,派廖化杀出重围,去向居守上庸的刘封、孟达求救。孟达挑拨刘封说:"将军以关公为叔,恐关公未必以将军为侄也。某闻汉中王初嗣将军之时,关公即不悦。后汉中王登位之后,欲立后嗣,问于孔明,孔明曰:'此家事也,问关、张可矣。'汉中王遂遣人至荆州问关公。关公以将军乃螟蛉之子,不可僭立,劝汉中王远置将军于上庸山城之地,以杜后患。此事人人知之,将军岂反不知耶?何今日犹沾沾以叔侄之义,而欲冒险轻动乎?"刘封听了孟达的挑拨,见死不救,拒不发兵援助身处险境的关羽。由此可见,关羽之死,刘封负有很大的责任。刘备亦因此深恨刘封。其后孟达投降曹操,刘备听孔明之计,令刘封攻孟达,"令二虎相并,刘封或有功,或败绩,必归成都,就而除之,可绝两害"。孟达去书劝刘封投降,刘封扯书斩使:"此贼误吾叔侄之义,又间吾父子之亲,使吾为不忠不孝之人也!"与孟达死战,并对先前之不救关羽有所悔恨。终因众寡不敌,兵败而逃回成都。刘备为刘封见死不救关羽，处死刘封。"汉中王既斩刘封，后闻孟达招之，毁书斩使之事，心中颇悔。"据《三国志·蜀书·刘封传》，是诸葛亮促成了刘备的杀机："诸葛亮虑封刚猛，易世之后终难制御，劝先主因此除之。于是赐封死，使自裁。"刘封临终后悔没有听孟达的话投降曹操。"先主为之流涕。"平心而论，刘封一时糊涂，听了孟达的挑拨，因私憾而见死不救，坐观关羽危亡，确是罪不容诛；但同一个刘封，以螟蛉之子的身份，却能够在已经得罪父王的情况下，痛心自己的错误，坚决拒绝孟达的劝降，在力量悬殊的情况下与曹军苦战，确实也难能可贵。而刘备的"心中颇悔"，说明刘备对自己的螟蛉之子还是很有感情的。

　　黄权的故事是又一个例子。黄权投降曹操的消息传来以后，近臣建议："可将彼家属送有司问罪。"可刘备却说："黄权被吴兵隔断在江北岸，欲归无路，不得已而降魏：是朕负权，非权负朕也。何必罪其家属？"仍给禄米以养之。刘备能够自己承担责任，能够谅解不得已而投降曹魏的部下，充分表现出他为人的忠厚。小说又用黄权对刘备的信任来进一步证明刘备的忠厚："忽近臣奏曰：'有细作人自蜀中来，说蜀主将黄权家属尽皆诛戮。'权曰：'臣与蜀主，推诚相信，知臣本心，必不肯杀臣之家小也。'"（第八十五回）刘封、黄权的故事是有历史根据的，刘备当时确实是那么一种态度。裴松之还就此赞叹道："臣松之以为汉武用虚罔之言,灭李陵之家,刘主拒宪司所执,宥黄权之室,二主得失悬邈远矣。"其实,不用和汉武帝诛杀李陵家属的事来比较,只要看看曹丕对于禁的处理,比较一下,就可以看出刘备的厚道。

关羽水淹七军,"随波逐浪者,不计其数。平地水深丈余"。于禁被俘,投降关羽。于禁的投降,比黄权更可以理解,曹操为之感慨:"于禁从孤三十年,何期临危反不如庞德也!"曹操不明白,跟了他三十年的于禁,为何反不如刚刚投降过来的庞德。话里还有一点惋惜的意思。其实,庞德无所谓忠不忠,如毛宗岗所说:"其后既不肯背曹操而降关公,其初何以背马超而降曹操?"对曹操来说,忠于他才是真正的忠。后来东吴为了讨好曹魏,把于禁送回魏国,以此来缓和双方的关系。当时曹操已经去世。那么,曹丕如何处置于禁呢?小说写道:"令于禁董治陵事。禁奉命到彼,只见陵屋中白粉壁上,图画关云长水淹七军擒获于禁之事。画云长俨然上坐,庞德愤怒不屈,于禁拜伏于地,哀求乞命之状。原来曹丕以于禁兵败被擒,不能死节,既降敌而复归,心鄙其为人,故令人图画陵屋粉壁,故意使之往见以愧之。当下于禁见此画像,又羞又恼,气愤成病,不久而死。"(第七十九回)这段故事是从《三国志·魏书·于禁传》来的。于禁的本传中说,于禁被东吴遣送回魏国以后,"帝慰谕以荀林父、孟明视故事,拜为安远将军。欲遣使吴,先令北诣邺谒高陵。帝使豫于陵屋画关羽战克、庞德愤怒、禁降服之状。禁见,惭恚发病薨。"曹丕在接见于禁的时候,故作宽宏大量,借用秦穆公原谅失败将领的故事,却又让人预先画了图画来羞辱于禁。我们由此可以看出曹丕的外宽内忌,看出他为人的虚伪。曹丕与他的父亲相比,确实是差多了。他干的许多事都非常地小家子气。宋人孔平仲于此感慨道:"曹瞒相知三十年,临危不及庞明贤。归来头白已憔悴,泣涕顿首尤可怜。高陵画像何诡谲,乃令惭痛入九泉。洧水之师勇冠世,英雄成败皆偶然。"(《宋诗钞》卷十六《于将军》)对于禁多有同情。"诡谲"二字,隐含着对曹丕的讽刺。难怪陈寿在《三国志·魏书·文帝纪》的末尾虽然承认曹丕"天资文藻,下笔成章,博闻强识,才艺兼该",但对曹丕的狭隘,也不无讽刺:"若加之旷大之度,励以公平之诚,迈志存道,克广德心,则古之贤主,何远之有哉!"曹操曾经说"生子当如孙仲谋",但曹丕可赶不上孙权。刘备就非常轻视曹丕,他临终时曾经对诸葛亮说:"君才十倍曹丕。"可见这位蜀汉之主对曹丕的轻蔑。小说鄙视于禁的投降,也无意刻画曹丕的狭隘,所以没有采用"帝慰谕以荀林父、孟明视故事"这一材料。作者更有兴趣的是曹丕迫害弟辈的故事。

87

诸葛亮为刘备所累

诸葛亮是一位贤相的典型，也是军事智慧、政治智慧的化身。高瞻远瞩、指挥若定，严以律己、忠贞不贰，鞠躬尽瘁、死而后已。他是刘备集团实际上的灵魂。他的决策关系着蜀汉的生死存亡。他的举手投足、顾盼谈笑，都使读者为之屏息凝神。刘备去世以后，诸葛亮忠心耿耿地执行既定的方针，呕心沥血地指挥了每一次战斗。可是，在小说中，诸葛亮的形象常常为刘备所累。原因何在呢？原因在于，小说为了冲淡刘备的"枭雄"色彩，常常让孔明来做恶人，而让刘备来做好人。结果往往是刘备实际上做了"枭雄"该做的事，而孔明却充当了"教唆犯"的角色。本来，小说家常常利用人物思想性格的不同互相映衬，以达到比较而显的效果。可是，这种比较的分寸如果把握得不好，也会产生副作用。

小说第六十五回，攻克成都以后，孔明建议说："今西川平定，难容二主：可将刘璋送去荆州。"刘备却说："吾方得蜀郡，未可令季玉远去。"看来是于心不忍。可孔明反驳刘备道："刘璋失基业者，皆因太弱耳。主公若以妇人之仁，临事不决，恐此土难以长久。"于是，"玄德从之"，不再坚持他的"妇人之仁"。毛宗岗就此揶揄道："一个做好，一个做恶，定是商量停当。"

第七十三回"玄德进位汉中王，云长攻拔襄阳郡"，众人要拥戴刘备称帝。此时汉献帝还在，刘备要称帝的话，理论上还有点问题。原来刘备反曹，打的是"兴复汉室"的旗号，现在汉献帝虽然已成傀儡，但毕竟还坐在金銮殿上。刘备自己称帝则超出了"兴复汉室"的范围。我们看小说怎么设计刘备和诸葛亮各自的态度：

> （诸葛亮）随引法正等入见玄德，曰："今曹操专权，百姓无主。主公仁义著于天下，今已抚有两川之地，可以应天顺人，即皇帝位，名正言顺，以讨国贼。事不宜迟，便请择吉。"玄德大惊曰："军师之言差矣。刘备虽然汉之宗室，乃臣子也；若为此事，是反汉矣。"孔明曰："非也。方今天下分崩，英雄并起，各霸一方。四海才德之士，舍死亡生而事其上者，皆欲攀龙附凤，建立功名也。今主公避嫌守义，恐失众人之望。愿主公熟思之。"

诸葛亮劝刘备称帝的理由,归纳起来,有四条:一是"百姓无主"。这一条显然不太稳妥,因为汉献帝明明还在。二是刘备"仁义著于天下"。这里隐含着"天下惟有德者居之"的思想。在嘉靖本的《三国志通俗演义》里,曾经多次提到这样的主张:

(王)允曰:"天下者,非一人之天下,乃天下人之天下。自古'有道代无道,无德让有德',岂过分乎!"(卷一)

(孙)权曰:"今尽力一方,冀以辅汉耳,此言非所及也。"(鲁)肃曰:"古云:'人皆可以为尧、舜',但恐将军不肯为耳。"(卷六)

(薛)综曰:"公言差矣!予闻古人云:'天下者,非一人之天下,乃天下人之天下也。'故尧以天下禅于舜。……"(卷九)

孔明曰:"都督此言极是公论。古人云:'天下者,非一人之天下,乃天下人之天下也。'……"(卷十一)

孔明变色曰:"……自三皇五帝开天立极以来,天

下者，非一人之天下，乃天下人之天下也。……"（卷十一）

（张）松曰："不然。天下者，非一人之天下也，乃天下人之天下也，惟有德者居之。……"（卷十二）

连夏侯惇劝曹操称帝也说："自古以来，能除万害为百姓所归者，即生民之主也。"（卷十六）曹丕篡汉和司马炎篡魏也都以"天下者，非一人之天下也，乃天下人之天下也"为口实。可是，到了毛宗岗的评点本里，凡是能够体现"天下惟有德者居之"意思的话几乎统统被删掉了。仅仅在鲁肃去讨荆州时，周仓反驳鲁肃道："天下土地，惟有德者居之，岂独是汝东吴当有耶？"算是删削不尽的一点遗留。毛宗岗生当君主专制登峰造极的清王朝，不敢再提"天下惟有德者居之"的口号，惧怕刺激君王敏感的神经。但是，《三国演义》拥刘反曹的倾向其实正是建立在"天下惟有德者居之"的基础之上。诸葛亮鼓励刘备称帝的第二条理由，只不过是原来口号没有抹掉的一点痕迹。平心而论，"天下惟有德者居之"这句口号，谁都可以利用。拥兵自重的诸侯可以利用，农民起义也可以利用。对于一向以"兴复汉室"为号召的刘备来说，一下子将自己的口号变成激进的"天下惟有德者居之"，也不太合适。再看诸葛亮鼓励刘备称帝的第三条理由"今已抚有两川之地"。意思是已经有了地盘，有了称帝的实力。等于说"有枪便是草头王"。这一条更是站不住脚。古代的周文王三分天下有其二，尚且没有称帝，何况刘备还只是占了区区的西川，九州之地有其一而已。

诸葛亮提出的第四条理由是，大家都想"攀龙附凤"，图个功名富贵，你自己谦虚不想当这个皇帝也就罢了，只是大家也就借不了光，人心就散了。看来，这第四条最说不出口，却是最要命的一条。如果真的人心散了，那后果就严重了。但这样一来，也把诸葛亮的境界降得很低。这好像不是我们印象中的诸葛亮。就当时的形势来说，贸然称帝，也确实不太策略，于是达成妥协，先不称帝，暂且称作汉中王。"玄德再三推辞不过，只得依允。"

第八十回"曹丕废帝篡炎刘，汉王正位续大统"，曹丕废帝篡位，意味着中原的拥汉派已经被彻底击败，这就给一向以"兴复汉室"为标榜的刘备提供了称帝的机会。但称帝毕竟需要更多的"理由"，所以劝进的过程显得更加"曲折"。刘备照例是一让再让，诸葛亮则再一次为刘备所累。先是诸葛亮和太傅许靖、光禄大夫谯周提出"天下不可一日无君"。献帝被废，君位虚悬，曹丕借"禅让"的形式登基，只能骗骗小孩。这是曹丕为刘备称帝提供的借口。群臣劝进，刘备自然是"大惊"："卿等欲陷孤为不忠不义之人

元　赵孟頫书《出师表》

耶?"诸葛亮的理由是血统:"非也。曹丕篡汉自立,王上乃汉室苗裔,理合继统以延汉祀。"刘备的态度非常坚决:"孤岂效逆贼所为!"

三天后,许靖又奏曰:"今汉天子已被曹丕所弑,王上不即帝位,兴师讨逆,不得为忠义也。今天下无不欲王上为君,为孝愍皇帝雪恨。若不从臣等所议,是失民望矣。"这是用讨贼的名义来劝进。可是,讨贼和称帝之间没有必然的联系。不称帝也可以讨贼。先前没有称帝,不也一直在讨贼吗?刘备推辞说:"孤虽是景帝之孙,并未有德泽以布于民。今一旦自立为帝,与篡窃何异!"刘备的推托之辞大有文章。他首先肯定自己的宗室身份,意思是从血统来看没有一点问题,问题是"并未有德泽以布于民"。换言之,如果"有德泽以布于民",则称帝亦未尝不可。但"德泽以布于民"恰恰是刘备的强项。可见此时此刻,刘备已是半推半就。但表面上还是"坚执不从"。在刘备看来,还是火候未到。于是,诸葛亮装病,引刘备登门探望,以便再作劝进。诸葛亮的劝进几乎就是第七十三回那番话的翻版:

臣自出茅庐,得遇大王,相随至今,言听计从。今幸大王有两川之地,不负臣夙昔之言。目今曹丕篡位,汉祀将斩,文武官僚,咸欲奉大王为帝,灭魏兴刘,共图功名。不想大王坚执不肯,众官皆有怨心,不久必尽

> 散矣。若文武皆散，吴、魏来攻，两川难保。臣安得不忧乎？"汉中王曰："吾非推阻，恐天下人议论耳。"孔明曰："圣人云：'名不正，则言不顺。'今大王名正言顺，有何可议？岂不闻'天与弗取，反受其咎'？"

关键的理由是"众官皆有怨心，不久必尽散矣"。不同的是，这次劝进，不但晓之以理，而且动之以情。当然，曹丕的篡汉也使刘备称帝的理由更加充足。有趣的是刘备的推托之辞："吾非推阻，恐天下人议论耳。"总算说了实话。这一次不说自己德泽于民不够，而是"恐天下人议论耳"，是怕人家以小人之心度君子之腹。看来，双方的差距越来越小。于是，诸葛亮进一步提出"天与弗取，反受其咎"的警告。刘备则见台阶就下。回答说："待军师病可，行之未迟。"毛宗岗讽刺道："此句已是十分应承。"诸葛亮本是装病，文武百官早已在屏风外等候多时，于是一齐伏地请求"择日以行大礼"。"汉中王惊曰：'陷孤于不义，皆卿等也！'"自己登基做了皇帝，把责任全推给"卿等"。

历史上的刘备，对于称帝，还是很在意的。据《三国志》及裴注，州前部司马费诗出来反对，结果是"左迁部永昌从事"。尚书令刘巴和主簿雍茂起来反对，一个遭冷遇，一个被刘备寻事诛杀："是时中夏人情未一，闻备在蜀，四方延颈。而备锐意欲即真。巴以为如此示天下不广，且欲缓之。与主簿雍茂谏备。备以他事杀茂，由是远人不复至矣。"刘巴则从此"恭默守静，退无私交，非公事不言"。

"拥刘"源自"拥诸葛"

《三国演义》是一部世代累积而成的长篇小说，从它的成书过程可以看出，"拥刘"的倾向来自"拥诸葛"。诸葛亮的声望魅力奠定了三国故事"拥刘"的基础。

三国纷争，蜀汉是失败者，东吴也是失败者，可是，世人并不以成败论英雄。从历史上看，三国之中，治理得最好的是蜀汉，蜀汉的衰落是在诸葛亮身后。陈寿在《上诸葛亮集表》中这样描写诸葛亮时期蜀汉的吏治："科教严明，赏罚必信，无恶不惩，无善不显，至于吏不容奸，人怀自厉，道不拾遗，强不侵弱，风化肃然。"诸葛亮在蜀汉所推行的这种清明的政治，体现了民众的社会理想。"拥刘反曹"的倾向正是建立在民众的这种社会理想的基础之上。民众才不管什么正统不正统！一切高调，都与民众的切身利益没有关系。诸葛亮的威信不仅在于他的才能，而且在于他的忠贞。如毛宗岗所析："曹操、司马懿之为相，与诸葛武侯之为相，其总揽朝政相似也，其独握兵权相似也，其神机妙算为众推服，又相似也。而或则篡，而或则忠者，一则有私，一则无私；一则为子孙计，一则不为子孙计故也。操之临终，必嘱曹丕；懿之临终，必嘱师、昭。而武侯不然。其行丞相事，则托之蒋琬、费祎矣；其行大将军事，则付之姜维矣。而诸葛瞻、诸葛尚，曾不与焉。自桑八百株、田十五顷而外，更无一事以增家虑。则出将入相之孔明，依然一弹琴抱膝之孔明耳。原其初心，本欲俟功成之后，为泛湖之范蠡，辟谷之张良，而无如事之未终，乃卒于五丈原之役。呜呼！有人如此，尚得于功名富贵中求之哉！"如此，诸葛亮人品的高尚，成为官民的共识。

　　三国之中，蜀汉的国力最弱，而内部却最为团结。曹魏最强，而内部矛盾最大，内部关系最紧张。蜀汉高举"兴复汉室"的旗帜，凭借清明的政治，采取兼容并包的方针，将刘备旧部、刘璋旧部和益州土著联合在一起，造成一种同心同德的政治局面。而曹魏内部，谯沛集团和汝颍集团的矛盾，拥汉派和拥曹派的矛盾，错综复杂，明争暗斗，常常是一波未平，一波又起。唯有曹操这样雄才大略的领袖才能驾驭这些错综复杂的矛盾，或以铁腕的手段镇压反对派，或以怀柔的策略平衡各派的利益，维持内部的稳定。建安五年，车骑将军董承等曾经联合刘备等，欲谋杀曹操。事泄被杀，夷三族。董承的女儿怀孕的董妃也同时遇害。建安十九年，曹操杀孔融，夷其族。建安十九年，"汉皇后伏氏坐昔与父故屯骑校尉完书，云帝以董承被诛怨恨公，辞甚丑恶，发闻，后废黜死，兄弟皆伏法。"灭其族与二皇子。建安二十三年，"汉太医令吉本与少府耿纪、司直韦晃等反，攻许，烧丞相长史王必营，必与颍川典农中郎严匡讨斩之。"建安二十四年，相国钟繇、西曹掾魏讽谋袭邺，事泄被杀，连坐死者数千人。同年，陆浑民孙狼起兵应关羽，许昌以南人心震恐。崔琰、杨修等名士也因为锋芒太露而遭杀戮。毛玠为人正直，"与崔琰并典选举。其所举者，皆清正之士。虽于时有盛名而行不由本者，终莫得进"。只是因为同情崔琰，差一点被曹操处死。曹操为了监督百官，设立校事官制度。结果是人人自危。《三国志·魏书·何夔传》中写道："太祖性严，掾属公事，往往加杖。夔常蓄毒药，誓死无辱，是以终不见及。"我们由此可以想见曹魏集团的内部是一种什么样的氛围。难怪南朝的笔记小说《世说新语》中，大写曹操的奸诈诡谲。

曹操虽然是胜利者，但并非民众歌颂、同情的对象。民众同情蜀汉，尤其同情诸葛亮。习凿齿在《襄阳记》中说："诸葛亮初亡，所在各求为立庙，朝议以礼秩不听，百姓遂因时节私祭之于道陌上。"后来朝廷迫于民众一再的请求，不得不在沔阳为之立庙。由此可见，诸葛亮去世以后，即引起了蜀人自发的深切的思念。蜀国灭亡以后，蜀国旧地的民众或大姓起兵反抗西晋的统治时，也常常打着诸葛亮的旗帜。从现有的材料来看，蜀人对刘备倒是并不怎么怀念。司马氏集团一方面有意地贬低诸葛亮，一方面为了安抚蜀人，也不得不做出一点姿态，来表彰诸葛亮。钟会伐蜀时，特意去祭奠诸葛亮的寺庙。西晋的统治者还让陈寿编辑诸葛亮的文集。

晋人张辅写了一篇《名士优劣论》，其中特意比较了曹操和刘备的优劣长短："世人见魏武皇帝处有中土，莫不谓胜刘玄德也。余以玄德为胜。夫拨乱之士，先以收相获将为本。一身之善战，不足恃也。……（曹操）良将不能任，行兵三十余年，无不亲征。功臣谋士，曾无列土之封，仁爱不加亲戚，惠泽不流百姓。岂若刘玄德威而有恩，勇而有义，宽宏而大略乎！诸葛孔明达治知变，殆王佐之才，玄德无强盛之势，而令委质。张飞、关羽，皆人杰也，服而使之。"像张辅这样赞誉刘备的文章非常少见。即便是张辅，他在赞誉刘备的时候，也把能够重用诸葛亮作为刘备最可称道的优点。

我们看唐人的诗赋中，有很多称赏诸葛亮的作品。其中尤以杜甫的诗篇影响最大。与此同时，称颂刘备的作品却是不多。凡是称誉刘备者，也都是欣赏他的三顾茅庐，欣赏他和诸葛亮之间的鱼水之情。李白的《君道曲》写道："小白鸿翼于夷吾，刘、葛鱼水本无二。"岑参的《先主武侯庙》写道："先主与武侯，相逢云雷际。感通君臣分，义激鱼水

99

契。"杜甫的《谒先主庙》写道："复汉留长策，中原仗老臣。"汪遵的《南阳》有云："若非先主垂三顾，谁识茅庐一卧龙？"李山甫更是代孔明而哭刘备："忆昔南阳顾草庐，便乘雷电捧乘舆。"（《代孔明哭先主》）还有周昙《蜀先主》云："豫州军败信途穷，徐庶推能荐卧龙。不是卑词三访谒，谁令玄德主巴邛。"在历代咏叹三国故事、三国人物的诗文中，除了赞誉诸葛亮以外，倒是赞誉孙权和周瑜的作品比较多。在民间的传说中，刘备的形象并不高大，还不如《三国志》中的刘备。

东晋、南北朝时期，国家分裂，民族矛盾上升，人们更加怀念一心北伐、兴复汉室的诸葛亮。自此以后，凡是中华民族遇到外患，神州陆沉，风雨飘摇的时候，诸葛亮就十分自然地成为人们怀念、仰慕的对象。抗金名将宗泽弥留之际，长吟杜甫名句："出师未捷身先死，长使英雄泪满襟"，三呼"过河"而卒。岳飞敬谒南阳武侯祠，"更深秉烛，细观壁间昔贤所赞先生文词诗赋及祠前石刻二表，不觉泪下如雨。是夜，竟不成眠，坐以待旦。道士献茶毕，出纸索字，挥涕走笔，不计工拙，稍舒胸中抑郁耳"。三国故事的发展，使诸葛亮的形象越来越高大，也越来越完美。从《三国演义》对诸葛亮的描写来看，对诸葛亮的美化已经有点过分，变成对诸葛亮的神化了。诸葛亮的料事如神，更是描写得淋漓尽致。周瑜每次用计，从苦肉计、离间计、火攻计、连环计到借刀杀人,都被诸葛亮冷眼看破。刘备去东吴成亲,凶多吉少。诸葛亮派赵云去保护刘备,居然给他三个锦囊,吩咐他:"汝保主公入吴,当领此三个锦囊。囊中有三条妙计,依次而行。"形势瞬息万变,而居然都在诸葛亮预料之中。此时的诸葛亮已经不是人,而是神仙。学者们常常以此来责备《三国演义》。但是,如果我们能够考虑到历代民众对诸葛亮那种近乎狂热的崇拜之情,考虑到历代士大夫对诸葛亮的钦佩和推崇,这种料事如神、"一身系天下之安危"的神化就可以理解了。诸葛亮从擅长治国的贤相逐渐变成神机妙算的三军统帅,刘备则从临阵指挥的三军统帅变成知人善任、从善如流的英主。诸葛亮逐渐成为三国故事中最受人欢迎的人物,刘备则逐渐成为诸葛亮的陪衬。拥刘反曹的倾向就是这样从民众对诸葛亮的敬爱之心、怀念之心,一点一点地发展、积累起来的。当然,为了更好地塑造诸葛亮的形象,有必要提高和充实刘备的形象。很显然,《三国演义》里凡有利于刘备的材料,主要来自《三国志》及裴注,或是野史笔记之类,而不是来自民间的传说。刘备的形象缺乏民间传说的支撑,所以显得比较单薄。相比之下,张飞、关羽、赵云的民间传说却比较丰富。

大打折扣的"拥刘反曹"

《三国演义》经历了一千多年的成书过程，中间经过了难以计数的无名氏的润饰加工。各种不同的材料带着不同的爱憎，先后涌入三国故事的洪流。三国故事长期地在民间流传，三国戏的观众也主要是普通民众，尤其是市民。这些故事和戏剧经历了民众的评判，从民众的想象、语言和生活经验中吸取了丰富的营养，因而在很大程度上体现了他们的爱憎和愿望。尽管我们说《三国演义》的思想倾向十分复杂，但这并不是说它没有倾向。《三国演义》的总体倾向就是尊刘贬曹。特别是在赤壁之战以后，这种尊刘贬曹的倾向得到了更加有力的体现。尊刘贬曹的倾向突出体现于那些来自民间的传说，同时也体现于那些贬曹倾向比较明显的野史中。《三国演义》对刘备、诸葛亮一方的描写，体现了民众对仁君、仁政的向往；对曹魏一方的描写，反映了民众对暴政、奸臣的厌恶和憎恨。成书的关键时期是民族矛盾、阶级矛盾十分尖锐的宋元时期。在这种情况下，偏安一隅而打着

"兴复汉室"旗号的刘备集团,被借来喻指汉族政权;而盘踞北方的曹魏集团则被用来借喻正统政权的篡夺者。因此,宋元时期三国故事越来越鲜明的尊刘贬曹倾向,包含着强烈的民族意识和正统观念。

《四库全书总目提要》在《三国志》的提要中,对尊刘贬曹的问题有深刻的分析:

> 其书以魏为正统,至习凿齿作《汉晋春秋》,始立异议。自朱子以来,无不是凿齿而非寿。然以理而论,寿之谬万万无辞;以势而论,则凿齿帝汉顺而易,寿欲帝汉逆而难。盖凿齿时晋已南渡,其事有类乎蜀,为偏安者争正统。此孚于当代之论者也。寿则身为晋武之臣,而晋武承魏之统,伪魏是伪晋矣,其能行于当代哉?此犹宋太祖篡立近于魏,而北汉、南唐迹近于蜀。故北宋诸儒皆有所避而不伪魏。高宗以后偏安江左近于蜀,而中原魏地全入于金,故南宋诸儒乃纷纷起而帝蜀。

《三国志集解》对朱熹的为蜀汉争正统也做了类似的解释:"紫阳生于南宋,其遇比于蜀汉,故谆谆以正统与蜀。"孟子说:"孔子成《春秋》而乱臣贼子惧。"(《孟子集注》卷三)我们看南宋的春秋学著作,黄仲炎的《春秋通说》、李明复的《春秋集义》、洪咨夔的《洪氏春秋说》、家铉翁的《春秋集传详说》，无不指曹操为窃国的奸雄。《古今小说评林》中蒋箸超之文有云："且《水浒》《三国》，作者实有微旨存乎其间。愤宋纲之坠地而语祖梁山，本陈志之材料而王以汉统，得毋悲故宫之禾黍，而借为发挥哉？"不是没有根据的。

　　人们通常认为《三国演义》的总体倾向是拥刘反曹，其实，这只是一个笼统的印象。因为《三国演义》是一部世代累积而成的长篇小说，经历了数百年的成书过程。在这个漫长的过程中，随时都有新的人物加进来，随时都有新的情节加出来。就材料而言，有正史、野史，有官方的，有民间的，有六朝的、隋唐的、宋元的。有的来自诗词，有的来自笔记，有的来自戏曲，有的来自说唱。五花八门，林林总总。它们带着不同的爱憎褒贬、不同的审美趋向，带着或雅或俗的不同风格，一起涌入三国故事的洪流。罗贯中按照拥刘反曹的大纲，按照小说艺术的需要把它们尽可能地统一起来。过分荒诞的情节，艺术水平太差的文字就一概删去。可是，这个工作很艰巨，难度很大。罗贯中抛光打磨的工作做得也不是那么细致。有的材料在倾向上互相矛盾，但是，或许它们都很有故事性，使作者不忍割爱，所以就保存下来了。如果我们能够充分地估计到《三国演义》成书过程的艰难和复杂，我们对于这部小说思想倾向的复杂性也就不难理解了。

仔细地阅读以后，我们不难看到，《三国演义》的"拥刘反曹"是打了很大折扣的。首先，曹操远不是全书最可恶的人。曹操的敌人并不仅仅是刘备，刘备与曹操也曾经是朋友。曹操的敌人还有董卓、吕布、袁绍、袁术、袁谭、袁尚、刘表、孙权等等。除了刘备与孙权以外，其余的人物也并不比曹操更给人以好感。《三国演义》里的曹操与历史上的原型相比，已经出入很大。可是，曹操的那些敌人，除了刘备以外，他们在小说里的形象与历史的原型相比，出入并不很大。小说并没有因为要丑化曹操而拔高他们，只是把他们写得更生动罢了。请看《三国志》对他们的评价：

> 董卓狼戾贼忍，暴虐不仁，自书契以来，殆未之有也。袁术奢淫放肆，荣不终己，自取之也。袁绍、刘表，咸有威容、器观，知名当世。表跨蹈汉南，绍鹰扬河朔，然皆外宽内忌，好谋无决，有才而不能用，闻善而不能纳，废嫡立庶，舍礼崇爱，至于后嗣颠蹙，社稷倾覆，非不幸也。（《董二袁刘传》）

> 吕布有虓虎之勇，而无英奇之略，轻狡反复，唯利是视。自古及今，未有若此不夷灭也。（《吕布传》）

再看裴松之对董卓和袁术的评价：

> 臣松之以为桀、纣无道，秦、莽纵虐，皆多历年所，然后众恶乃著。董卓自窃权柄，至于陨毙，计其日月，未盈三周，而祸崇山岳，毒流四海。其残贼之性，实豺狼不若。……袁术无毫芒之功，纤介之善，而猖狂于时，妄自尊立，固义夫之所扼腕，人鬼之所同疾。

就小说《三国演义》给我们的感受而言，董卓、吕布、袁绍、袁术、刘表的形象，和陈寿的评价完全一致。毛宗岗嘲笑董卓的愚蠢："弑一君复立一君，为所立者，未有不疑其弑我亦如前之君也。弑一父复归一父，为所归者，未有不疑其弑我亦如前之父也。乃献帝畏董卓，而董卓不畏吕布。不惟不畏之，又复恃之。业已恃之，又不固结之，而反怨怒之、仇恨之。及其将杀己，又复望其援己而呼之。呜呼！董卓真蠢人哉！"当我们将曹操和董卓相比较的时候，决不会觉得曹操比董卓还坏。毛宗岗认为董卓比曹操差多了："观董卓行事，是愚蠢强盗，不是权诈奸雄。奸雄必要结民心，奸雄必假行仁义。今焚宫室，发陵寝，杀百姓，掳资财，不过如张角等所为。后人并称卓、操，孰知卓之不及操也远甚。"如果曹操行刺董卓未成，被抓住处死，如果陈宫把曹操交出去，如果曹操讨伐董卓时阵亡，曹操将会得到什么样的历史评价？岂不是"假使当年身便死，谁道曹操是奸雄！"

袁术也是一个令人讨厌的人物。当袁术和曹操交战的时候，读者的同情决不会落在袁术身上。与其让袁术篡国，莫如让曹操去篡好了。如毛宗岗所云，曹操之识人，远在袁术之上："然袁术以年少轻孙策，而曹操正以年少重孙权。此老奸识英雄之眼，又非他人可及。"请看小说第五回关羽温酒斩华雄的前前后后。联军的将领一个一个地败下阵来，华雄连斩联军的四员大将。连江东豪杰孙坚也被华雄杀得落荒而逃。这时候关羽主动请求出战。袁术一听说关羽不过是一个马弓手，竟勃然大怒："汝欺吾众诸侯无大将耶？量一弓手，安敢乱言！与我打出！"此时曹操站出来，力挺关羽："公路息怒。此人既出大言，必有勇略。试教出马，如其不胜，责之未迟。"袁绍曰："使一弓手出战，必被华雄所笑。"毛宗岗就此讽刺道："袁术、袁绍，真乃难兄难弟。"曹操曰："此人仪表不俗，华雄安知他是弓手？"关公曰："如不胜，请斩某头。"操教酾热酒一杯，与关公饮了上马。结果是杯酒尚温而关羽已将华雄斩首。因为张飞一高兴，喊了两句，袁术于是大怒："俺大臣尚自谦让，量一县令手下小卒，安敢在此耀武扬威！都与赶出帐去！"曹操曰："得功者赏，何计贵贱乎？"人们读到这段文字，怎能不对曹操心生好感？连口口声声骂曹操是奸雄的毛宗岗也不得不说："阿瞒毕竟是可儿。"袁术看不起孙权，曹操却识得孙权是英雄，赞叹说："生子当如孙仲谋！"毛宗岗不得不承认：

"此老奸识英雄之眼,又非他人所及。"并因此生出许多感慨:"袁术不识玄德兄弟,无足责也。本初亦是人豪,乃亦拘牵俗见,不能格外用人。此孟德所以为可儿也。今人都骂孟德奸雄,吾恐奸雄非寻常人所可骂,还应孟德骂人不奸雄耳。甚矣,目前地位之不足量英雄也!十八镇诸侯,以盟主推袁绍,却后来分鼎,竟属孙、曹。却孙、曹虽为吴、魏之祖,而僭号称尊,尚在后嗣。其异日堂堂天子,正位继统者,乃立公孙瓒背后之一县令。呜呼!英雄岂易量哉!……英雄不得志时,往往居人背后,俗眼不能识,直待惊天动地,而后叹前者立人背后之日,交臂失之。孰知其背后冷笑之意,固已视十八路诸侯如草芥矣!"曹操曾对刘备说:"天下英雄,惟使君与操。"毛宗岗称赞曹操:"盖天下惟英雄能识英雄。不待识之于鼎足之时,而早识之于孤穷之日。"伐董一役中的各路诸侯与曹操相比,均不免黯然失色。毛宗岗不时地夸赞曹操:"众诸侯中,毕竟孙、曹二人出色。""绍初为盟主以讨卓,何其壮也;今董卓遣一介之使以和之,而遂奉命不遑。呜呼!有愧曹操多矣。"称赞曹操孤军赴敌"是壮举,不是轻举",并为其失利而叹息:"可恨众人愚懦,致令孟德败兵"。曹操一直厚待关羽,而袁绍却因为关羽斩了颜良而要杀刘备,毛宗岗就此感慨:"曹操厚待云长,袁绍亦厚待玄德。然曹操则始终不渝,袁绍则忽而加礼,忽而欲杀,主张不定。袁、操优劣,又见于此。"

官渡大战的时候，读者不会去同情袁绍。袁绍的外宽内忌、平庸自负、志大才疏、优柔寡断，和曹操的豁达大度、深谋远虑、雄才大略、知人善任，处处形成鲜明的对比。曹操从善如流，谋士、将领团结一心，同舟共济。反观袁绍，多疑少断，驭众乏术，谋士内讧，将领离心。他"外宽而内忌，不念忠诚"，不听田丰之谏，招致大败。回来以后，羞见田丰，竟命使者赍宝剑前往冀州狱中杀死田丰。与此形成对比的是：曹操远征乌桓，大获全胜，"操回至易州，重赏先曾谏者，因谓众将曰：'孤前者乘危远征，侥幸成功。虽得胜，天所佑也，不可以为法。诸君之谏，乃万安之计，是以相赏。后勿难言'。"连尊刘反曹的毛宗岗也不得不时时地慨叹袁绍之不如曹操："袁、曹优劣，又见于此"，"高帝踞床洗足而见英布，是过为傲慢以挫其气；曹操披衣跣足而迎许攸，是过为殷勤以悦其心。一则善驾驭，一则善结纳，其术不同，而其能用人则同也"，"乃操能用晃而绍不能用攸，为之一叹"，"袁绍不能识而曹操识之，为之一叹"。"袁绍不奉天子之命，而袭取冀州，欺韩馥，又卖公孙瓒，其罪一；催、汜之乱，不闻勤王，其罪二；袁术僭号而不能讨，及术归帝号，而又欲迎之，其罪三。"宋人洪迈指曹操为"奸雄""奸逆"，但又承认曹操胜过袁绍："曹操自击乌桓，诸将皆谏，既破敌而还，科问前谏者，众莫知其

109

故,人人皆惧。操皆厚赏之,曰:'孤前行,乘危以侥幸,虽得之,天所佐也,顾不可以为常。诸君之谏,万安之计,是以相赏,后勿难言之。'……袁绍不用田丰之计,败于官渡,宜罪己,谢之不暇,乃曰:'吾不用丰言,卒为所笑。'竟杀之。其失国丧师,非不幸也。"(《容斋随笔·四笔》卷十六)洪迈的意见又来自苏轼:"魏武帝既胜乌桓,曰:'吾所以胜者,幸也。前谏吾者,万全之计也。'乃赏谏者曰:'后勿难言。'袁绍既败于官渡,曰:'诸人闻吾败,必相哀,惟田别驾不然,幸其言之中也。'乃杀丰。为明主谋而不忠,不惟无罪,乃有赏;为庸主谋而忠,赏固不可得,而祸随之!乃知本初、孟德所以兴亡者。"(《东坡志林》卷三)既然曹操的这些敌人,其形象还在曹操之下,他们就不但不能起到贬低曹操的作用,反而会抬高曹操的形象。真所谓"天下英雄,使君与操,余子谁堪共酒杯!"(刘克庄《沁园春》)

我们再看曹魏集团里的骨干,谋士如荀彧、荀攸、郭嘉、程昱,一个个运筹帷幄、奇谋秘计、满腹经纶;武将如张辽、许褚、典韦、徐晃、曹仁,一个个武艺高强、勇不可当、视死如归。他们和曹操的关系都十分融洽。唯有荀彧晚年的时候,因为反对曹操加九锡而为曹操所嫉恨,最后不得已而自杀。其中,张辽、臧霸是从吕布那边过来的,许褚是从战争中俘获的,徐晃是经人策反过来的,他们在以前都没有出色的表现，到了曹魏这边才显得如鱼得水，生龙活虎。荀彧原来在袁绍那里，后来见袁绍成不了大事，才转到曹操这边。过来后，曹操很信任他，推心置腹，言听计从，当觉相见恨晚。对曹方文臣武将的赞扬无形中冲淡了读者对曹操的反感。

当曹魏和东吴对立的时候，读者是无所谓的态度，谁赢谁输都没有关系。如此一来，对曹操的揭露主要落实在曹魏和蜀汉的对比上。小说确实是有意识地将曹操的酷虐变诈和刘备的宽厚仁义处处地加以对比。曹操是欺人孤儿寡母，刘备是携民渡江，以人为本；曹操是权术机谋、层出不穷，刘备是以诚相待、对人宽厚。可是，刘备的敌人不仅仅是曹操；当刘备与孙权、刘表、刘璋发生矛盾、争斗的时候，刘备的枭雄面目就难以掩饰了。刘备与孙权争夺荆襄的曲折过程，显然不像是一种善与恶的对立。至于刘备掩袭西川的过程，更是在客观上淡化了刘备和曹操的区别。

如此看来，《三国演义》的拥刘反曹倾向实在是有限的。

蜀汉与东吴之间

从小说的总体结构来看,《三国演义》将蜀汉和曹魏作为主要的对立面,形成善恶对立的两极,东吴只是陪衬。读者在这种结构的引导下,十分自然地接受了拥刘反曹的倾向。小说的内容和结构结合得很好,在这一点上,小说十分成功。如果我们跳出小说结构的"误导",看一下蜀汉和东吴两大集团的关系,我们就会将蜀汉集团的性质看得更加客观、更加清楚。

《三国演义》告诉我们:刘备代表正义,曹操代表邪恶。可是,我们冷静地看一下蜀汉和东吴两大集团之间既斗争又联合的历史,再反顾逐鹿中原的群雄,那就会明白:斗得你死我活的魏、蜀、吴三方,他们之间其实没有什么是非。读者喜欢的刘备一方也罢,读者痛恨的曹操一方也罢,读者说不上喜欢、也说不上讨厌的东吴一方也罢,他们其实都是所谓枭雄,彼此之间,并没有实质上的区别。周瑜、蔡瑁等人说刘备是"枭雄",并没有说错。曹操说"今天下英雄,惟使君与操耳",把刘备看作和自己同类的人物,也是一句大实话。

三国时期,群雄逐鹿中原,不是应该由谁来统一中国的问题,而是谁有力量来统一中国的问题。细细看去,群雄之间,与其说是一种是非关系,莫如说是一种利害关系。从大的方面来看,从实质上来看,他们处事的原则,无一不是从利害关系出发。正因为从利害关系出发,所以集团与集团之间,今天是朋友,明天很可能就是敌人。譬如说刘备,他先后或依附或联合的人物、集团就在不断地变化。我们可以排出一个长长的单子:刘焉、朱儁、刘虞、刘恢、公孙瓒、吕布、曹操、袁绍、刘表、孙权、刘璋。其中吕布、曹操和刘璋,后来都变成了刘备的敌人。从小说的描写来看,吕布、曹操和刘璋的为人和处事,前后并没有发生大的变化。但是,刘备和他们的关系,却发生了很大的变化。孙权的情况比较复杂,当他与蜀汉争夺荆襄地区的时候,他就是蜀汉的敌人;当他与曹魏对抗的时候,他就是蜀汉的朋友。即所谓"敌人的敌人是朋友"。毛宗岗虽然偏向蜀汉,但也不得不承认:"读前回而见孙、刘之合,读此回而见孙、刘之离。盖同患则相恤,同利则相争,凡人之情,大抵然矣。当曹操之来,气吞吴会,赤壁之战;吴非为刘,实以自为耳!迨乎曹操已破,北军已还,而荆州九郡,刘备欲之,孙权又欲之;孔明欲为玄德取之。周瑜、鲁肃又欲为孙权取之。于是乃以破曹而德色于刘，因以索谢而取偿于荆，遂致孙与刘终不得为好相识，良可叹也。"（第五十一回）"曹操去而孙、刘离，曹操欲至而孙、刘又合：此两家离合之机也。"（第五十八回）东吴和蜀汉的关系最典型地说明：群雄之间的关系，只是一种利害关系。如果谈到蜀汉与曹魏之间的关系，受正统观念影响的人们或许以为曹操是所谓"汉贼"，而刘备是所谓"中山靖王之后"；曹操是奸臣，而刘备是仁义之君。似乎有一种正义和非正义的区别。可是，将孙权和刘备来相比呢？我们就只看到一种利害关系。孙权和刘备的关系，时冷时热，时好时坏，时而联合，时而相争，完全为各自的政治军事利益所左右，为当时的形势需要所牵制。我们看不出双方的政治理想、意识形态、道德观念有什么实质的区别。

如果我们站在客观的立场上看问题，那么，赤壁之战的时候，是刘备有求于东吴，是东吴挽救了刘备。结果是刘备得到了荆州，借了荆州以后，又赖着不还。当然，后来吕蒙白衣渡江，偷袭荆州乃至俘杀关羽，那是东吴对不起蜀汉。这是从道德上来看问题。但是，历史不是按道德的理论来发展的。谁对不起谁的问题，对实际的历史发展来说，没有意义。只是可以帮助我们看清蜀汉政权的性质而已。

唯其如此，诸葛亮主张并坚持的联合东吴、北拒曹魏的方针，不是一种道德的政治的选择，而是一种策略的选择。

蜀汉与东吴之间的战争,只是在曹魏威胁减弱的情况下,双方扩展自身势力范围的冲突。诸葛亮自始至终,一直坚持联合东吴、北拒曹操的战略。

乱世中的州牧

东汉自光武帝、明帝、章帝以后，就开始走下坡路。到桓帝、灵帝，已是病入膏肓，无可救药。难怪诸葛亮的《出师表》里说："先帝在时，每与臣论此事，未尝不叹息痛恨于桓、灵也。"中央的实权由外戚和宦官轮番地把持，皇帝成为傀儡。外戚内部，何太后、何进一支，将董太后、董重一支消灭。董太后被鸩，董重自尽。何进当断不断，被十常侍杀了，袁绍、袁术率兵进宫，又把十常侍杀了。"绍既斩宦者所署司隶校尉许相，遂勒兵捕诸阉人，无少长皆杀之。或有无须而误死者，至自发露形体而后得免。宦者或有行善自守而犹见及。其滥如此。死者二千余人。急追珪等，珪等悉赴河死。"（《三国志·魏书·袁绍传》）杀宦官杀得相当彻底。外戚集团和宦官集团在内斗中同归于尽。中央政权名存实亡，国家的顶层出现权力真空。在这种情况下，地方的州牧一级军政长官面对虚悬的皇帝，个个抑制不住内心的兴奋，蠢蠢欲动。如曹操所说："设使国家无有孤，不知当几人称帝，几人称王。"(《三国志·魏书·武帝纪》)又如毛宗岗所谓："一董卓未死，而天下又生出无数董卓。"我们不能不佩服曹操的坦率。

曹操所谓的想要称帝称王的人，主要是指州牧一级的地方实力派。东汉的地方官，分作州、郡、县三级。京畿地区成为司隶校尉部。司隶部下辖三辅、三河（河东、河内、河南）、弘农七郡。司隶部以外，分十二州，州设刺史。东汉中期，刺史开始可以领兵。灵帝时，改刺史为州牧，是一州的军政长官。州一级，可以自辟僚吏，有自己的部曲、自己的财政。他的部属依附于他，有类似君臣一样的关系。黄巾起义规模巨大，小小的郡太守，势单力薄，对付不了。中平五年（188），汉灵帝不得不从中央九卿中派出要员，出任州牧，以对付势成燎原的黄巾起义。于是，刘焉以太常出任益州牧，黄琬以太仆出任豫州牧，刘虞以宗正出任幽州牧。授予军权、财权和行政权。后来的割据军阀，也都以州牧自居，如袁绍的冀州牧，刘表的荆州牧，曹操的兖州牧。州的管辖范围，平均有七八个郡，其财力足以称霸一方。中央和地方的力量对比发生微妙的变化。州牧权势膨胀，形成尾大不掉之势。黄巾起义虽然没有推翻东汉王朝，却使东汉的王权名存实亡，地方势力失控，中国走向割据分裂的局面。太平盛世，州郡受到中央的严格控制，"普天之下，莫非王土"，此时讲的是忠于皇上；乱世的时候，中央失去天下共主的号召力，此时讲的是各为其主，识时务者为俊杰，"良禽择木而栖，贤臣择主而从"。当时是战争时期，最急需的人才是勇猛无畏的武将和运筹帷幄的军师。而人才选择的对象，就是最强、最有发展前途、最能赏识自己、最能发挥自己才能的集团。具体来说，人才的目光，首先指向以州牧为代表的地方实力派。这些地方实力派中，谁最有发展前途，需要观察，需要经过血与火的残酷的考验。

当时全国有105个郡，郡有太守。下面我们来分析一些重要的州牧。

第一个是并州牧董卓。董卓的早期经历有三点值得注意：一、有丰富的作战经验，有一定的军事才能。裴注所引《英雄记》有云："卓数讨羌、胡，前后百余战"。《三国志·魏书·董卓传》说："卓有才武，膂力少比，双带两鞬，左右驰射。"二、董卓屡次身陷绝境而又死里逃生。培养了他勇于冒险、自负自信的性格。董卓除了凶暴的一面外，还有狡诈的一面。三、他统领的西凉兵非常强悍。西凉兵的战斗力是打出来的。何进召董卓进京，无异于引狼入室。董卓一进洛阳，很快就暴露出他的豺狼本性。擅自废立，滥杀滥封滥赏，暴露出他性格的残暴和政治上的愚蠢无知。他自封相国，"赞拜不名，入朝不趋，剑履上殿"，诸如"我相，贵无上也""刘氏种不足复遗""吾为天下计，岂惜小民哉"之类厚颜无耻的狂言，他也能说得出来。董卓早早地暴露出凶残的面目和狂妄的野心,迅速把自己弄成一个全民公敌。"自作孽,不可活",这两句话用在董卓的身上,真是最合适不过了。具有讽刺意味的是,董卓为了笼络天下的人才,听取尚书周毖、城门校尉伍琼的建议,破格提拔了一大批名士和各地重量级的人物。可是,他所提拔的人才,几乎无一例外地变成了他的敌人。各地的州郡在曹操的倡议下,以袁绍为首,组成了伐董的联军:"初平元年春正月,后将军袁术、冀州牧韩馥、豫州刺史孔伷、兖州刺史刘岱、河内太守王匡、勃海太守袁绍、陈留太守张邈、东郡太守桥瑁、山阳太守袁遗、济北相鲍信同时俱起兵,众各数万,推绍为盟主。太祖行奋武将军。"(《三国志·魏书·武帝纪》)昭宁元年(189)八月,董卓进洛阳,初平三年(192)四月,就被王允、吕布杀死。骤起骤灭,不可一世的董卓,成为第一个匆匆出局的地方实力派。

建安三年(198)至建安四年(199),短短两年,吕布、袁术、公孙瓒相继出局。吕布与王允合谋杀死董卓以后,朝三暮四,频频跳槽,曾经一度割据徐州。吕布的武艺给人留下深刻的印象,所谓"马中赤兔,人中吕布"。刘、关、张三英战吕布,辕门射戟,是他的高光时刻。可是,吕布杀丁原而投董卓,使他的人设瞬时崩塌。张飞骂他"三姓家奴",是骂到了吕布的痛处。毛宗岗讽刺吕布说:"杀一义父,拜一义父,为其父者,不亦危乎?"吕布的徐州牧,是夺来的，临时的，他在徐州没有根基，严格说来，他算不上是一个地方实力派。他以为"汉家天下，诸人有份"，没想到，偏偏他吕布不在"诸人"之列。他是有勇无谋的一介武夫，以为一杆方天画戟、一匹赤兔马，就可以打遍天下。吕布轻于去就，反复无常，见利忘义，谁也不敢相信他，自然成不了大事。连袁术那样的人，都看不起他。他的谋士陈宫，充其量只是一个三流人才。像张辽这样难得的大将，在吕布的手下也没有得到发挥的机会，到了曹操那里，却屡建奇功，大放光彩。由此可见，是金子总会发光的，但不是在哪里都会发光，发光是有条件的。如韩愈所说："世有伯乐，然后有千里马。千里马常有，而伯乐不常有。故虽有名马，只辱于奴隶之手，骈死于槽枥之间，不以千里称也。"（《马说》）

　　袁术出身名门望族，没有继承家族的政治智慧和军事才能，却继承了没落贵族的自负狂妄。他给袁绍的信中说，汉朝气数已尽，政归私门，群雄割据，"唯强者兼之耳"。情况与东周时期相似。这些看法都没有问题。可是，袁术认为大命必归袁氏，却是大错特错。曹操有皇帝之实，而不要皇帝之名。袁术则愚蠢地反其道而行之，没有皇帝之实，却给自己封了一个皇帝。结果是兵败身亡，成为天下的笑柄。

　　公孙瓒与刘备同出卢植门下，他们跟卢植学经，可以说是同窗。刘备曾经投靠公孙瓒，并且在公孙瓒那里结识了赵云。公孙瓒又表刘备为平原相。因为这些关系,《三国演义》对公孙瓒的描写比较客气,给他留了面子。其实,《三国志》和裴注里,有关公孙瓒的负面材料很多,但都被拥刘反曹的《三国演义》抛弃了。公孙瓒割据幽州,与袁绍连年征战。军势最强大的时候,公孙瓒自己任命严纲为冀州牧,田楷为青州牧,单经为兖州牧,并配置了郡守县令。可是,公孙瓒一无谋略,二不知网罗人才,最后被袁绍消灭。陈寿对他的评价只有一句话:"公孙瓒保京,坐待夷灭。"鄙视之情,显而易见。兼并战争非常残酷,以公孙瓒这样的平庸之人,自然很快地就被淘汰出局。

建安五年(200),官渡一战,曹操奇袭乌巢,以少胜多,大败袁绍。袁绍一着不慎,满盘皆输。两年后,袁绍病死。曹操扫除了统一中国北方最大的一个障碍。紧接着,曹操连续击败袁绍的残余势力。袁绍本是司隶校尉,在汉末的军阀混战中,占有冀州、青州、幽州、并州四州,成为当时地广兵多的割据势力。严格地说,袁绍不是地方实力派,他在所占地区没有根基,他真正的优势是袁家遍布天下的门生故吏。用现在的话来说,就是有背景,有人脉,从朝廷到地方,有无处不在的关系网。凭着这一张巨大的关系网,凭着袁家四世五公所积累的威望,袁绍顺理成章地成为伐董联军的领袖。可是,外宽内忌、优柔寡断的性格弱点,才能的平庸,却使得袁绍连出昏招,加上袁绍内部谋士之间的钩心斗角、儿子之间的骨肉相残，使得袁绍成为三国纷争中又一个匆匆的过客。祖上积累的政治资本，被他消耗殆尽。鲍信曰："袁绍自生乱，是复有一卓也。"天下刚乱，人都仰慕虚名而追随袁绍，及至袁绍的平庸和野心逐渐暴露出来，人才的离他而去，也就是必然的事情。

曹操逐个扫除妄图称帝称王的各路诸侯，在铲除袁绍集团以后，他的目光转向荆襄地区的刘表。刘表是荆州牧。获得豪族蒯良、蒯越的支持，据有今湖北、湖南一带。当时，荆襄地区比较安定，许多名士跑到这里避难。荆州虽然安定，但"人不习战"，刘表并非戡乱之才。曹操看出刘表没有四方之志，只是一个"自守之贼"。建安十三年（208），曹军南下，关键时刻，刘表病死，少子刘琮在蔡瑁、蒯越的怂恿下，投降曹操。长子刘琦，却投向刘备。曹操不战而得荆襄地区，那份内心的惊喜，可想而知。正是这份惊喜，使这位常胜将军被胜利冲昏了头脑，在赤壁之战中遭到了平生少有的惨败。他没有想到，真正的对手正在长江一线，全神贯注，森严壁垒，等待他的光临。赤壁之战成为历史上以少胜多的经典战例。与此同时，赤壁之战奠定了魏、蜀、吴三国鼎立的局面。曹操错失统一全国的大好机会。

建安十九年（214），刘璋投降，刘备自领益州牧。地处偏僻的刘璋，成为又一个被淘汰出局的地方实力派。这是又一个"自守之贼"。刘璋继承父亲刘焉而为益州牧，据有今四川地区。刘璋厚道，却又窝囊无能。张鲁是他的心腹之患。诸葛亮的隆中策，第一步是夺取荆州。第二步就是攻取川蜀。恰好刘璋的部属张松、法正，决心改换门庭，投靠刘备，这是老天给刘备集团送来的一份厚礼。刘备、诸葛亮紧紧抓住这一天赐良机，实现了自己既定的第二步战略目标。陈寿评价刘璋说："璋才非人雄，而据土乱世，负乘致寇，自然之理，其见夺取，非不幸也。"刘璋的情况与刘表相似，占据着要地，而才能又不足以守住这块地方，最后的结果就是拱手交给强者。

与急于称帝的袁术相反，曹操、刘备、孙权都不急着要那个虚名。他们无不努力地经营自己的根据地，无不积极地网罗人才。有了根据地，进可攻，退可守，方能立于不败之地。他们一样在做着父传子继的事业，一样地经营着各自的家天下。曹操最有耐心。建安元年（196），曹操迎汉献帝至许昌，自己当丞相。献帝自然是傀儡，一切都是他这个丞相说了算。当然，一切政令都是通过献帝"批准"的，这个程序还是要走的。建安十八年（213），曹操才成为魏公。此时曹操已经扫除北方所有的割据势力。建安二十一年（216），曹操进为魏王，第二年，立曹丕为魏太子，曹丕又是副丞相。曹操至死也不当皇帝，宁可当周文王，皇帝让儿子曹丕去当。刘备也不急于称帝，建安二十四年（219），刘备自封汉中王。建安二十五年（220），曹操死，曹丕称帝，建立魏国。第二年，刘备才称帝。孙权的耐心不次于刘备。刘备称帝以后的第二年，孙权才称吴王。又过了六年，孙权才称帝。此时曹丕已经过世，魏明帝在位。

　　中央与地方分权是两千年封建社会永恒的难题。中央和地方势力的此消彼长，形成了分久必合，合久必分的一个重要的动因。

唐　阎立本《历代帝王图·魏文帝曹丕》

三国演义的
前世今生

戏法人人会变

三纲五常是一种王权理论。所有的王权理论,都把理想君王的存在作为自己的前提。历史上创业的固然是英主,可是,按照宗法制的规定,一般来说,他必须在他的子孙中选择接班者。非常可惜,雄才大略不能像基因一样地遗传下去,接班的总是庸主多,昏君多,明智的君王是比较少见的。偶然出现一个像点样的君主,史学家便要呼为"中兴之主"。孟子说:"君子之泽,五世而斩。"(《孟子集注·离娄下》)今人讲:"富不过三代。"真所谓古今所见略同。

从东汉来看,皇位交接的情况尤其糟糕。东汉后期的一百多年里,就没有一个成年的皇帝。桓帝即位时年龄算是最大的了,也不过十五岁。殇帝只是一个抱在手里的婴儿。和帝登基时只有十岁。其他皇帝登基时的年龄呢,安帝十三岁,顺帝十一岁,冲帝两岁,质帝八岁,灵帝十二岁,献帝九岁。外戚和宦官两大集团轮流地把持朝政,皇帝成为随人摆弄的傀儡。皇位世袭的弊病在东汉一朝暴露无遗。可怕的是，在国家的最高决策层，却偏偏没有人在为国家的前途考虑，更不用说为民众考虑。统治者起来践踏自己制订的伦理规范，使这种本来就虚伪的伦理规范变得更加一文不值。刘备的接班人刘禅还不是最差的，他不过是智商低一点。刘禅有福，遇到诸葛亮这样的贤相，又两次获得赵云的搭救。毛宗岗感叹道："以一英雄之赵云，救一无用之刘禅，诚不如勿救矣。然从来豪杰不遇时，庸人多厚福。禅之智则劣于父，而其福则过于父。玄德劳苦一生，甫登大宝，未几而殂，反不如庸庸之子安享四十二年南面之福也。"尽管如唐人刘禹锡的《蜀先主庙》所云："得相能开国，生儿不象贤。"但是，刘禅把一切权力交给诸葛亮，从不加以干涉，非常放心，无限地信任。如《三国志·蜀书·诸葛亮传》所说："政事无巨细，咸决于亮。"他不过是宠着黄皓，没有听说有什么女宠，也没有孙皓那么残暴。当然，不是后主不好色，他也"常欲采择以充后宫"，却被董允严词阻止。黄皓虽然得宠，但被董允管着，"不敢为非"。"终允之世，皓位不过黄门丞"。只是刘禅被俘以后，没心没肺，留下了"乐不思蜀"的笑话。诸葛亮的后半生遇到阿斗这样的庸主已经不能算是不幸——他的命运比他所推崇的管仲、乐毅要好得多。

灵帝自己开设"西邸"，出卖官爵，按照官位高低收钱多少不等。俸禄等级为二千石的官卖钱二千万，四百石的官卖钱四百万，其中按着德行依次当选的出一半的钱，或者至少出三分之一的钱。凡是卖官所得到的钱，在西园另外设立一个钱库贮藏起来。根据每个县的大小、贫富等情况，县令的价格多少不等。有人曾到宫门上书，指定要买某县的县官。有钱人先交钱，穷人到任以后照原定价格加倍偿还。灵帝还私下命令左右的人出卖三公、九卿等朝廷大臣的官职，每个公卖钱一千万，每个卿卖钱五百万。当初，灵帝为侯时经常苦于家境贫困，等到当了皇帝，常常叹息桓帝不懂经营家产，没有私钱。所以他卖官聚敛钱财，作为自己的私人积蓄。他不满足于泛泛的"普天之下，皆是王土"，只认落袋为安。灵帝有商业头脑而没有政治头脑。他看出乌纱里蕴藏的无限商机，买官卖官，却不知道商机中隐藏着汉王朝灭亡的玄机。他适合做一个商人，而不适合做一个皇帝。灵帝将市场经济的规律搬到政坛上，将政治地位商品化，使权力和金钱的关系公开化、透明化，撕掉了皇权所有的遮羞布，结果是彻底摧毁了士大夫和百姓对朝廷仅有的一点点信任，彻底瓦解了社会的凝聚力，加速了政治的腐败，加速了东汉王朝的崩溃。

上层的腐败一旦暴露，最容易动摇一般人对于传统道德的信仰。在那个人像狼一样生活的时代，仁义道德还有什么用处！在别人肯定要欺骗你的时候，诚实和信仰还有什么价值！形势动荡，四海骚然。局势失控，社会信仰全面崩溃，外戚和宦官两大集团互相毁灭以后，中央权力处于危险的真空状态。"杀生之柄,决于牧守"(《三国志·魏书·李通传》),全国州牧一级地方实力派的政治野心急剧膨胀,如宋人叶适所言:"各从其党,不知有君。"(《习学记言》卷二十七)他们个个变得胆大妄为。宗室刘焉听相者说,"益州分野有天子气",就求为益州牧。陈寿讽刺他"神明不可虚要,天命不可妄冀"(《三国志·蜀书·刘焉传》)。正如毛宗岗所说:"一董卓未死,而天下又生出无数董卓。"即吕布所谓"汉家疆土,诸人有份"。又如曹操所说:"设使国家无有孤,不知当几人称帝,几人称王。"难为他表现出如此可爱的坦白。当然,有的诸侯颇有自知之明,自认平庸,没有统一天下的雄心,如刘表、刘璋之流。刘表被荀攸轻视:"天下方有事,而刘表坐保江、汉之间,不敢展足,其无四方之志可知矣。"韩馥能够把冀州让给袁绍,刘璋能够向刘备投降,都是这个道理。传统的道德观念之中,三纲五常之中,君臣观念的变质最为敏感,也最为引人注目。虽然各个集团的胜负在最后都要靠实力来说话,但是,舆论的力量也不可忽视。逐鹿中原的群雄几乎都明白这个道理,他们没有学过哲学,却都懂得精神可以变物质的道理。他们无不利用乃至歪曲传统的君臣观念来为自己的军事斗争服务。当然,戏法人人会变,巧妙各有不同。

在汉末的一场大乱之中,外戚和宦官两大集团同归于尽。整个国家就像一艘行将沉没的船,没有掌舵的人。大家却还在船上厮打，乱成一团。他们眼睛盯着的，只是权力。这就是《三国演义》一开始为我们所展示的历史画面。太平盛世的时候，统治者编织着自身尽善尽美的神话和幻想，所谓"天不变，道亦不变"，他们是那么自信。乱世的时候，这个神话和幻想破灭了。君不像君，臣不像臣，官不像官，民不像民。一切都离开了日常的轨道。乱世的一个特征就是实用主义上升，原则向利益让步，原则按利益的需要来解释。有用的就是真理，"识时务者为俊杰"成为最时髦的口号。道德的约束大大地松弛了。道德规范自身的虚伪和悖论暴露无遗。道德观念被人随心所欲的解释，成为大小野心家的工具。逐鹿中原的群雄们，一方面感受到君臣观念的束缚，一方面也在冲破这种束缚，千方百计地对君臣观念作出对自己有利的解释。

在这方面，最愚蠢的是董卓和袁术。何进的失策给了董卓这个偏远地区的军阀一个难得的机会。董卓打着"清君侧"的旗号进京，装出一副大义凛然的样子：

窃闻天下所以乱逆不止者，皆由黄门常侍张让等侮慢天常之故。臣闻扬汤止沸，不如去薪；溃痈虽痛，胜于养毒。臣敢鸣钟鼓入洛阳，请除让等。社稷幸甚！天下幸甚！（第三回）

"清君侧"的口号是西汉七国之乱时吴王刘濞的发明,刘濞借诛晁错为名,举兵叛乱。我们不要小看这个口号,明朝的永乐帝也是利用这一口号,以诛齐泰、黄子澄为借口,推翻了侄儿建文帝的统治。事实上,刘备集团"攘除奸凶""兴复汉室"的政治纲领,也就是"清君侧"一类的口号。刘备正是利用这一口号,加强了蜀汉内部的凝聚力,把自己的旧部、刘璋的旧属、益州的土著势力团结在一起,以造成一个同心同德的政治局面。当然,"清君侧"毕竟只是一种策略,是低层次的东西。策略的成功与否,还要取决于政治军事战略是否正确。董卓进京不久,很快就暴露了他的残暴与野心。他将登基不到半年的少帝废黜,另立陈留王刘协,是为汉献帝。正如毛宗岗所说:"不过欲藉废立以张威,非真有爱于陈留也。"董卓下令:"有不从者,斩!""可怜少帝四月登基,至九月即被废。"接着,逼死何太后,绞死董妃,鸩杀少帝。董卓"自此每夜入宫,奸淫宫女,夜宿龙床","自此愈加骄横,自号为尚父,出入僭天子仪仗"。朝政一听于卓,三台尚书办事,都要到董卓府上请示。献帝年方九岁,不过是一个傀儡。在历史上,臣子擅行废立,也有成功的例子,譬如商汤的伊尹,西汉的霍光。可是,董卓明显地不具备伊尹和霍光那样的地位和威望。正如卢植所说:"明公差矣。昔太甲不明,伊尹放之于桐宫;昌邑王登位方二十七日,造恶三千余条,故霍光告太庙而废之。今上虽幼，聪明仁智，并无分毫过失。公乃外郡刺史，素未参与国政，又无伊、霍之大才，何可强主废立之事？圣人云：'有伊尹之志则可，无伊尹之志则篡也。'"（第三回）直把董卓批得体无完肤。董卓冒天下之大不韪，擅自废立，企图独吞农民起义的果实，引起朝野的强烈反对。全国的地方实力派很快形成了讨伐董卓的统一战线。董卓一味地迷信武力，其实他的武力也十分有限。董卓甚至说："吾为天下计，岂惜小民哉。"连"得人心者得天下者"的道理都不懂。加上他的残暴、内部的矛盾，使他的政权成为一个短命的政权。

联军讨伐董卓，汹涌而来，董卓劫持天子后妃，仓皇出逃。如宋人唐庚所言，董卓"无尺寸之功以取信于天下，而有劫主之名，以负谤于诸侯，则天下诸侯群起而攻之，固其理也。"（《三国杂事》卷上）董卓迷信武力，蔑视舆论，过早地暴露出自己的政治野心，结果是全国共讨之，诸侯共诛之，成为全民公敌。不到三年，就身死人手，为天下笑。

袁术在淮南，自以为"吾家四世三公，百姓所归"，"地广粮多，又有孙策所质玉玺，遂思僭称帝号"。公元197年，袁术在寿春称帝。两年后，曹操击败袁术，"术势甚衰，乃作书让帝号于袁绍"。时而称帝，时而让位，上亦匆匆，下亦匆匆，将称帝视作儿戏。不久，袁术"吐血斗余而死"。毛宗岗就此评议说："泽麋虎皮，便为众射之的。袁术一僭帝号，天下共起而攻之。……操辞其名而取其实，术无其实而冒其名,岂非操巧而术拙?""或曰:蜀、吴、魏三国,后来皆称皇帝,独袁术之帝则不可,何也?曰:真能做皇帝者,每不在先而在后。其为正统混一之帝,必待海内削平,四方宾服,又必有群臣劝进,诸侯拥戴,然后让再让三,辞之不得,而乃祀南郊,改正朔焉;则受之也愈迟,而得之也愈固。……今观建安之初,曹操虽专,献帝尚在,而群雄角立,如刘备、孙策、袁绍、公孙瓒、吕布、张绣、张鲁、刘表、刘璋、马腾、韩遂之徒,曾未有一人遽敢盗窃名字者。而以寿春太守,漫然而僭至尊之号,安得不速祸而招亡哉!"毛宗岗的这一番话很有意思。他的意思是说:想做皇帝没有关系,但不要着急,欲速则不达,急于称帝,过早地暴露出自己的政治野心,非常不明智。袁术急于称帝,结果是天下共诛之,全国共讨之,成了一个短命的"皇帝"。要学刘备、孙权和曹操,条件不成熟决不称帝。无论从哪一方面来看,袁术的条件都不够,一无实力,二无威望,只有一颗躁动的野心。当时的中国,还有那么多的诸侯,比他强的也很多。即便是称帝,也轮不到他袁术。其次,称帝必须循序渐进。要按照程序来进行。关键是群臣劝进,光劝还不行,还得一个劲地让,做出不想当的姿态。待到劝的人劝累了,让的人也让烦了,然后才能称帝。我们看《三国志·魏书·文帝纪》,那裴注里收了一大堆曹丕登基时群臣的劝进表。在这种时候,我们才真正体会到,政治是演戏，劝的人是认认真真地劝，让的人是一本正经地让。曹丕登基时劝进，刘备登基、孙权登基时也是一样，都是演戏。本来中国的传统教育就是要培养"角色"。每个人都要演好与自身地位和身份相应的角色。要时刻记住自己的角色，忘掉自我。孔孟的道理，千头万绪，归根到底，就是如何做人。所谓做人，就是克己复礼，认认真真地演好自己的角色。而《论语》《孟子》就是最好的标准的剧本。难怪人们常常说戏里有人生，人生如戏。人们常常说"活得很累"，其实就累在一个"演"字上。

袁绍有人气，比他的兄弟袁术要稍稍明智一些。用现在的话来说，他的气场很强大。袁绍不是没有称帝的野心，只要看他对孙坚手里的那颗玉玺有那么大的兴趣，就可以猜出他心里想的是什么。汉家气数已尽，袁绍看得很清楚，但贸然称帝，他又不敢。董卓把皇帝抓在手里，袁绍不满意，带头起兵反对。但是，讨伐董卓失败以后，袁绍与公孙瓒交战，董卓为了安抚和笼络袁绍，"便使太傅马日䃅、太仆赵岐，赍诏前去。二人来至河北，绍出迎于百里之外，再拜奉诏"。毛宗岗就此讽刺道："此果天子诏耶？乃董卓令耳。昔日盟众而讨之，今日再拜而奉之，绍真懦夫哉！"他想抓一个听话的傀儡在手里，便去动员刘虞称帝。谁知刘虞不敢。沮授劝袁绍"迎大驾于西京"，他又怕驾驭不了，反而动辄受其掣肘，没有采纳。曹操把献帝迎至许昌，挟天子而令诸侯,他又不服。由此可见,袁绍在政治上简直是毫无章法,没有什么战略思想可言。当然,要实现恢弘的战略,需要非凡的胸襟、坚强的意志和杰出的才能,而袁绍又是如此平庸而缺乏才华。陈琳为他起草的讨曹檄文,着重揭露曹操名为汉相、实为汉贼的面目,企图剥夺曹操政治上的优势。但是,官渡之战的惨败使袁绍集团一蹶不振,成为中原逐鹿中的又一个失败者。

  曹操、孙权和刘备对君臣观念都有成功的利用。荀彧向曹操进言:"昔晋文公纳周襄王,而诸侯服从;汉高祖为义帝发丧,而天下归心。今天子蒙尘,将军诚因此时首倡义兵,奉天子以从众望,不世之略也。若不早图,人将先我而为之矣。"(第十四回)曹操审时度势,充分地估计到汉献帝潜在的号召力,清醒地意识到士大夫对汉王朝依然存在的幻想,从而采纳了荀彧的建议,亲自出马,将汉献帝迎来,掌握在自己手里,挟天子以令诸侯,造成了政治上的极大优势。如毛宗岗所谓:"权则专之于己,名则归之于帝,操之谋善矣。"我们看曹操一会儿"封刘备为征东将军、宜城亭侯,领徐州牧",暗中命令他去攻击吕布;一会儿又封吕布为平东将军,不久,又封其为左将军,"许于还都之时换给印绶。布大喜"。一会儿"拜策为会稽太守,令起兵征讨袁术。策乃商议,便欲起兵"。一会儿奏封关羽为汉寿亭侯。一会儿"表奏孙策有功,封为讨逆将军,赐爵吴侯,遣使赍诏江东,谕令防剿刘表"。一会儿"奏封孙权为将军,兼领会稽太守;即令张纮为会稽都尉,赍印往江东",孙权大喜。这时候孙权也不说曹操是奸雄了。一会儿又下诏书,命刘备去征讨袁术。刘备虽然知道这是曹操的"驱虎吞狼"之计,不过是让刘备与袁术相斗,消耗刘、袁的实力而已,但"王命不可违也"。一会儿封刘璋为振威将军。如叶适所言:"然则操之功业,盖因辅汉而后致,非汉已亡待操而能存也。"(《习学记言》卷二十七)

袁绍、孙权、刘备、吕布、刘表集团中,屡屡有人建议去袭击许昌,就是想劫走献帝,以剥夺曹操集团的这一优势。曹操与张绣战于南阳,袁绍"欲兴兵犯许都"。官渡之战进入关键时刻,许攸向袁绍建议:"曹操屯军官渡,与我相持已久,许昌必空虚。若分一军星夜掩袭许昌,则许昌可拔,而曹操可擒也。今操粮草已尽,正可乘此机会,两路击之。"可惜袁绍没有采用许攸的献策。"孙策求为大司马,曹操不许。策恨之,常怀袭许都之心"。刘备离开曹操以后,曾经建议刘表趁曹操北征乌桓时袭击许昌,但刘表没有这份雄心和魄力,没有采纳刘备的意见。刘备得知曹操"提军出征河北,乃令刘辟守汝南,备亲自引兵乘虚来攻许昌"。曹操欲南征刘备、孙权,"恐马腾来袭许都"。"济侄张绣统其众,用贾诩为谋士,结连刘表,屯兵宛城,欲兴兵犯阙夺驾。操大怒,欲兴兵讨之,又恐吕布来侵许都"。许昌实是曹操的软肋。曹操深知这一点，所以他凡远征，必留智囊如荀彧、程昱者和大将如曹仁者留守许昌这个大本营，惟恐有失。

随着曹魏集团势力的壮大，随着曹操与汉献帝之间矛盾的加深，曹操曾经想干脆废黜献帝，取而代之。可是，在程昱的劝说下，曹操想通了这一问题，宁可要皇帝的权力，也不要皇帝的名义。称帝的事，等自己身后，让儿子去做。那时候条件成熟，水到渠成。孙权曾经写信劝曹操称帝："臣孙权久知天命已归王上，伏望早正大位，遣将剿灭刘备，扫平两川，臣即率群下纳土归降矣。"（第七十八回）曹操看透孙权的用心，将来书出示群臣曰："是儿欲使吾居炉火上耶！"不上这个当。曹操打着勤王的旗号，将献帝迎到许昌，并非出于对皇上的忠心，他只是要利用这面旗帜而已。"自此大权皆归于曹操。朝廷大务，先禀曹操，然后方奏天子。"当汉献帝不甘心当傀儡，几次不自量力地想发动宫廷政变推翻曹操的时候，曹操总是毫不犹豫地给予无情的镇压。公元214年，曹操在许都杀害伏皇后及宗族一百多人。作者显然是站在献帝一边，极写献帝的可怜和曹操的残忍。曹操并不是不想称帝，如毛宗岗所说："曹操所以迟迟而未发者，非薄天子而不为，正畏天下而不敢耳。"需知曹魏之阵营，同时也是拥汉派的大本营。

到曹丕继承魏王的时候，拥汉派的力量已经消磨殆尽，曹魏代汉而立的时机已经成熟。历史为曹丕提供了一种和平的政权过渡形式——禅让。作为正史《三国志》的作者陈寿，他有自己的顾忌，他不敢写出禅让的真相，因为司马氏集团也是利用禅让的方式上台的。可是作为小说，对于那早已成为历史陈迹的曹魏代汉，已经没有必要替他粉饰。《三国志·魏书·文帝纪》把禅让的过程写得非常平静："汉帝以众望在魏，乃召群公卿士，告祠高庙。使兼御史大夫张音持节奉玺绶禅位。"下面便是一篇冠冕堂皇的假借尧、舜、禹圣人名义的公文。如叶适所谓："魏文之所欲者，禅代尔。而符瑞章奏、劝进辞让，前后节目，连篇累牍。"（《习学记言》卷二十七）那么，小说《三国演义》又是怎么写的呢？小说在前面已经大写曹操逼宫的凶狠残暴，曹操连怀孕五月的董妃也不放过，华歆奉曹操之命，引五百甲兵，搜寻伏后，"歆亲自动手，揪后发髻拖出"。禅让的时候，先由华歆去逼献帝，"帝闻奏大惊，半晌无言"。在群臣的围攻下，"帝大哭，入后殿去了。百官哂笑而退"。献帝终于被迫同意将皇位"自愿"让给曹丕。小说特意写出这样的插曲：

曹丕听毕，便欲受诏。司马懿谏曰："不可。虽然诏玺已至，殿下宜且上表谦辞，以绝天下之谤。"丕从之，令王朗作表，自称德薄，请别求大贤以嗣天位。（第八十回）

也就是说，演戏就认认真真地演。不是没用的，为的是"绝天下之谤"。后面司马氏的代魏而立，也是如法炮制。只是因为《晋书》修于唐初，此时忌讳已少，不像陈寿由蜀入晋，颇多顾虑。野史的有关材料也更多，所以小说写来，更加详细生动。对其中的丑恶也暴露得更加彻底。

刘备和孙权的称帝也是采用劝进的方式，但他们是割据称王，所以没有曹丕那些麻烦。《三国演义》是拥刘反曹的，所以对刘备的称王乃至称帝，写得理直气壮。写刘备是诚心诚意地让，群臣是诚心诚意地劝。其实，根据《三国志·蜀书·费诗传》的记载，刘备准备登基时，费诗曾经上疏表示反对：

> 殿下以曹操父子逼主篡位，故乃羁旅万里，纠合士众，将以讨贼。今大敌未克，而先自立，恐人心疑惑。昔高祖与楚约，先破秦者王。及屠咸阳，获子婴，犹怀推让，况今殿下未出门庭，便欲自立邪！愚臣诚不为殿下取也。

结果呢，"由是忤旨，左迁部永昌从事"。这就是书呆子的下场。人家本来是演戏，他却以为是真的了。这费诗是够可爱的。关羽不愿与黄忠同列，说什么"大丈夫终不与老兵同列"。也是这位费诗,却有一番堂堂正正的批评,说得一向傲慢的关羽"大感悟,遽即受拜"。可惜这样的人物,没有被小说所吸收。当然,从政治斗争的需要出发,曹丕既已称帝,以"兴复汉室"为号召的蜀汉不称帝也不行。习凿齿就此批评费诗:"夫创本之君,须大定而后正己。篡统之君,须速建以系众心。是故惠公朝虏而子圉夕立,更始尚存而光武举号。夫岂忘主徼利,社稷之故也。今先主纠合义兵,将以讨贼,贼强祸大,主没国丧,二祖之庙,绝而不祀。苟非亲贤,孰能绍此?嗣祖配天,非咸阳之譬;杖正讨逆,何推让之有?于此时也,不知速尊有德以奉大统,使民欣反正,世睹旧物,杖顺者齐心,附逆者同惧,可谓暗惑矣。其黜降也,宜哉!"裴松之对习凿齿多有不满,但对习氏的这番议论,却非常赞同:"凿齿论议,惟此议最善。"

虚实之辨

精彩的地方都是虚构

《三国演义》告诉了我们什么？是历史知识吗？从不太严格的意义上来说，《三国演义》确实起到了普及历史知识的作用。由于种种原因，中国广大的民众不是从史书、从二十四史，而是从小说、戏曲等各种文学艺术作品中获得历史的知识。在大体上普及九年义务教育的今天，情况基本上还是如此。人们从《封神演义》知道了商纣王、姜太公；从《将相和》知道了廉颇、蔺相如；从《三国演义》中知道了曹操、孙权、周瑜、刘备、诸葛亮，知道了关羽、张飞、赵云；从小说《三侠五义》和《铡美案》之类的包公戏知道了包公；从《隋唐演义》知道了隋炀帝、李世民、秦琼、程咬金；从《长生殿》和一系列的李杨戏知道了唐明皇和杨贵妃。现在的中国人，更多地通过电视节目获得了各种历史的知识。中国人最熟悉的历史人物和历史故事，无不与小说、戏曲有关。中国人对于历史人物的爱憎褒贬，也往往取决于小说、戏曲所塑造的人物形象。难怪黄人在《小说小话》里发出这样的感慨:"书中人物最幸者,莫如关壮缪;最不幸者,莫如魏武帝。历稽史册,壮缪仅以勇称,亦不过贲、育、英、彭流亚耳。至于死敌手,通书史,古今名将,能此者正不乏人,非真可据以为超群绝伦也。魏武雄才大略,奄有众长,草创英雄中,亦当占上座。虽好用权谋,然从古英雄,岂有全不用权谋而成事者?况其对待屡主,始终守臣节,较之萧道成、高欢之徒,尚不失其为忠厚,无论莽、卓矣。乃自此书一行,而壮缪之人格,互相推崇于无上,祀典方诸郊禘,荣名媲于尼山,虽由吾国崇拜英雄之积习,而演义亦一大主动力也。若魏武之名,则几与穷奇、梼杌、桀、纣、幽、厉,同为恶德之代表。社会月旦,凡人之奸邪诈伪、阴险凶残者,辄目之为曹操。今试比人以古帝王,虽傲者谦不敢居;若称以曹操,则屠沽厮养必怫然不受。即语以魏主之尊贵,且多才子,具文武才,亦不能动之也。文人学士,虽心知其故,而亦徇世俗之曲说,不敢稍加辨正。"可是,从严格的意义上来说,小说和戏曲所提供的并非历史的原貌,而是一种艺术加工以后的"历史"。经过学者的研究,我们知道:《三国演义》作为一部历史小说,尊重基本的历史事实,书中重要人物的主要活动,和历史相去不远;如清人刘廷玑所言:"演义者,本有其事,而添设敷演,非无中生有者比也。"(《在园杂志》)但也并非如"清溪居士"所说"悉本陈志裴注,绝不架空杜撰"(《重刊三国志演义》序)。小说中的精彩部分，几乎都是虚构。正如《包公案》里包公破的那些案子，百分之九十九都是出于虚构，都是"贪他人之功，据为己有"。按照《宋史·包拯传》的记载，包拯一生只破了一个"牛舌案"。就连这唯一的案子，也还有掠人之美的嫌疑。蔡襄《端明集》第三十八卷中《尚书都官员外郎致仕叶府君墓志铭》，就记载了一个类似的牛舌案。后来的穆衍也破过同样的案子，见于《宋史·穆衍传》。精彩处多出于虚构，读者读得津津有味的地方，正是子虚乌有的地方啊！

从历史上看，鞭打督邮的是刘备，而不是张飞。据裴注所引《典略》，刘备在朝廷沙汰之列，督邮来县里具体执行。刘备求见督邮，督邮称病不见。"备恨之，因还治，将吏卒更诣传舍。突入门言：'我被府君密教收督邮。'遂就床缚之。将出，到界，自解其绶，以系督邮颈，缚之著树，鞭杖百余下，欲杀之，督邮哀求，及释去之"。这个故事与满宠的事迹颇有相似之处："县人张苞为郡督邮，贪秽受取，干乱吏政，宠因其来在传舍，率吏卒出收之，诘责所犯，即日考竟，遂弃官归。"（《三国志·魏书·满宠传》）小说家可能是捏合了刘备和满宠两人的故事而设计出张飞鞭打督邮的情节。

《三国演义》中与史实不合之处还有很多。刘、关、张未曾救过董卓。"捉放曹"的不是陈宫。曹操潜逃在汉灵帝中平六年，当时陈宫还没遇到曹操。放曹者另有其人。历史

145

上并无貂蝉其人,如徐渭所说:"布妻,诸史及与布相关者诸人之传并无姓,又安得有貂蝉之名?"(《徐文长逸稿》卷四《吕布宅》)《三国演义》说徐州太守陶谦"温厚纯笃",是个忠厚君子;但《三国志·魏书·陶谦传》却说,在陶谦的治下,"广陵太守琅邪赵昱,徐方名士也,以忠直见疏,曹宏等,谗慝小人也,谦亲任之。刑政失和,良善多被其害,由是渐乱"。赵云没有在文丑的枪下救出公孙瓒。董卓死后,蔡邕并没有"伏其尸而大哭"。《三国志·魏书·董卓传》裴注所引谢承《后汉书》不过是说:"蔡邕在允坐闻卓死,有叹息之音。"

据《三国志》,董承确实得到汉献帝的衣带密诏,曾与刘备等人密谋,企图算计曹操,但小说围绕衣带诏,生发想象,虚构出无数情节,说得如火如荼。董承东窗事发,在建安五年;吉本、金祎、耿纪、韦晃等造反并旋即被曹操镇压,是在建安二十三年,小说《三国演义》将吉本改为"吉平",把吉平定为董承一伙,并且虚构出吉平企图毒死曹操的惊心动魄的故事。这样,吉本(小说中的"吉平")之死,由建安二十三年提前到建安五年。董承的密谋是如何暴露的呢?史书上并未记载。小说第二十三回却虚构出曲折的故事:"承心中暗喜,步入后堂,忽见家奴秦庆童同侍妾云英在暗处私语。承大怒,唤左右捉下,欲杀之。夫人劝免其死,各人杖脊四十,将庆童锁于冷房。庆童怀恨,黄夜将铁锁扭断，跳墙而出，径入曹操府中，告有机密事。操唤入密室问之，庆童云：'王子服、吴子兰、种辑、吴硕、马腾五人在家主府中商议机密，必然是谋丞相。家主将出白绢一段，不知写着甚的。近日吉平咬指为誓，我也曾见。'"《三国演义》第五十七回，马腾奉衣带诏密谋杀曹操的计划，亦因为相似的原因而泄露。同谋者门下侍郎黄奎无意中对小妾泄露了衣带诏的秘密，而其妾李春香与奎妻弟苗泽私通，"泽欲得春香，正无计可施"。于是，苗泽就去向曹操举报。我们在明清的小说中，经常看到类似的泄密故事：奴婢与人偷情，为主人无意中发现。主人责罚奴婢，奴婢举报主人罪愆，以求报复。或是婢妾有私情，举报主人以遂情欲。

官渡之战前，《三国演义》中所谓"郭奉孝十胜十败"之说，其实是根据荀彧的"度胜""谋胜""武胜""德胜"之说扩充而来。据《三国志·魏书·张郃传》，是张郃，而不是沮授，向袁绍进言，必须火速派兵支援乌巢，"若（淳于）琼等见禽，吾属尽为虏矣"。张郃的意见遭到郭图的反对。乌巢兵败，郭图羞惭，进一步陷害张郃，结果为渊驱鱼，为丛驱雀，促使张郃投降了曹操。淳于琼并非兵败逃回，被袁绍处死，而是在乌巢之战中被乐进斩杀。

历史上刘琮确实投降了曹操，荆州落入曹操之手。曹操封刘琮为青州刺史、封列侯，没有派于禁去追杀刚刚投降过来的刘琮和蔡夫人。小说为了给曹操抹黑，又给添上这么一段故事。当然,《三国志平话》里已经是如此设计,平话借诸葛亮之口说:"您二人皆言曹公之威,你待纳降?岂不闻曹公夺了荆楚之地,改差刘琮,觅罪令人杀之!您二人要学蒯越、蔡瑁之后,使刘琮降曹操之说。"

鲁肃远见卓识,精明干练,并非如《三国演义》里所写的那样平庸。黄盖没有献什么"苦肉计"。据《三国志·吴书·吴主传》裴注所引《魏略》所述,草船借箭的是孙权,不是诸葛亮,时间在赤壁之战以后,地点在濡须(今安徽南)。孙权的借箭也不是有什么预谋,只是随机应变罢了。当然也没有在船的两边扎什么草人。曹军射他的船,船的一边吃了箭,船身倾斜,孙权怕船翻,就让船转过身来。

斩华雄的是孙坚,不是关羽。《三国志·吴书·孙坚传》有云:"坚复相收兵,合战于阳人,大破卓军,枭其都督华雄等。"颜良倒是被关羽斩了,文丑却并非死在关羽的刀下。宋人洪迈为传说所误,在《容斋随笔》中说:"关羽手杀袁绍二将颜良、文丑于万众之中。"他若是仔细读读《三国志》,恐怕就不会犯这种错误了。可是,我们由此也可以知道,至迟在宋朝就已经有文丑死于关羽刀下的传说了。王朗是正常死亡,并非被诸葛亮骂死。为关羽刮骨疗毒的不是华佗。隆中一带并没有什么卧龙岗。赤壁之战的决战地点不在赤壁,而是在乌林。诸葛亮未曾以二乔来激怒周瑜,曹操也没有铜雀台锁二乔之意。赤壁之战的时候,二乔均已三十开外。我们读《三国志平话》,才知道诸葛亮借二乔以激怒周瑜,是出自说话艺人的创造。平话中说:"孔明振威而喝曰:'今曹操动军,远收江吴,非为皇叔之过也。尔须知曹操,拘刷天下美色妇人,今曹相取江吴,虏乔公二女,岂不辱元帅清名?'"据《三国志·吴书·周瑜传》:"时得桥公两女,皆国色也,策自纳大桥,瑜纳小桥。"则小说所谓"乔公",当系"桥公"之误,则"二乔"当为"二桥"。张辽后寨起火,一片声叫反。张辽处变不惊,镇定自若。《三国演义》虚捏出戈定一人,指其为太史慈乡人,欲作内应。吕蒙、潘璋并非因关羽显灵复仇而死,他们都是一般的病死老死。历史上的周瑜是一个豁达大度之人,可是小说把他写成一个心胸狭隘之人。周瑜临终之时也没有"既生瑜,何生亮"的"仰天长叹"。现在有所谓"瑜亮情结"之说,其实是小说家言,历史上的周瑜没有那么狭隘。庞统没有参加赤壁之战,当然也未曾献过连环计。

《三国志》里没有周仓这个人。据《关羽传》,关羽有关平、关兴两个儿子,而在《三国演义》里,关平却成了关羽的义子。关兴至小说第七十四回方才突然出现。第八十七回,刘、关、张相继去世以后,诸葛亮远征南蛮之前,关羽的第三个儿子关索从天而降:"忽有关公第三子关索,入军来见孔明曰:'自荆州失陷,逃难在鲍家庄养病。每要赴川见先帝报仇,疮痕未合,不能起行。近已安痊,打探得东吴仇人已皆诛戮，径来西川见帝，恰在途中遇见征南之兵，特来投见。'""七擒孟获"以后，这个关羽的三公子又神秘地消失了。真是来也匆匆，去也匆匆。而在《新编全相说唱足本花关索传》里，却有了关索的详细故事，讲到关羽和关索的悲欢离合。俞樾说："按世俗以关索为汉前将军之子，实无其人。乃宋时贼盗中即有小关索之名，则其流传亦远矣。"(《茶香室丛钞》)关羽是不是用刀，也得打个大大的问号。俞樾对此提出疑问："关公本传。无一刀字。传云：'绍遣大将军颜良攻东郡太守刘延于白马，曹公使张辽及羽为先锋击之。羽望见良麾盖，策马刺良于万众之中。'……古人用字精审，《关公传》既用刺字，则其杀颜良，疑亦用矛。若用刀，必不云刺也。《鲁肃传》：'肃住益阳，与羽相拒。肃邀羽相见，各驻兵马百步上，但诸将军单刀俱会。'此却有刀字，然恐是佩刀耳。"(《小浮梅闲话》)《三国演义》则谓："颜良措手不及，被云长手起一刀，刺于马下。"即不说"砍"，也不说"斩""劈"，而要说"刺"。或许是注意到了《关羽传》的这个用字。果真如此，则小说的作者还是非常仔细的。

《三国志·魏书·徐晃传》说徐晃是病死，可小说里说他是被孟达一箭射中头额，"当晚身死"。小说中说张郃不听司马懿的劝告，自恃其勇，中了埋伏而被乱箭射死。但裴注所引《魏略》之说，却正好相反："亮军退，司马宣王使郃追之。郃曰：'军法：围城必开出路，归军勿追。'宣王不听，郃不得已，遂进。蜀军乘高布伏，弓弩乱发，矢中郃髀。"小说的写法维护了司马懿老谋深算的形象，却损害了张郃智勇双全的名将风采。

马谡确实是丢了街亭，《三国志·蜀书·诸葛亮传》上说：诸葛亮"戮谡以谢众"，《王平传》亦说诸葛亮斩了马谡，但是，据《马谡传》的记载，马谡是"下狱物故"。而《向朗传》则说："朗素与马谡善，谡逃亡，朗知情不举，亮恨之。免官还成都。"同一部《三国志》，同一个陈寿，对于马谡的结局，却给出了互相矛盾的三种答案。马谡究竟是被诸葛亮挥泪斩了，还是畏罪潜逃，或是病死狱中，恐怕永远说不清楚了。荀攸在曹魏伐吴的途中病死，而《三国演义》却说荀攸反对曹操进封魏王，引起曹操不满，荀攸郁闷而死。

诸葛亮伐魏，只有五次，其中第一次和第四次至祁山。第一次是建兴六年（228），诸葛亮率军攻祁山，马谡为张郃所破，诸葛亮拔西县千余家，还于汉中。建兴九年（231），第四次伐魏，诸葛亮复出祁山，粮尽退军。所谓"六出祁山"，并非事实。周瑜死后，刘备并没有派诸葛亮去吊丧，当然更没有诸葛亮吊唁周瑜的祭文。街亭之役，曹魏方面的主帅并非司马懿，而是张郃。历史上的刘备并没有去东吴入赘，而是孙夫人来荆州与刘备成亲。《三国志》中有关孙夫人的记载极少。陈寿甚至没有单独给她列传。

《三国演义》里讲得有声有色的刘、关、张桃园三结义、曹操行刺董卓、虎牢关三英战吕布、王允的连环计、孙策的怒斩于吉、诸葛亮火烧新野、刘皇叔跃马过檀溪、糜夫人的投井自尽、群英会蒋干中计、诸葛亮三气周瑜、关羽的降汉不降曹、关羽的秉烛达旦、阚泽的假投降、庞统的连环计、华容道放曹操、关羽过五关斩六将、关羽斩蔡阳、关羽单刀赴会、祢衡的击鼓骂曹、关羽战黄忠、左慈戏曹操、周瑜"虚名收川,实取荆州"的假途灭虢之计、诸葛亮空城计等等,完全是小说家和民间艺人的虚构。

史书上涉及关羽的材料不多,可小说却描绘出"温酒斩华雄""三英战吕布""过五关斩六将""单刀赴会""水淹七军"等一系列可歌可泣的英雄故事。徐庶在历史上,据《三国志》的记载只有三件事,一是他与崔州平都是诸葛亮的好友;二是徐庶向刘备推荐诸葛亮;三是庶母为曹操所得,徐庶不得已去了曹营。其余的计夺樊城之类,都于史无据。赵云在《三国志》里,排在关羽、张飞、马超、黄忠之后,也没有显赫的军功。

《三国演义》中那些精彩的篇章,大多具有民间传说的深厚基础。史书上关于诸葛亮出山的事,记载得十分简略,而小说却敷演出刘备三顾茅庐的大段漂亮文字。《三国志·蜀书·诸葛亮传》上有云:

> 时先主屯新野。徐庶见先主，先主器之，谓先主曰："诸葛孔明者，卧龙也，将军岂愿见之乎？"先主曰："君与俱来。"庶曰："此人可就见，不可屈致也。将军宜枉驾顾之。"由是先主遂诣亮，凡三往，乃见。

由此可见，刘备本来是想让徐庶将诸葛亮请来。后来听徐庶介绍，知道"此人可就见，不可屈致也"，才决定亲自出马，登门拜访。小说把诸葛亮的出山写得百步九折，以此来突出刘备礼贤下士的诚意，渲染诸葛亮的名士风采。

历史上的关羽，也没有小说里写得那样"高、大、全"。《三国志·魏书·明帝纪》裴注所引的《献帝传》说：

> （秦）朗父名宜禄，为吕布使诣袁术，术妻以汉宗室女。其前妻杜氏留下邳。布之被围，关羽屡请于太祖，求以杜氏为妻。太祖疑其有色。及城陷，太祖见之，乃自纳之。

看来，关羽对女色还是十分重视的。关羽也是人。在得知杜氏留下邳后，特意与曹操打招呼。不是一次，而是屡次地请求。因为是"屡请"，这才引起曹操的注意和关切，结果反而把事情搞糟，让曹操先下手为强，把杜氏夺了去。美女是

153

稀缺资源，杜氏正寡居，关羽想得到杜氏，也是人之常情。这是多么煞风景的考证啊！至于杜氏本人愿意嫁给谁，这并不重要。那是现代人才会想到的问题。

　　越是精彩的地方，就越是离不开虚构，作品之能否成功，艺术想象力的强弱是最关键的因素。这一点是很有启发性的。笔者由此而联想到人们佩服得五体投地的《红楼梦》，必定充满了作者的虚构。那些处处要将贾府和曹家对号入座的人，一定是所求愈深，所得愈寡。那么，能不能由此得出结论：《三国演义》并不能给我们一点可靠的历史知识。当然也不能这么说。譬如说，小说对禅让丑剧的描写就要比《三国志》深刻得多，也真实得多。小说对宫廷斗争残酷性的描写，也要比正史真实得多。《三国志·魏书·文帝纪》提到曹丕代汉时，只是淡淡地说："汉帝以众望在魏，乃召群公卿士，告祠高庙。使兼御史大夫张音持节奉玺绶禅位。册曰：……"下面便是一篇冠冕堂皇的官样文章。袁宏的《汉纪》录下了汉献帝禅位的诏书，这篇文字极为简单的诏书见于魏文帝本传的裴注："朕在位三十有二载，遭天下之荡覆，幸赖祖宗之灵，危而复存。然仰瞻天文，俯察民心，炎精之数既终，行运在乎曹氏。是以前王既树神武之绩，今王又光曜明德以应其期，是历数昭明，信可知矣。夫大道之行，天下为公，选贤与能，故唐尧不私于厥子，而名播于无穷。朕羡而慕焉。今其追踵尧典，禅位于魏王。"实际的禅让过程想来不会像陈寿和袁宏写的那样平静顺利。所谓"众望在魏",不过是拥汉派已经消亡殆尽的一种委婉的表达。

《三国演义》中写得最精彩的人物,往往就是虚构成分比较大的人物。历史上的曹操,固然有酷虐变诈的一面,但他的雄才大略也不可否认。但小说把他塑造成一个奸雄。历来有许多人为曹操喊冤叫屈。程树德便说:"说阿瞒之奸,亦逾其分量。孟德一代英雄,何至如演义所说之不堪?"(《国故谈苑》)诸葛亮本是萧何一类的人物,"先主外出,亮常镇守成都,足食足兵。"如陈寿的《三国志·蜀书·诸葛亮传》所说,"应变将略,非其所长",可小说把他写成一个神机妙算、临阵指挥的三军统帅。唐人王勃即非常赞同陈寿对诸葛亮军事才能的怀疑:"初,备之南也,樊、邓之士,其从如云。比到当阳,众十万余,操以五千之卒,及长坂纵兵大击,廓然雾散,脱身奔走,方欲远窜。用鲁肃之谋,然投身夏口。于时诸葛适在军中,向令帷幄有谋,军容宿练,包左车之计,运田单之奇,操悬军数千,夜行三百,辎重不相继,声援不相闻,可不一战而擒也。坐十万之众,而无一矢之备,何异驱犬羊之群,饵豺虎之口。固知应变将略,非武侯所长。斯言近矣。"(《王子安集》卷十《三国论》)当然,诸葛亮比萧何的功劳大多了。如叶适所说:"汉高犹是大势已成,何之与为易;备漂流二十年,未尝得尺寸,亮凿空干

取，以无为有，比于萧何，其事倍难。"（《习学记言》卷二十八）

李慈铭对小说的"以假乱真"非常痛恨："余素恶《三国志演义》，以其事多近似而乱真也。"（《荀学斋日记》）章学诚主张严格史学和小说的界限，写史就严格地按照历史的真实来写；写小说就完全虚构，不要虚虚实实，使人误将小说当作历史，堪称李慈铭的知己：

> 凡演义之书，如《列国志》《东西汉》《说唐》及《南北宋》，多记实事，《西游》《金瓶》之类，全凭虚构，皆无伤也。惟《三国志演义》，则七分实事，三分虚构，以致观者，往往为所惑乱，如桃园等事，学士大夫直作故事用矣。故演义之属，虽无当于著述之伦，然流俗耳目渐染，实有益于劝惩。但须实则概从其实，虚则明著寓言，不可虚实错杂如《三国》之淆耳。

章学诚不明白，虚构是艺术的生命，不让虚构，那就是要了艺术的命。当然，有一个办法可以满足他们的要求，那就是在小说的前面列出十三个大字："本作品纯属虚构，请勿对号入座。"可是，小说家也不想给人子虚乌有的印象。妙就妙在真真假假、虚虚实实，虚中有实，实中有虚。当然，章学诚的批评自有其合理的成分：大众将小说的描写完全当作

明　商喜《关羽擒将图》

三国演义的
前世今生

历史来接受，也会产生许多弊病。眼下无数的"戏说"乃至于恶搞，充塞舞台，唐突经典，引起了史学界理所当然的忧虑。

严格地说，古代的文献也是真伪杂陈，不能全信。这里也有一个去伪存真的问题。裴松之在《上〈三国志注〉表》中，已经对三国的历史文献中"或同说一事，而辞有乖杂，或出事本异，疑不能判"，或"纰缪显然，言不附理"，感慨万分。他注意到史家所记，未必都那么可信："史之记言，既多润色，故前载所述，有非实者矣；后之作者，又生意改之。于失实也，不亦弥远乎？"

《三国演义》以后，历史演义层出不穷，可是，都未能超过《三国演义》。其中的一个教训就是缺乏艺术的虚构。冯梦龙的《新列国志》（后经蔡元放改题作《东周列国志》）就是一个典型的例子。当然，也不是想虚构就能虚构，虚构的也未必都能够成功。再说，《三国演义》是一部世代累积而成的长篇小说，其中凝结了不知多少人的心血，并非罗贯中一个人的作品。

框架的真实(上)

《三国演义》的精彩之处多是虚构,但是,它的框架却完全符合历史的真实。下面,笔者用表格的形式,将三国时期的军国大事和《三国演义》中相应的章回作一对比:

三国时期的军国大事	《三国演义》相应的回目
灵帝中平元年(184)黄巾起义(张角、张宝、张梁),朝廷以卢植、皇甫嵩、朱儁讨黄巾。	第一回:宴桃园豪杰三结义　斩黄巾英雄首立功
中平六年(189),灵帝驾崩。少帝立。何进引狼入室,董卓进京。十常侍杀何进,袁绍、袁术率兵入宫,尽杀宦官。吕布杀丁原而投董卓。	第三回:议温明董卓叱丁原　馈金珠李肃说吕布
董卓专断朝政,残暴蛮狠。董卓废少帝,立献帝。寻而杀何太后、鸩少帝。	第四回:废汉帝陈留践位　谋董贼孟德献刀

（续表）

三国时期的军国大事	《三国演义》相应的回目
献帝初平元年（190）关东州郡起兵讨伐董卓，推袁绍为盟主。董卓焚洛阳，迁都长安。	第五回：发矫诏诸镇应曹公　破关兵三英战吕布 第六回：焚金阙董卓行凶　匿玉玺孙坚背约
袁绍逼走韩馥，据有冀州。初平三年（192），袁术遣孙坚攻刘表，孙坚战殁。	第七回：袁绍磐河战公孙　孙坚跨江击刘表
王允与吕布联手，杀死董卓。董卓余党李傕、郭汜围长安，杀王允，败吕布。劫持献帝。	第八回：王司徒巧使连环计　董太师大闹凤仪亭 第九回：除凶暴吕布助司徒　犯长安李傕听贾诩
兴平元年（194）马腾、韩遂举兵勤王。失败。曹嵩遇害，曹操为父复仇，东征陶谦。所过，大肆杀戮。	第十回：勤王室马腾起义　报父仇曹操兴师
刘备出兵救孔融。吕布与曹操濮阳交战，互有胜负。	第十一回：刘皇叔北海救孔融　吕温侯濮阳破曹操
陶谦病逝，刘备继任为徐州牧。	第十二回：陶恭祖三让徐州　曹孟德大破吕布
兴平二年（195），李傕、郭汜内讧争斗。杨奉、董承救驾。	第十三回：李傕郭汜大交兵　杨奉董承双救驾
建安元年（196），曹操迎献帝至许昌。吕布袭取徐州。	第十四回：曹孟德移驾幸许都　吕奉先乘夜袭徐郡

(续表)

三国时期的军国大事	《三国演义》相应的回目
孙策离开袁术,得父亲孙坚旧部,有周瑜、张昭、吕范辅佐,平定江东。	第十五回:太史慈酣斗小霸王 孙伯符大战严白虎
袁术遣纪灵击刘备,吕布辕门射戟,为刘备解围。刘备为吕布所逼,转投曹操。建安二年(197),曹操遭张绣袭击。典韦阵亡。	第十六回:吕奉先射戟辕门 曹孟德败师淯水
袁术称帝,定都寿春。吕布用陈登计,大败袁术。刘备与吕布暂时合作。	第十七回:袁公路大起七军 曹孟德会合三将
建安三年(198),曹操复征张绣,互有胜负。吕布、刘备再次反目,刘备投曹操。	第十八回:贾文和料敌决胜 夏侯惇拔矢啖睛
曹操水淹下邳,生擒吕布、陈宫,皆杀之。张辽投降曹操。	第十九回:下邳城曹操鏖兵 白门楼吕布殒命
建安四年(199),车骑将军董承受献帝衣带密诏,与刘备等谋诛曹操。	第二十回:曹阿瞒许田打围 董国舅内阁受诏
袁绍灭公孙瓒,兼有冀、青、并、幽四州。曹操煮酒,言于刘备:"今天下英雄,惟使君与操耳!"袁术兵败,吐血身亡。关羽斩车胄,刘备进徐州。	第二十一回:曹操煮酒论英雄 关公赚城斩车胄

(续表)

三国时期的军国大事	《三国演义》相应的回目
袁绍准备进攻曹操。发布伐曹檄文。曹操准备应敌。曹将刘岱、王忠来攻徐州刘备,不克。	第二十二回:袁曹各起马步三军 关张共擒王刘二将
张绣归顺曹操。建安五年(200),董承衣带诏事发,被诛三族。	第二十三回:祢正平裸衣骂贼 吉太医下毒遭刑
曹操杀董承妹董贵妃。东征刘备。刘备不敌,投奔袁绍。曹操擒得关羽。	第二十四回:国贼行凶杀贵妃 皇叔败走投袁绍
袁绍攻东郡太守刘延于白马,曹操率军救之。关羽斩杀名将颜良。	第二十五回:屯土山关公约三事 救白马曹操解重围
袁绍与曹操在官渡相持。关羽亡归刘备。	第二十六回:袁本初败兵折将 关云长挂印封金 第二十七回:美髯公千里走单骑 汉寿侯五关斩六将 第二十八回:斩蔡阳兄弟释疑 会古城主臣聚义
孙策被许贡的家客刺杀。孙权继位。	第二十九回:小霸王怒斩于吉 碧眼儿坐领江东
曹操采纳许攸之计,袭击乌巢,大败袁绍。	第三十回:战官渡本初败绩 劫乌巢孟德烧粮
建安六年(201),曹操击袁绍仓亭军,破之。攻刘备,刘备不敌,投奔荆州刘表。	第三十一回:曹操仓亭破本初 玄德荆州依刘表

161

(续表)

三国时期的军国大事	《三国演义》相应的回目
建安七年(202),袁绍病逝。少子袁尚继位。袁尚、袁谭兄弟内斗。建安八年(203),袁谭求救于曹操,建安九年(204),曹操击溃袁尚。	第三十二回:夺冀州袁尚争锋 决漳河许攸献计
曹丕夺得袁熙之妻甄氏,纳之。是为魏明帝之生母。建安十年(205),曹操击败袁谭,袁谭战死。建安十二年(207),袁尚、袁熙先奔辽西乌桓,曹操击败之。二袁又奔辽东公孙康。曹操按兵不动。公孙康杀死袁尚、袁熙,投降曹操。至此,曹操统一中国的北方。	第三十三回:曹丕乘乱纳甄氏 郭嘉遗计定辽东
刘表无四方之志。对刘备有所提防。安排刘备屯兵新野。	第三十四回:蔡夫人隔屏听密语 刘皇叔跃马过檀溪 第三十五回:玄德南漳逢隐沦 单福新野遇英主
刘备三顾茅庐。诸葛亮为刘备确定隆中策的战略方针。其关键是联合东吴,北拒曹操。	第三十六回:玄德用计袭樊城 元直走马荐诸葛 第三十七回:司马徽再荐名士 刘玄德三顾草庐 第三十八回:定三分隆中决策 战长江孙氏报仇

(续表)

三国时期的军国大事	《三国演义》相应的回目
建安十三年(208)，曹操废三公，自为丞相。刘表病逝，少子刘琮继位。曹操南下，刘琮投降。曹操于长坂坡击溃刘备。东吴与刘备联合，大败曹操。刘备获荆州诸郡。	第三十九回：荆州城公子三求计　博望坡军师初用兵 第四十回：蔡夫人议献荆州　诸葛亮火烧新野 第四十一回：刘玄德携民渡江　赵子龙单骑救主 第四十二回：张翼德大闹长坂桥　刘豫州败走汉津口 第四十三回：诸葛亮舌战群儒　鲁子敬力排众议 第四十四回：孔明用智激周瑜　孙权决计破曹操 第四十五回：三江口曹操折兵　群英会蒋干中计 第四十六回：用奇谋孔明借箭　献密计黄盖受刑 第四十七回：阚泽密献诈降书　庞统巧授连环计 第四十八回：宴长江曹操赋诗　锁战船北军用武 第四十九回：七星坛诸葛祭风　三江口周瑜纵火 第五十回：诸葛亮智算华容　关云长义释曹操 第五十一回：曹仁大战东吴兵　孔明一气周公瑾 第五十二回：诸葛亮智辞鲁肃　赵子龙计取桂阳 第五十三回：关云长义释黄汉升　孙仲谋大战张文远 第五十四回：吴国太佛寺看新郎　刘皇叔洞房续佳偶 第五十五回：玄德智激孙夫人　孔明二气周公瑾
建安十五年(210)，周瑜病逝。鲁肃继承其位。	第五十六回：曹操大宴铜雀台　孔明三气周公瑾 第五十七回：柴桑口卧龙吊丧　耒阳县凤雏理事

163

(续表)

三国时期的军国大事	《三国演义》相应的回目
建安十六年(211),曹操于潼关击败马超、韩遂,占有关中地区。马超退据凉州。曹丕为五官中郎将,丞相副。	第五十八回:马孟起兴兵雪恨 曹阿瞒割须弃袍 第五十九回:许褚裸衣斗马超 曹操抹书间韩遂
益州牧刘璋听张松建议,邀请刘备入川,以抗张鲁。	第六十回:张永年反难杨修 庞士元议取西蜀 第六十一回:赵云截江夺阿斗 孙权遗书退老瞒
建安十七年(212),刘备与刘璋反目。刘备占据涪城,进攻雒城。	第六十二回:取涪关杨高授首 攻雒城黄魏争功
建安十八年(213),庞统中矢而死。诸葛亮率张飞、赵云驰援刘备。关羽留守荆州。曹操进为魏公。荀彧反对,被迫自尽。	第六十三回:诸葛亮痛哭庞统 张翼德义释严颜 第六十四回:孔明定计捉张任 杨阜借兵破马超
建安十九年(214),马超归顺刘备。刘备围成都,刘璋投降。刘备自领益州牧。	第六十五回:马超大战葭萌关 刘备自领益州牧
伏后曾经与父亲书,痛诋曹操。事发,伏后被废黜死。	第六十六回:关云长单刀赴会 伏皇后为国捐生
建安二十年(215),曹操攻汉中,张鲁降。张辽守合肥,力挫孙权十万大军。	第六十七回:曹操平定汉中地 张辽威震逍遥津
吴将甘宁率百健儿,勇闯曹营。曹操与孙权互有胜负。建安二十一年(216),曹操进位魏王。	第六十八回:甘宁百骑劫魏营 左慈掷杯戏曹操

(续表)

三国时期的军国大事	《三国演义》相应的回目
建安二十二年(217)，鲁肃病逝，吕蒙继承其位。曹丕立为魏太子。建安二十三年(218)，耿纪、韦晃起兵诛操，被镇压，灭三族。	第六十九回：卜周易管辂知机 讨汉贼五臣死节
建安二十三年(218)，张飞于巴西打败曹名将张郃。	第七十回：猛张飞智取瓦口隘 老黄忠计夺天荡山
建安二十四年(219)，黄忠于定军山斩夏侯渊。	第七十一回：占对山黄忠逸待劳 据汉水赵云寡胜众
曹操亲率大军来犯，刘备拒之。得汉中，自立为汉中王。关羽北征襄樊，擒于禁，斩庞德。	第七十二回：诸葛亮智取汉中 曹阿瞒兵退斜谷 第七十三回：玄德进位汉中王 云长攻拔襄阳郡 第七十四回：庞令明抬榇决死战 关云长放水淹七军
吕蒙袭取荆州。关羽腹背受敌。被杀。	第七十五回：关云长刮骨疗毒 吕子明白衣渡江 第七十六回：徐公明大战沔水 关云长败走麦城 第七十七回：玉泉山关公显圣 洛阳城曹操感神
建安二十五年(220)，曹操病逝。	第七十八回：治风疾神医身死 传遗命奸雄数终 第七十九回：兄逼弟曹植赋诗 侄陷叔刘封伏法

(续表)

三国时期的军国大事	《三国演义》相应的回目
黄初元年(220),曹丕篡汉而立,国号魏,是为魏文帝。章武元年(221),刘备自立为帝,是为昭烈皇帝。	第八十回:曹丕废帝篡炎刘　汉王正位续大统
张飞被部下刺杀。章武元年,刘备为复仇兴兵伐吴。次年(222),孙权称臣于魏。陆逊于夷陵大败蜀军。	第八十一回:急兄仇张飞遇害　雪弟恨先主兴兵 第八十二回:孙权降魏受九锡　先主征吴赏六军 第八十三回:战猇亭先主得仇人　守江口书生拜大将 第八十四回:陆逊营烧七百里　孔明巧布八阵图
魏国三路大军伐吴,大败。黄初四年(223),刘备病逝白帝城。刘禅继位。以诸葛亮为丞相。诸葛亮派邓芝出使吴国,两国修好。	第八十五回:刘先主遗诏托孤儿　诸葛亮安居平五路 第八十六回:难张温秦宓逞天辩　破曹丕徐盛用火攻
后主建兴三年(225),诸葛亮七擒孟获。	第八十七回:征南寇丞相大兴师　抗天兵蛮王初受执 第八十八回:渡泸水再缚番王　识诈降三擒孟获 第八十九回:武乡侯四番用计　南蛮王五次遭擒 第九十回:驱巨兽六破蛮兵　烧藤甲七擒孟获
黄初七年(226),魏文帝驾崩。曹叡继位,是为魏明帝。建兴五年(227),诸葛亮上《出师表》,准备北伐。	第九十一回:祭泸水汉相班师　伐中原武侯上表

(续表)

三国时期的军国大事	《三国演义》相应的回目
建兴六年(228),诸葛亮北伐,夺天水、安定、南安三郡。	第九十二回:赵子龙力斩五将 诸葛亮智取三城
姜维投降诸葛亮。	第九十三回:姜伯约归降孔明 武乡侯骂死王朗
孟达反复,诸葛亮诱其归蜀背魏。魏明帝太和二年(228),司马懿长途奔袭,擒新城孟达。	第九十四回:诸葛亮乘雪破羌兵 司马懿克日擒孟达
魏大将张郃于街亭大败蜀将马谡。诸葛亮退军。	第九十五回:马谡拒谏失街亭 武侯弹琴退仲达
诸葛亮斩马谡。吴将周鲂诈降,曹休中计。陆逊大败曹休于石亭。	第九十六回:孔明挥泪斩马谡 周鲂断发赚曹休
建兴六年(228),赵云病逝。诸葛亮再次北伐。攻陈仓。	第九十七回:讨魏国武侯再上表 破曹兵姜维诈献书
诸葛亮粮尽撤军。魏将王双追击,中伏,被杀。吴黄龙元年(229),孙权称帝于武昌。国号吴。是为吴大帝。	第九十八回:追汉军王双受诛 袭陈仓武侯取胜
魏明帝太和四年(230),曹真、司马懿伐蜀,大雨不止,撤军。	第九十九回:诸葛亮大破魏兵 司马懿入寇西蜀
太和五年(231),魏大司马曹真逝。	第一百回:汉兵劫寨破曹真 武侯斗阵辱仲达
蜀建兴九年(231),诸葛亮再攻祁山,粮尽而返。张郃追击至石门,中伏身亡。	第一百一回:出陇上诸葛妆神 奔剑阁张郃中计

(续表)

三国时期的军国大事	《三国演义》相应的回目
建兴十二年（234），诸葛亮再次北伐。与司马懿在五丈原相持。	第一百二回：司马懿占北原渭桥 诸葛亮造木牛流马 第一百三回：上方谷司马受困 五丈原诸葛禳星
诸葛亮病逝。魏延在内乱中被杀。	第一百四回：陨大星汉丞相归天 见木像魏都督丧胆 第一百五回：武侯预伏锦囊计 魏主拆取承露盘
魏景初二年（238），辽东公孙渊叛乱。司马懿率兵平之。景初三年（239），魏明帝驾崩。曹芳即位。曹爽为大将军，掌握实权。司马懿装病，麻痹曹爽。	第一百六回：公孙渊兵败死襄平 司马懿诈病赚曹爽
正始十年（249），司马懿发动政变，杀曹爽及其党羽。政归司马懿。夏侯霸惧祸，投奔蜀国。	第一百七回：魏主政归司马氏 姜维兵败牛头山
曹芳嘉平三年（251）司马懿病逝。其子司马师继掌大权。嘉平四年（252），魏大举伐吴。于东兴被吴将丁奉打败。孙权驾崩。子孙亮继位。诸葛恪辅政。嘉平五年（253），诸葛恪大军攻合肥，失败，举国怨恨。孙峻密计，杀诸葛恪，执掌朝政。	第一百八回：丁奉雪中奋短兵 孙峻席间施密计
嘉平六年（254），司马师废曹芳，立高贵乡公曹髦为帝。	第一百九回：困司马汉将奇谋 废曹芳魏家果报

（续表）

三国时期的军国大事	《三国演义》相应的回目
魏正元二年（255），毌丘俭、文钦起兵反，司马师讨平之。司马师病逝。司马昭继续执掌朝政。姜维北伐，于洮水大败魏军。	第一百十回：文鸯单骑退雄兵 姜维背水破大敌
魏正元三年（256），魏邓艾于雍州大败姜维。魏甘露二年（257），诸葛诞起兵反，据守淮南。吴国遣兵支援。	第一百十一回：邓士载智败姜伯约 诸葛诞义讨司马昭
魏甘露三年（258），魏军攻克寿春，杀诸葛诞。姜维趁魏关中空虚，率兵出秦川，司马望与邓艾坚守不出。	第一百十二回：救寿春于诠死节 取长城伯约鏖兵
吴太平三年（258），吴孙綝废孙亮，立孙休为帝。是为景帝。孙休与张布、丁奉合谋，杀死孙綝。	第一百十三回：丁奉定计斩孙綝 姜维斗阵破邓艾
魏甘露五年（260），曹髦发动政变失败，被杀。司马昭立常道乡公曹奂为帝，是为魏元帝。司马昭进位为晋公。	第一百十四回：曹髦驱车死南阙 姜维弃粮胜魏兵
蜀景耀五年（262），后主宠信黄皓，姜维沓中避祸。	第一百十五回：诏班师后主信谗 托屯田姜维避祸
魏景元四年（263），魏钟会、邓艾两路伐蜀。	第一百十六回：钟会分兵汉中道 武侯显圣定军山
邓艾偷度阴平，攻入成都。	第一百十七回：邓士载偷度阴平 诸葛瞻战死绵竹
后主投降，蜀国灭亡。	第一百十八回：哭祖庙一王死孝 入西川二士争功

(续表)

三国时期的军国大事	《三国演义》相应的回目
魏景元五年(264)，邓艾受诬被杀。钟会反，被杀。姜维死。魏咸熙二年(265)，司马昭去世。其子司马炎废曹奂自立，国号晋，是为晋武帝。	第一百十九回：假投降巧计成虚话　再受禅依样画葫芦
吴永安七年(264)，孙休去世，孙皓继位，是为末帝。淫暴昏悖。晋咸宁六年(280)，王濬率军攻入建业，孙皓降，吴国灭亡。三国时代结束。	第一百二十回：荐杜预老将献新谋　降孙皓三分归一统

框架的真实（下）

通过上一章列表将三国时期的史实与《三国演义》相比对，可以得出如下结论：

一、《三国演义》描写的对象是三国时期的军国大事，尤其注重描写三国时期的战争。《三国演义》不是以三国的历史作为英雄事迹的背景，而是将英雄的事迹从属于三国的军国大事。英雄的性格主要借助刀光剑影的军国大事塑造出来。三国时期的军国大事，无一遗漏地在《三国演义》里得到了叙述和描写。军国大事的时间顺序完全与历史相吻合。这些军国大事所涉及的人物、起因、结局，都严格地按照历史的原貌去叙述和描写。三国的官制变化很多，譬如说曹操，为了适应军事政治的需要，为了加强自己的权力，就在不断地调整官制。《三国演义》在提及曹操的官职时，严格地按照史实来写，在任职的时间上也没有一点含糊。"年二十，举孝廉，为郎，除洛阳北部尉。……后为顿丘令"。洛阳设东南西北四个部尉，负责治安。"因黄巾起，拜为骑都尉。引马步军五千,前来颍川助战"(第一回)。骑都尉,军职。秩二千石。"曹操亦以有功,除济南相,即日将班师赴任"(第二回)。皇子封王,以郡为国,国设傅、相各一人。相如同太守。济南相,就是济南国的相。"进视之,乃典军校尉曹操也"(第二回)。亦定此事在灵帝驾崩,何进与袁绍密谋之时。借开会时曹操的插话,顺便介绍了曹操的新职务。校尉,军职名,略低于将军。随其具体职务而冠以名号。"朱儁曰:'要破山东群贼,非曹孟德不可。'李傕曰:'孟德今在何处?'儁曰:'见在东郡太守,广有军兵。若命此人讨贼,贼可克日而破也。'"(第十回)"帝乃封操领司隶校尉,假节钺,录尚书事。"(第十四回)这里吸收了裴注的材料。司隶校尉,掌管纠察京师百官及所辖各郡,相当于州刺史,权势显赫。"操自封为大将军、武平侯。……自此大权皆归于曹操:朝廷大事,先禀曹操,然后方奏天子。"(第十四回)"自封"一语,暗藏讥讽。后面的几句,点出曹操独揽朝政、献帝已成傀儡的事实。大将军,是将军的最高称号。汉末三国时期,权臣执政,常冠以大将军名号,位在三公之上。曹操给了袁绍一个太尉的名号,太尉在大将军之下,袁绍拒绝这一耻辱的任命。曹操一看袁绍这么好面子,就把大将军的名号让给了袁绍,自己委屈当司空。其实,袁绍的大将军是虚的,没有实际意义。"却说曹操罢三公之职,自以丞相兼之"(第三十九回)。曹操改革东汉的官制，建立了以丞相为首的台阁制。丞相权力非常大，可以左右皇帝。曹操设立丞相，是曹家将要谋取皇位的信号。后来曹丕登基，自然不能允许权力极大的丞相，就废除丞相，改相国为司徒。《三国演义》第六十一回，写董昭带头劝进，请曹操为魏公，加九锡。接着，就写曹操的一号智囊荀彧，反对此议，引起曹操的不满，赐与空盒，荀彧被迫自尽。"于是侍中王粲、杜袭、卫凯、和洽四人，议欲尊曹操为'魏王'。中书令荀攸曰：'不可，丞相官至魏公，荣加九锡，位已极矣。今又进升王位，于理不可。'曹操闻之，怒曰：'此人欲效荀彧耶！'荀攸知之，忧愤成疾，卧病十数日而卒，亡年五十八岁。"（第六十六回）历史上的荀攸，是劝进的积极分子，并无小说所写的反对之事。小说为了抹黑曹操，作了这样的虚构，把荀家叔侄两人的态度统一起来。综上所述不难看出，《三国演义》提及的曹操官职及受职时间，与《武帝纪》所载，全部一致。人物在严格的历史时空中活动。这就使《三国演义》获得了历史的真实感、厚重感，获得了波澜壮阔的史诗一般的风格。军国大事已经由史书定性，其中的历史人物已经由史书定型，《三国演义》的虚构限制在事件定性、人物定型的范围之内。再虚构，再夸张，也不做厚诬古人，或是化善为恶、化丑为美的艺术加工。当然，归根到底，作者最关心的，不是细节如何符合历史的真实，而是如何利用历史作为由头，刻画人物的思想性格，实现拥刘反曹的主题。

二、史家一视同仁地描写各国的兴亡成败，《三国演义》则站在拥刘反曹的立场上，使军国大事的描写染上了浓郁的感情色彩。对刘备集团的描写，反映了民众对仁政的向往；对曹操、司马懿父子的描写，反映了民众对权臣窃国的否定。军国大事的框架没有因为作者爱憎的偏向而发生扭曲歪斜，但爱憎倾向对人物的塑造产生了微妙的影响。框架没有大的变化，而框架里填充的团团花絮，那些添枝加叶的笔墨，却将拥刘反曹的主题渗透其中，将作者的爱憎褒贬融化其中。譬如有关曹操路遇故友吕伯奢，因为多疑杀人的经过，在裴注里，本有几种不同的说法，出入不是很大。小说作者有意选择对曹操最不利的一种说法，稍加酱醋，把曹操抹得漆黑。是所谓"差之毫厘，失之千里"。关羽被俘，本来不是光彩之事，但作者从《三国志平话》里借来"约三事"的虚构情节，曲为之辩。于是，投降曹操也变得光明磊落。拥刘反曹的立场与三国最后统一于司马氏集团的实际结局，形成了道德与历史的悖论，这个悖论造成了《三国演义》浓郁的悲剧色彩。读者在读到关羽败走麦城的时候，读到诸葛亮秋风五丈原的时候，一定会被那种无力回天的悲凉气氛所感染和震撼。一个是英雄末路，一个是巨星陨落，足以令人扼腕叹息，不能自已。

三、史家对军国大事的叙述与描写，力求简要。简要的后果之一，就是细节的丧失。说得苛刻一点，就是保留了枝干，删除了枝叶；保住了骨骼，抛弃了血肉。而《三国演义》则根据小说的需要，补充情节，补充细节的描写，补充人物的对话，把分散的事件变成前后贯穿的曲折故事，使历史人物变得栩栩如生。譬如吕布与董卓反目的原因，史书上只有极为简单的叙述："布与卓侍婢私通，恐事发觉，心不自安。"（《三国志·魏书·吕布传》）而《三国演义》则以大段文字，虚捏出貂蝉这一人物，由王允与吕布、貂蝉三人，上演一出连环计的绝妙好戏。刘备如何请诸葛亮出山，《三国志·蜀书·先主传》里一字未提，《诸葛亮传》里的叙述也非常简单，不到80字："时先主屯新野。徐庶见先主，先主器之，谓先主曰：'诸葛孔明者，卧龙也，将军岂愿见之乎？'先主曰：'君与俱来。'庶曰：'此人可就见，不可屈致也。将军宜枉驾顾之。'由是先主遂诣亮，凡三往，乃见。"而《三国演义》则铺叙出三顾茅庐的大段文字。关羽被曹操俘虏，在《先主传》中有简单的交代："五年，曹公东征先主，先主败绩。曹公尽收其众，虏先主妻子，并禽关羽以归。"关羽回到刘备身边，又有一句话的交代："关羽亡归先主。"在《关羽传》中有比较详细的介绍："建安五年，曹公东征，先主奔袁绍。曹公禽羽以归，拜为偏将军，礼之甚厚。绍遣大将颜良攻东郡太守刘延于白马，曹公使张辽及羽为先锋击之。羽望见良麾盖，策马刺良于万众之中，斩其首还，绍诸将莫能当者，遂解白马围。曹公即表封羽为汉寿亭侯。初，曹公壮羽为人，而察其心神无久留之意，谓张辽曰：'卿试以情问之。'既而辽以问羽，羽叹曰：'吾极知曹公待我厚，然吾受刘将军厚恩，誓以共死，不可背之。吾终不留，吾要当立效以报曹公乃去。'辽以羽言报曹公，曹公义之。及羽杀颜良，曹公知其必去，重加赏赐。羽尽封其所赐，拜书告辞，而奔先主于袁军。左右欲追之，曹公曰：'彼各为其主，勿追也。'"在《三国演义》里则涉及四回的篇幅，极言关羽不忘故主的感情。赤壁之战的经过，在刘备、孙权、诸葛亮、周瑜的传里，都没有详细的叙述。在《三国志·吴书·周瑜传》里比较详细地介绍了周瑜对敌我双方的分析。在《三国志·蜀书·诸葛亮传》里，对诸葛亮出使东吴，促使孙权下定决心抵抗曹操的一番说辞，有较为详细的记叙。可是，《三国演义》却用了整整八回的巨大篇幅，虚构出一连串的花絮，来描写这次以少胜多的经典战例。这种在热闹处尽量周旋的处理、大量的虚构，显然是从宋元的说话艺术中获得的启迪。七擒孟获，用了四回的篇幅，但是，描写并不成功。捉了放，放了捉，只是为了让孟获输得心服口服。是马谡所谓"攻心为上"。

《三国演义》从公元184年的黄巾起义，讲到公元280年的吴国灭亡、三国时代结束，一共96年的时长。而诸葛亮秋风五丈原，是在公元231年。即是说，后面还有49年的历史。可是，诸葛亮去世是在第 104 回，后面 49 年的历史，《三国演义》只用了 16 回的篇幅就匆匆地讲完了。前面 47 年的历史，《三国演义》却用去 104 回。作者明白：诸葛亮去世以后，读者对后面的故事基本上已经失去兴趣。

四、《三国演义》里有一些移花接木、张冠李戴的情节，譬如把刘备的鞭打督邮，改作张飞去鞭打督邮；把孙权的借箭，改成诸葛亮的草船借箭；把中牟县"捉放曹"的无名氏，落实为陈宫；把孙坚斩华雄，改成关羽斩华雄；把斩杀文丑的无名氏，改成关羽；孙权曾经跃马飞渡逍遥津，由此脱险，《三国演义》第六十七回记有此事，却又将此事再用于刘备，是所谓"刘皇叔跃马过檀溪"。这些有违史实的移花接木，张冠李戴，都没有影响和损害历史框架的真实，却有助于人物性格的塑造。

赤壁之战是一笔糊涂账

《三国演义》对赤壁之战的描写是否符合历史的真相呢？我们将其与《三国志》《资治通鉴》的有关记载一对照，就会觉得问题很复杂。这里包括六个关键的问题：历史上所谓的"赤壁之战"发生在何处？此其一。赤壁之战的三方到底投入了多少兵力？此其二。孙、刘双方，究竟是谁首先提出了联合起来抵御曹操的主张？此其三。孙刘联军以谁为主？此其四。曹操失败的真实原因是什么？此其五。赤壁之战中，东吴与刘备有没有矛盾？此其六。

仔细分析，《三国志》的《魏书》《吴书》《蜀书》虽然都提到了赤壁之战，但是三书对于以上六个问题的回答却不尽相同。有趣的是，《魏书》的说法有利于魏，照顾了曹魏集团的面子；《吴书》的说法有利于吴，强调东吴在赤壁之战中发挥了主要的作用；《蜀书》的说法则突出刘备集团在赤壁之战中的主导作用。《资治通鉴》则强调东吴集团的作用，尤其是突出了周瑜的指挥作用。那历史上赤壁之战的真相究竟是怎样的呢？

　　《三国志·魏书·武帝纪》对赤壁之战的描写极为简略："公至赤壁，与备战，不利。于是大疫，吏士多死者，乃引军还。备遂有荆州、江南诸郡。"轻描淡写，是"不利"，不是大败。之所以"引军还"，是因为"于是大疫，吏士多死者"，好像本来还可以打一下。在这里，曹军是因为军事不利，还是因为军中大疫而失败呢？说得含糊其词。曹操在事后写信给孙权说："赤壁之役，值有疾病，孤烧船自退，横使周瑜虚获此名。"（《三国志·吴书·周瑜传》注引《江表传》）显得很不服气。按曹操的意思，似乎赤壁之战，不是周瑜有能耐，而是曹军有病；不是周瑜火攻，而是曹操主动烧船。曹操在这里对刘备一字未提，而提到交战对方的统帅是周瑜。曹操所谓"孤烧船自退"，与《三国志》的有关描写并不完全符合，如果《江表传》中的这封信确为曹操所写，也只能看作是曹操的自我解嘲。明明是前所未有的大败、惨败，却偏要装出一副满不在乎的样子，这老瞒真是阿Q精神十足。《三国志·魏书·刘璋传》的记载似乎是和《江表传》相呼应的："会曹公军不利赤壁，兼以疫死。"《江表传》的记述是否可靠呢？我们再看看《三国志·蜀书·先主传》的记载："先主遣诸葛亮自结于孙权，权遣周瑜、程普等水军数万，与先主并力，与曹公战于赤壁，大破之，焚其舟船。先主与吴军水陆并进，追到南郡，时又疾疫，北军多死,曹公引归。"东吴出动了"水军数万",领军的是周瑜、程普。曹军"时又疾疫",但不是主要原因。这里的口吻,好像是刘备方面和孙权方面并肩作战,不分主次。不是曹操"烧船自退",而是联军出击,"焚其舟船"。发起火攻的似乎不光是东吴。《山阳公载记》就说:"公船舰为备所烧。"又《三国志·蜀书·诸葛亮传》中对诸葛亮在赤壁之战中的作用有比较详细的描写:

先主至于夏口,亮曰:"事急矣,请奉命求救于孙将军。"时权拥军在柴桑,观望成败,亮说权曰:"海内大乱,将军起兵据有江东,刘豫州亦收众汉南,与曹操并争天下。今操芟夷大难,略已平矣,遂破荆州,威震四海。英雄无所用武,故豫州遁逃至此。将军量力而处之!若能以吴、越之众与中国抗衡,不如早与之绝;若不能当,何不案兵束甲,北面而事之!今将军外托服从之名,而内怀犹豫之计,事急而不断,祸至无日矣!"权曰:"苟如君言,刘豫州何不遂事之乎?"亮曰:"田横,齐之壮士耳,犹守义不辱,况刘豫州王室之胄,英才盖世,众士仰慕,若水之归海,若事之不济,此乃天也,安能复为之下乎!"权勃然曰:"吾不能举全吴之地,十万之众,受制于人。吾计决矣!非刘豫州莫可以当曹操者,然豫州新败之后,安能抗此难乎？"亮曰："豫州军虽败于长坂，今战士还者及关羽水军精甲万人，刘琦合江夏战士亦不下万人。曹操之众，远来疲弊，闻追豫州，轻骑一日一夜行三百余里，此所谓'强弩之末，势不能穿鲁缟'者也。故兵法忌之，曰'必蹶上将军'。且北方之人，不习水战；又荆州之民附操者，逼兵势耳，非心服也。今将军诚能命猛将统兵数万，与豫州协规同力，破操军必矣。操军破，必北还，如此则荆、吴之势强，鼎足之形成矣。成败之机，在于今日。"权大悦，即遣周瑜、程普、鲁肃等水军三万，随亮诣先主，并力拒曹公。曹公败于赤壁，引军归邺。先主遂收江南，以亮为军师中郎将，使督零陵、桂阳、长沙三郡，调其赋税，以充军实。

史书中诸葛亮的这些话都为小说原封不动地吸收。但是，这里没有介绍战争的具体情况。从这里可以看出，东吴为此投入了三万兵力。赤壁之战以后，刘备集团的直接收获是零陵、桂阳、长沙三郡。关键是利用了刘琦的影响与刘备在荆州培养的声望。又《三国志·蜀书·关羽传》中说："孙权遣兵佐先主拒曹公，曹军引军退归。先主收江南诸郡。"这里的口吻似乎是以刘备方面为主、孙权方面为辅。至少是给人这样一种印象：东吴是帮忙的，赤壁一仗主要是刘备和曹操的事。事实上，能否全力以赴地投入赤壁之役，对于孙权集团来说,也是关系到生死存亡的一次抉择。按照《三国志·吴书·鲁肃传》的记载,孙、刘联合以拒曹操的主张是由鲁肃首先提出,并作为东吴方面的正式意见向刘备提出来,刘备和诸葛亮只是同意而已:

> 备惶遽奔走,欲南渡江。肃径迎之,到当阳长坂,与备会,宣腾权旨,及陈江东强固,劝备与权并力。备甚欢悦。

吴人所作的《江表传》更是明确说明,刘备本来没有联合孙权抵御曹操的意思:

> 孙权遣鲁肃吊刘表二子,并令与备相结。肃未至而曹公已济汉津。肃故进前,与备相遇于当阳。因宣权旨,论天下事势,致殷勤之意。且问备曰:"豫州今欲何至?"备曰:"与苍梧太守吴巨有旧,欲往投之。"肃曰:"孙讨虏聪明仁惠,敬贤礼士,江表英豪,咸归附之,已据有六郡,兵精粮多,足以立事。今为君计,莫若遣腹心使自结于东,崇连和之好,共济世业,而云欲投吴巨,巨是凡人,偏在远郡,行将为人所并,岂足讬乎?"备大喜,进住鄂县,即遣诸葛亮随肃诣孙权,结同盟誓。

《江表传》与《三国志·蜀书·诸葛亮传》的出入更大。按照《江表传》的记载，当鲁肃来到当阳的时候，刘备方面一点思想准备也没有。事情变成东吴方面早就定下联合刘备以抵御曹操的战略（"权旨"），特派鲁肃来动员刘备。既然如此，诸葛亮出使东吴激励孙权的那一番话就显得没有必要了。很显然，《江表传》最大限度地突出了东吴方面在赤壁之战中的主导作用。奇怪的是，司马光的《资治通鉴》并不觉得《江表传》中鲁肃的话和《诸葛亮传》里诸葛亮激励孙权的话有什么矛盾，将其同时录入。小说《三国演义》注意到了《江表传》里鲁肃的这段话对突出刘备集团尤其是突出诸葛亮的作用不利，所以没有采用。客观地说，在诸葛亮出使东吴以前，孙权还在犹豫，否则的话，不但诸葛亮的智激要落空，连决战前夕周瑜鼓励孙权的话也没了着落。《江表传》中写道：

> 及会罢之夜，瑜请见曰："诸人徒见操书，言水步八十万，而各恐慑，不复料其虚实，便开此议，甚无谓也。今以实校之，彼所将中国人，不过十五六万，且军已久疲，所得表众，亦极七八万耳，尚怀狐疑。夫以疲病之卒，御狐疑之众，众数虽多，甚未足畏。得精兵五万，自足制之，愿将军勿虑。"

原来所谓"水步八十万",不过是二十多万。其中包括曹操刚刚从刘表那里收来的七八万人马。这新近收编的七八万人,并不可靠。这里提供了赤壁之战中曹军的兵力数字。这个数字还是比较可信的。后人动辄便说曹操八十万大军,实在是被老瞒所欺。曹操给孙权的信里说"今治水军八十万众,方与将军会猎于吴"云云,其实是虚张声势、虚声恫吓。周瑜没有上当,冷静地分析出曹军的实际人数。周瑜对孙权的这番进言被小说吸收,但是强调了诸葛亮的推动和督促。周瑜的这番话证明,孙权一直到大战前夕依然缺乏决战决胜的信心。

《三国志·吴书·吴主传》里写道:

> 刘备欲南济江,肃与相见,因传权旨,为陈成败。备进住夏口,使诸葛亮诣权,权遣周瑜、程普等行。是时曹公新得表众,形势甚盛,诸议者皆望风畏惧,多劝权迎之。惟瑜、肃执拒之议,意与权同。瑜、普为左右督,各领万人,与备俱进,遇于赤壁,大破曹公军。公烧其余船引退,士卒饥疫,死者大半。备、瑜等复追至南郡,曹公遂北还,留曹仁、徐晃于江陵,使乐进守襄阳。

这里说东吴出兵两万人左右，与《诸葛亮传》里说的三万人没有多大的出入。没有讲联军以谁为主，也没有讲到用火攻的事情，倒是曹操自己"烧其余船引退"，与《江表传》里所引曹操给孙权的信对上了碴。或许是曹操在撤退的时候，恐怕留下的船舰和物资落到联军手里，所以就自己烧了。曹操烧的是"余船"，那么，原来的船呢？没有说。大概就是让周瑜、程普给烧掉了。联军是积极地来烧，曹军是不得已而烧，难怪烧得"烟炎张天"了。这里又提到曹军的疾疫，提到曹军的饥饿。简直是雪上加霜。"饥疫"是不是曹军失败的根本原因呢？说得很含糊。

对于赤壁之战交战场面最详细的描写见于《三国志·吴书·周瑜传》：

> 时刘备为曹公所破，欲引南渡江。与鲁肃遇于当阳，遂共图计，因进住夏口，遣诸葛亮诣权。权遂遣瑜及程普等与备并力逆曹公，遇于赤壁。时曹公军众已有疾病，初一交战，公军败退，引次江北。瑜等在南岸。瑜部将黄盖曰："今寇众我寡，难与持久。然观操军船舰首尾相接，可烧而走也。"乃取蒙冲斗舰数十艘，实以薪草，膏油灌其中。裹以帷幕，上建牙旗，先书报曹公，欺以欲降。又豫备走舸，各系大船后，因引次俱前。曹公军吏士皆延颈观望，指言盖降。盖放诸船，同

> 时发火。时风盛猛，悉延烧岸上营落。顷之。烟炎张天，人马烧溺死者甚众，军遂败退，还保南郡。备与瑜等复共追。曹公留曹仁等守江陵城。径自北归。

这里把战斗的场面描写得非常具体。看来，曹军的疾病是失败的重要原因，东吴的火攻更是雪上加霜。黄盖的诈降加大了火攻的突然性。曹军船舰的"首尾相接"使火攻达到了最佳的效果。与小说的区别是，这里东吴的火攻，不是预设的陷阱，而是变成黄盖的临机一动。也没有什么连环计，是曹军自己找死，让船舰连接一起。黄盖的诈降，是和小说一致的，但没有用苦肉计，曹操居然也相信了。好像还不如小说写得那么可信。由此可见，小说家若是完全按照史实去写，有时候反而让人觉得不真实。这里虽然也说"瑜及普等与备并力逆曹公"，但看不到刘备方面的贡献。至少是刘备方面不如东吴方面打得精彩。想来也不难理解，在江上打仗本是东吴的强项。值得注意的是，按《周瑜传》的说法，赤壁只是"初一交战"的地点，真正的决战是在曹军"引次江北"以后的另一个地点。那么，这个地点在哪里呢？万绳楠先生认为是在乌林，这是很有道理的。乌林在今湖北洪湖市的东南，南临长江，与赤壁隔江相对。《三国志》中的《黄盖传》说："随周瑜拒曹公于赤壁。"《周泰传》说："后与周瑜、程普拒曹公于赤壁。"更多的记载说是在乌林：

"故能摧曹操于乌林"(《周瑜传》),"西破曹公于乌林"(《鲁肃传》),"与周瑜为左右督,破曹公于乌林"(《程普传》),"后随周瑜拒破曹公于乌林"(《甘宁传》),"与周瑜等拒破曹公于乌林"(《凌统传》),"破操乌林,败备西陵,禽羽荆州"(《陆逊传》)。作战地点的问题,在《三国志》里已经有点含糊。到唐代,更是糊涂起来。唐人孙元晏的三国怀古诗,一会说是赤壁,一会儿说是乌林:"会猎书来举国惊,只应周、鲁不教迎。曹公一战奔波后,赤壁功传万古名。"(《赤壁》)"斫案兴言断众疑,鼎分从此定雄雌。若无子敬心相似,争得乌林破魏师?"(《鲁肃》)《三国演义》虽然将决战的地点安排在赤壁,但也不时流露出决战的真正地点在乌林的蛛丝马迹。第四十八回,正当决战前夕,"操见南屏山色如画,东视柴桑之境,西观夏口之江,南望樊山,北觑乌林,四顾空阔,心中欢喜。"曹操的方向感可能有点问题,柴桑在今日江西省九江市的西南,刘备被曹军追击的时候,孙权正在柴桑。诸葛亮去柴桑,商量双方联合以拒曹操的大计。曹操当时屯兵赤壁,不应该是"东视"。第四十九回,周瑜调兵遣将,吩咐甘宁:"带了蔡中并降卒沿南岸而走,只打北军旗号,直取乌林地面,正当曹操屯粮之所。深入军中,举火为号。只留下蔡和一人在帐下,我有用处。"又吩咐吕蒙"领三千兵去乌林接应甘宁,焚烧曹操寨栅。第四唤凌统领三千兵,直截彝陵界首,只看乌林火起,以兵应之"。刘备这边,诸葛亮吩咐赵云:"可带三千军马,渡江径取乌林小路,拣树木芦苇密处埋伏。今夜四更已后,曹操必然从那条路奔走。等他军马过,就半中间放起火来。虽然不杀他尽绝,也杀一半。"赵云问:"乌林有两条路:一条通南郡,一条取荆州。不知向那条路来?"诸葛亮告诉赵云:"南郡势迫,曹操不敢往,必来荆州,然后大军投许昌而去。"如此,则东吴的甘宁、吕蒙和刘备方面的赵云都在乌林等待曹军。至第五十回,曹军败退,果然不出诸葛亮、周瑜所料,"操径奔乌林"。首先遇到甘宁、吕蒙的伏击,接着是赵云、张飞的截击。第六十六回,鲁肃去讨荆州,关羽提到当年的那场鏖战时说:"乌林之役,左将军亲冒矢石,戮力破敌,岂得徒劳而无尺土相资?今足下复来索地耶?"

李白的《赤壁歌送别》,只提东吴和曹魏:"二龙争战决雌雄,赤壁楼船扫地空。烈火张天照云海,周瑜于此破曹公。"司马光的《资治通鉴》基本上按照《三国志·吴书·周瑜传》的口径来写赤壁之战,更加突出了周瑜运筹帷幄、指挥若定的大将风度:

> 刘备在樊口,日遣逻吏于水次候望权军。吏望见瑜船,驰往白备,备遣人尉劳之。瑜曰:"有军任,不可得委署。傥能屈威,诚副其所望。"备乃乘单舸往见

唐　阎立本 《历代帝王图·吴主孙权》

三国演义的
前世今生

瑜曰："今拒曹公，深为得计。战卒有几？"瑜曰："三万人。"备曰："恨少。"瑜曰："此自足用，豫州但观瑜破之。"备欲呼鲁肃等共会语，瑜曰："受命不得妄委署。若欲见子敬，可别过之。"备深愧喜。

司马光的这些文字来自裴注所引的《江表传》：

备从鲁肃计，进住鄂县之樊口。诸葛亮诣吴未还，备闻曹公军下，恐惧，日遣逻吏于水次候望权军。吏望见瑜船，驰往白备，备曰："何以知（之）非青徐军邪？"吏对曰："以船知之。"备遣人慰劳之。瑜曰："有军任，不可得委署，傥能屈威，诚副其所望。"备谓关羽、张飞曰："彼欲致我，我今自结讬于东而不往，非同盟之意也。"乃乘单舸往见瑜，问曰："今拒曹公，深为得计。战卒有几？"瑜曰："三万人。"备曰："恨少。"瑜曰："此自足用，豫州但观瑜破之。"备欲呼鲁肃等共会语，瑜曰："受命不得妄委署，若欲见子敬，可别过之。又孔明已俱来，不过三两日到也。"备虽深愧异瑜，而心未许之能必破北军也，故差池在后，将二千人与羽、飞俱，未肯系瑜，盖为进退之计也。

这段描写给人的印象是，刘备有求于东吴，可怜巴巴地盼着东吴的援军。周瑜矜持自负，意气豪迈，胸有成竹，没有把曹军放在眼里："此自足用，豫州但观瑜破之。"多么自信！相形之下，刘备却显得那样平庸怯懦，缺乏英雄气概。幸亏司马光没有把《江表传》中"备虽深愧异瑜，而心未许之能必破北军也"这句话吸收入书中，否则刘备的形象就更差。

宋元人的眼里，赤壁之战主要的功劳在东吴，尤其是周瑜。苏轼的《念奴娇·赤壁怀古》称赞的是周瑜："羽扇纶巾，谈笑间，樯橹灰飞烟灭。""遥想公瑾当年，小乔初嫁了，雄姿英发。"戴复古的《满江红·赤壁怀古》也是满口赞誉周瑜，对刘备、诸葛亮一字不提："赤壁矶头，一番过、一番怀古。想当时、周郎年少，气吞区宇。万骑临江貔虎噪，千艘列炬鱼龙怒。卷长波、一鼓困曹瞒，今如许？"金人元好问有诗《赤壁图》，也是归功于东吴："马蹄一蹴荆门空，鼓声怒与江流东。曹瞒老去不解事，误认孙郎作阿琮。孙郎矫矫人中龙，顾盼叱咤生云风。疾雷破山出大火，旗帜北卷天为红。至今图画见赤壁，仿佛烧房留余踪。……可怜当日周公瑾，憔悴黄州一秃翁。"元人周权《赤壁泛舟》云："老瞒当日困周郎，十万楼船斗貔虎。"只知周郎，不知刘备。元人郑允端《东坡赤壁图》有云："老瞒雄视欲吞吴，百万楼船一炬枯。"将赤壁之战视为曹魏与东吴的战争。

在对照了《魏书》《蜀书》《吴书》对赤壁之战的同中有异、异中有同的描写以后，笔者不禁想到这样一个问题：为什么会有这种差异呢？是陈寿的疏忽吗？看来不太像。说起来其实也不难理解，这种现象和陈寿的资料来源有关系。陈寿著书的时候，魏、吴两国已经有史，官修的有王沈的《魏书》，韦昭的《吴书》，私撰的有鱼豢的《魏略》，陈寿撰写《三国志》主要依靠这三种书。唯有蜀国无史，要靠陈寿自己收集材料。我们看《蜀书》的篇幅很小，只占《三国志》的六分之一弱，大致是《吴书》的五分之三、《魏书》的四分之一，便可以明白这一点。裴松之在《上〈三国志注〉表》中，已批评陈寿的《三国志》"失在于略，时有所脱漏"，而《三国志》中的《蜀书》就更加地过分简略。当然，也有人提出了相反的看法："（裴）注之所载，皆寿书之弃余。"（叶适《习学记言》卷二十八）对裴氏的贡献不屑一顾。无论如何，裴注对于《三国演义》来说，是太重要了。首先，裴注中所引述的野史笔记，更适合小说家的口味。其次，吴国人所著的史书向着吴国，有意地美化吴国的人物，魏国人所著的史书就替魏国人说话。至于私人所撰的史书，其褒贬就更可能带着个人的色彩。譬如，《曹瞒传》系吴人所著，对曹操的描写就不太客气。《江表传》也是吴国人所撰，所以尽可能地美化吴国的人事，贬低刘备，抬高周瑜。譬如《江表传》上说刘备曾经试图挑拨孙权和周瑜的关系："权独与备留语，因言次，叹瑜曰：'公瑾文武筹略，万人之英，顾其器量广大，恐不久为人臣耳。'"想来，刘备的水平不至于如此之低。《魏氏春秋》的作者孙盛就曾经批评说:"《江表传》之言,当是吴人欲专美之辞。"(见于《三国志·蜀书·先主传》裴注所引)裴注就说:"刘备与权并力,共拒中国,皆肃之本谋。又语诸葛亮曰:'我子瑜友也。'则亮已亟闻肃言矣。而《蜀书·亮传》曰:'亮以连横之略说权,权乃大喜。'如似此计始出于亮。若二国史官,各记所闻,竞欲称扬本国容美,各取其功。今此二书,同出一人,而舛互若此,非载述之体也。"

综合《三国志》的有关记载,可以对历史上的赤壁之战作如下的描述:建安十三年(208)秋七月,曹操南征刘表,率军大举南下。八月,刘表病卒。次子刘琮代立,屯襄阳。此时,刘表的长子刘琦驻江夏,依附刘表的刘备屯住樊口。刘备的大将关羽率一万人屯夏口。九月,操军到新野。刘琮没有将曹军南下及自己准备投降的消息及时地通知刘备,刘备非常生气。诸葛亮劝刘备乘机袭击刘琮,被刘备拒绝。刘琮在蒯越、韩嵩、傅巽的劝说下投降曹操。荆州士人不愿降曹者,多归刘备。曹军十五六万,加上新收编的刘表所部七八万人,总兵力达到二十三四万。曹军压境,刘备仓皇出逃。诸葛亮《出师表》中所追忆的"受任于败军之际,奉命于危难之间",就是这个时候。刘备在当阳,与前来协商的鲁肃会晤。初步交换了联合起来抵御曹操的意图。曹军在当阳长坂击溃刘备的军队。刘备仓皇南下。江陵是刘表储备军用物资的重镇，曹操生怕江陵的军资为刘备所得，派五千轻骑日夜兼程，奔赴江陵。此时的刘备势孤力单，但求存活，他已经顾不得去抢占江陵，便斜插东南方向，去夏口与关羽的水军会师。途中得遇前来依附的刘琦之师。刘备的残部在汉水与关羽的一万水军，以及刘琦的一万人会合。总兵力仅仅区区二三万人。曹操迅速占领江陵。任命刘表方面的降将文聘为江夏太守。紧接着，继续追击刘备。情况紧急，诸葛亮受刘备委托，出使东吴，争取东吴联合拒曹。此时的孙权，正拥兵柴桑，坐观成败。曹操下书孙权，威胁孙权。是战是降，孙权犹豫不决。以周瑜、鲁肃为代表的主战派，加上诸葛亮的推动，终于战胜以张昭为代表的主和派。孙权下定决心，联合刘备抵御曹操。周瑜、程普率军至夏口。刘备与孙权正式联手抗曹。孙权出兵三万，由周瑜、程普率领，与刘备的二万人组成抗曹联军。联军沿江而下，与曹军相遇于赤壁（今湖北的赤壁市，古称蒲圻）。黄盖诈降，火攻曹军舰船，勇挫曹军。曹军退至江北。双方又在乌林展开决战。曹军大败。经由华容道，向南郡撤退。联军乘胜追击，攻占南郡。曹操留下曹仁留守江陵，乐进留守襄阳，自己率军回许昌。

那么，小说的描写与历史的事实有哪些出入呢？曹军的二十三万多人马被夸张为八十三万，更加突出了双方兵力的悬殊。小说保持了东吴为主、刘备为辅的基本框架。在此前提下，尽量地突出刘备方面的贡献，而刘备方面的贡献又主要通过诸葛亮体现出来。历史上的刘备有求于孙权，而小说里则写诸葛亮故作矜持。如毛宗岗所说："孔明劝玄德结孙权为援，鲁肃亦劝孙权结玄德为援，所见略同。而孔明巧处，不用我去求人，偏使人来求我。若鲁肃一至，孔明慌忙出迎，便没趣矣。妙在鲁肃求见，然后肯出，此孔明之巧也。一见之后，若孔明先下说词，又没趣矣。妙在孔明并不挑拨鲁肃，鲁肃先来勾搭孔明，又孔明之巧也。鲁肃欲邀孔明同去，若使孔明欣然应允，又没趣矣。妙在玄德假意作难，孔明勉强一行，又孔明之巧也。求人之意甚急，故作不屑求人之态；胸中十分要紧，口内十分迟疑。写来真是好看煞人。""本是玄德求助于孙权，却能使孙权反求助于玄德；本是孔明求助于周瑜，却能使周瑜求助于孔明。孔明之智，真妙绝千古。"史书上讲了赤壁之战以后刘备与孙权争夺荆襄地区的矛盾逐渐扩大，没有讲到赤壁之战中刘备与孙权有何矛盾。而小说则把双方的矛盾向前延伸到赤壁之战的全过程。敌、我、友三方，写来一丝不乱。舌战群儒、智激周瑜、草船借箭、借东风等一系列的情节被虚构出来。中间又加了许多"花絮"。曹操在赤壁之战中的表现似乎有失水准。

他每一次企图摆脱被动的努力都被周瑜顺手牵羊地加以利用。而周瑜的每一次得意之笔，又都被诸葛亮冷眼看破。

这就产生了"山外青山楼外楼""强中更有强中手"的艺术效果。

从历史上看,赤壁之战中贡献最大的是东吴,收获最大的是刘备。刘备因此而欠了东吴很大的一笔情。小说为了冲淡东吴那种"恩人"的色彩和增加故事性,特意设计了一个嫉贤妒能的周瑜,写他一而再、再而三地要害死诸葛亮。历史上"性度恢廓、大率为得人"的周瑜,被小说改造成一个心胸狭隘的人。其实,从历史上看,刘备与孙权在赤壁之战中密切合作,没有互相拆台的行为。他们的矛盾是在赤壁之战胜利以后。按照历史的记载,火攻的主意出自黄盖。诸葛亮在赤壁之战中的贡献是促成了孙、刘的联盟。入晋以后,陈寿曾经奉命编纂诸葛亮的文集,文集编完以后,陈寿在上书的表中对赤壁之战有一段叙述,反映了此次战役中孙权与刘备亲密合作的历史事实:

> 亮时年二十七,乃建奇策,身使孙权,求援吴会。权既宿服仰备,又睹亮奇雅,甚敬重之,即遣兵三万人以助备。备得用与武帝交战,大破其军,乘胜克捷,江南悉平。(《三国志·蜀书·诸葛亮传》)

借荆州实乃借南郡

我们读《三国演义》，读到赤壁之战一段，看刘备和东吴之间，尤其在诸葛亮和周瑜之间，颇有一些明争暗斗。按照小说的安排，赤壁之战中，东吴和曹魏是主要的对立面。刘备这边是辅佐东吴，是借力东吴来抵抗曹操。周瑜屡次三番地要加害于诸葛亮，却每每地被诸葛亮识破。中间又夹了一个忠厚老实的鲁肃，煞是好看。给读者的印象，诸葛亮处处让着周瑜，后发制人；但是，后来得到最大实惠的却是刘备这一边。荆州、南郡、襄阳、零陵、桂阳、武陵、长沙全落入刘备手中。小说所写借荆州、讨荆州之事，其实不是一个借和还的问题——荆州本非孙权所有。实际上是一个如何分配赤壁之战的胜利果实的问题。从战略上看，刘备要实现诸葛亮"隆中对"的既定决策，首先要夺取"北据汉、沔，利尽南海，东连吴会，西通巴、蜀"的荆州，孙权要东扩，"竟长江所极而据守之"，荆襄地区正是刘备和孙权的必争之地。

赤壁破曹操以后，刘备和孙权的矛盾集中在荆州问题上。我们只见鲁肃一次次地往荆州跑，刘备和诸葛亮演双簧，一个唱白脸，一个唱红脸，软磨硬泡，胡搅蛮缠，放刁耍赖，就是不还荆州。鲁肃是东吴集团中对刘备方面最友好的人。用现在的话来说，是东吴集团里的"亲刘派"。小说第五十二回，鲁肃第一次来讨荆州，理由不能说不充分："前者，操引百万之众，名下江南，实欲来图皇叔，幸得东吴杀退曹兵，救了皇叔。所有荆州九郡，合当归于东吴。今皇叔用诡计夺占荆襄，使江东空费钱粮军马，而皇叔安受其利，恐于理未顺。"可惜，赤壁之战以前，双方并无合同协议。诸葛亮回避东吴有恩于己的问题，而是从所有权入手来反驳鲁肃："常言道：'物必归主。'荆襄九郡，非东吴之地，乃刘景升之基业。吾主固景升之弟也。景升虽亡，其子尚在。以叔辅侄，而取荆襄，有何不可？"这时候，刘表的长子刘琦在刘备手里，所以诸葛亮用所有权来堵鲁肃的嘴。老实人鲁肃竟无言以对。不久，刘琦病故，鲁肃又来讨荆州。这次，诸葛亮很不客气，一说刘备乃是皇叔，算刘表的弟弟，"弟承兄业，有何不顺？"一说孙权"乃是钱塘小吏之子，素无功德于朝廷，今倚势力，占据六郡八十一州，尚自贪心不足，而欲并吞汉土"——这时候，他又不说"高祖起身亭长，而终有天下，织席贩屦，又何足为辱"之类的话了。接着他又说赤壁之战中，刘备方面出力也不小。一副得理不让人、无理占三分的样子。可怜鲁肃徒劳往返，弄得两头不是人。最后诸葛亮说是等取了西川再还荆州。这一回是"立纸文书，暂借荆州为本"。好像是为了照顾鲁肃的面子，可惜没有公证。从小说来说，这是第一次正式提到"借荆州"的字样。又威胁鲁肃，若是不行，"我翻了面皮，连八十一州都夺了"。诸葛亮又说："中原急未可图，西川刘璋暗弱，我主将图之。若图得西川，那时便还。"这当然是一个缓兵之计，如此欺负老实的鲁肃，这时的诸葛亮不能不给人留下狡猾刁钻的印象。难怪周瑜说鲁肃："子敬乃诚实人也。刘备枭雄之辈，诸葛亮奸猾之徒，恐不似先生心地。"这里有一个漏洞：刘备准备取西川，是极机密的事，怎能轻易向外人透露？东吴知道了刘备要取西川，刘璋为什么一点都不知道，还要邀请刘备入川，帮他去抵御张鲁？难道刘璋没有细作，或是周瑜能替刘备保密？鲁肃第三次去要荆州，刘备干脆大哭起来，说他和刘璋"一般都是汉朝骨肉"，怎么忍心去"取他城池"。可怜"鲁肃是个宽仁长者"，被刘备几滴假惺惺的眼泪瞒住，又一次无功而返。回到东吴，自然是落得孙权、周瑜的一顿埋怨。如毛宗岗所说："写鲁肃老实以衬孔明之乖巧，是反衬也。写周瑜乖巧以衬孔明之加倍乖巧，是正衬也。"一计不成，又生一计，周瑜想用假途灭虢的诡计，可惜又被诸葛亮识破。叱咤风云的一代名将，竟被诸葛亮活活气死。刘备攻克益州以后，孙权又派诸葛瑾去讨荆州。此时镇守荆州的是关羽。关羽的态度极为强硬，这位刘备集团里的"鹰派"说，荆州本是大汉的疆土，即便是刘备要还，他关羽也不让。诸葛瑾又去西川恳求刘备，刘备再一次开出空头支票，说："子瑜可暂回，容吾取了东川、汉中诸郡，调云长往守之，那时方得交付荆州。"诸葛瑾丧气而归，孙权大怒，"差官往三郡赴任"，谁知不受欢迎，都被关羽驱逐回来。最后，东吴还是利用曹魏和关羽交战的机会，依靠武力夺回了荆州。

　　小说的描写如此，历史的真相又是如何呢？说起来真是一言难尽。在这里，我们又遇到《三国志》的《吴书》和《蜀书》的微妙差别。《蜀书·先主传》中说：

　　　　（赤壁之战以后）先主表琦为荆州刺史，又南征四郡。武陵太守金旋、长沙太守韩玄、桂阳太守赵范、零陵太守刘度皆降。……（建安十六年）先主留诸葛亮、关羽等据荆州，将步卒数万人入益州。……（建安）二十年，孙权以先主已得益州，使使报欲得荆州。先主言："须得凉州，当以荆州相与。"权忿之，乃遣吕蒙袭夺长沙、零陵、桂阳三郡。先主引兵五万下公安，令关羽入益阳。是岁，曹公定汉中，张鲁遁走巴西。先主闻之，与权连和，分荆州江夏、长沙、桂阳东属；南郡、零陵、武陵西属，引军还江州。

《蜀书》没有提到刘备曾经向孙权借荆州的事，可是我们看到，在刘备入川以前，荆州已经在刘备手里。既然说"孙权以先主已得益州，使使报欲得荆州"，似乎是有借荆州一说。如果不是借的，孙权来要就有点莫名其妙了。我的地方，你凭什么来要！我们再看一下《吴书》的记载。《吴主传》写道：

> 备、瑜等复追至南郡，曹公遂北还，留曹仁、徐晃于江陵，使乐进守襄阳。……（建安）十四年，瑜、仁相守岁余，所杀伤甚众。仁委城走。权以瑜为南郡太守。刘备表权行车骑将军，领徐州牧。备领荆州牧，屯公安。……权以备已得益州，令诸葛瑾从求荆州诸郡。备不许，曰："吾方图凉州，凉州定，乃尽以荆州与吴耳。"权曰："此假而不反，而欲以虚辞引岁。"遂置南三郡长吏，关羽尽逐之。

《吴主传》并没有直接提到刘备借荆州的事情，但《鲁肃传》中写道："后备诣京见权，求都督荆州，惟肃劝权借之，共拒曹公。"又《江表传》有云："周瑜为南郡太守，分南岸地以给备。备别立营于油江口，改名为公安。刘表吏士见从北军，多叛来投备。备以瑜所给地少，不足以安民，复从权借荆州数郡。"看来，刘备确实向孙权借过荆州，而且东吴方面，唯有鲁肃主张借给刘备。周瑜就曾经表示，应该用"美女玩好"来消磨刘备的壮志，不应该"割土地以资业之"，"恐蛟龙得云雨，终非池中物也"。(《三国志·吴书·周瑜传》)周瑜在临终的遗言中忧心忡忡地说："方今曹操在北，疆场未静；刘备寄寓，有似养虎。天下之事，未知终始。"表现出对刘备集团高度的警惕和深深的忧虑。鲁肃倒也不是因为其为人忠厚，可怜刘备，而是因为想借刘备"共拒曹公"。孙权当时没有采纳周瑜的意见，"以曹公在北方，当广揽英雄，又恐备难卒制，故不纳"（第五十七回）。但后来孙权又不免后悔，他对陆逊评价周瑜、鲁肃、吕蒙三人时还就此批评鲁肃："劝吾借玄德地，是其一短。"(《三国志·吴书·吕蒙传》)但是，刘备当时镇守荆州，确实有抵御曹操的作用。这就等于将东吴在长江中游的防务交给刘备。如果让刘备处于荆州的江南四郡，而让东吴处于对曹作战的一线，东吴必将受到曹军东西两边的威胁。《鲁肃传》说："曹公闻权以土地业备，方作书，落笔于地。"可见此事对曹操的震动。小说里的鲁肃，在讨荆州一事上，显得过于老实，甚至近于窝囊。他简直是让刘备、诸葛亮耍着玩儿。可是，在裴注所引的《吴书》里，鲁肃又是另一种形象：

羽曰："乌林之役，左将军身在行间，寝不脱介，戮力破魏,岂得徒劳,无一块壤,而足下来欲收地邪?"肃曰:"不然。始与豫州观于长坂,豫州之众不当一校,计穷虑极,志势摧弱,图欲远窜,望不及此。主上矜愍豫州之身,无有处所,不爱土地士人之力,使有所庇荫以济其患,而豫州私独饰情,愆德隳好。今已藉手于西州矣,又欲翦并荆州之土,斯盖凡夫所不忍行,而况整领人物之主乎!肃闻贪而弃义,必为祸阶。吾子属当重任,曾不能明道处分,以义辅时,而负恃弱众以图力争,师曲为老,将何获济?"羽无以答。

现在,我们可以归纳一下借荆州一事的历史真相了。大致的过程是这样的:赤壁之战以后,刘备提举刘琦为荆州刺史,利用刘琦作为刘表长子的身份,招抚了荆州属下的江南四郡:武陵、零陵、长沙、桂阳。周瑜包围、进攻曹仁和徐晃把守的江陵达一年之久,曹操命令曹仁放弃江陵,将战略据点收缩至襄阳、樊城一线。此时,荆州属下的南郡(治江陵)、江夏(治西陵)在孙权手里。南阳(治宛)、章陵(治章陵)在曹操手里。孙权为了笼络刘备,将妹妹嫁给刘备。刘备请求孙权将南郡拨归他节制。孙权为了消解曹操在西方的军事压力,不顾周瑜等人的反对,听取鲁肃的意见,同意了刘备的请求。这就是小说"借荆州"之张本。小说所谓"借荆州"实乃借南郡。

刘备攻取益州以后，孙权即要求刘备归还荆州。刘备说要取了凉州再还。孙权大怒，派兵夺取长沙、桂阳、零陵三郡。并要求关羽让出南郡。刘备亲自到公安，企图夺回失地。恰值曹军进攻汉中，刘备与孙权达成妥协：江夏、长沙、桂阳三郡归孙权，南郡、零陵、武陵归刘备。如宋人唐庚所分析："汉时荆州之地为郡者七。刘表之殁，南阳入于中原，而荆州独有南郡、江夏、武陵、长沙、桂阳、零陵。备之南奔，刘琦以江夏从之。其后四郡相继归附。于是备有武陵、长沙、桂阳、零陵之地。曹仁既退，关羽、周瑜错处南郡，而备领荆州牧，居公安，则六郡之地，备已悉据之矣。其所以云'借'者，犹韩信之言'假'也。虽欲不与，得乎？鲁肃之议，正合良、平蹑足之几而周瑜独以为不然。屡胜之家，果不可与料敌哉！"（《三国杂事》卷下）

将历史与小说相比，可以看出来，后人和小说所谓借荆州，其实只是借南郡。南郡属荆州辖管。历史上的借荆州之南郡一事被小说取消，变成刘备在赤壁之战中钻空子，夺取了荆州属下的七郡。按照小说的说法，这全怪周瑜没本事，结果是鹬蚌相争，渔翁得利。刘备方面连下七城，不费吹灰之力，充分显示了诸葛亮的料事如神。但小说又不能给人刘备平白无故占人便宜的印象，于是就设计出这样的情节：诸葛亮先让周瑜去抢，你要不行，我就来，那时就不要说我不让你。诸葛亮总是后发制人，但最后他并不吃亏。虽然小说替刘备想出很多不还荆州的理由,但作品的客观效果,诸葛亮和刘备还是给人留下了狡猾的印象。赤壁之战,本是刘备有求于东吴,他当时已是溃不成军。赤壁大捷,东吴方面起了主导的作用。但是,荆州七郡全部落入刘备的口袋,这是无论如何也说不过去的。刘备说不忍去取西川,自然是骗人的。刘备说取了凉州再还荆州,更是耍赖。尽管如此,经过前面五十回的描写,读者的脚跟早就站在刘备、诸葛亮一边去了,他们的感情早就倒向了蜀汉一边。哪里还分得清谁欠谁的?更何况小说又虚构了许多东吴对不起蜀汉的情节。所谓借荆州和讨荆州的故事,说到底,是一个如何瓜分赤壁之战的胜利成果的问题。历史的经验告诉我们,古代战争中涉及疆土的问题,谁是谁非并不是决定性因素,最后还是要靠实力来说话。荆州的归属,终于因吕蒙的白衣渡江、关羽的兵败麦城而画上了句号。

战争描写

中国人怎么描写战争

《三国演义》的战争描写，历来为人所称道。正如毛宗岗说："《三国》一书，直可作《武经七书》读。"据"太冷生"说，"前清入关时，曾翻译为满文，用作兵书。袁崇焕之死，即用蒋干偷书之谬说；而督师竟死于奄奴之手。"（《古今小说评林》）清人王嵩儒亦说："本朝未入关之先，以翻译《三国志演义》为兵略，故其崇拜关羽。其后有托为关神显灵卫驾之说，屡加封号，庙祀遂遍天下。"（王嵩儒《掌故零拾》）据陈康祺《燕下乡脞录》说，"国初，满州武将，不识汉文者，类多得力于此"。又说，明末李定国与孙可望有矛盾。"蜀人金公趾在军中，为说《三国志演义》，每斥可望为董卓、曹操，而期定国以诸葛。定国大感曰：'孔明不敢望，关、张、伯约，不敢不勉。'"又据清人刘銮说："张献忠之狡也，日使人说《三国》《水浒》诸书，凡埋伏攻袭咸效之。"（《五石瓠》）

人们怎么看待战争，也就会怎么描写战争。孟子讲：

"天时不如地利,地利不如人和。"(《孟子·公孙丑下》)中国人早就懂得,战争不是一种单纯的军事对抗。普鲁士军事理论家克劳塞维茨在《战争论》中说:"战争无非是政治通过另一种手段的继续。"毛泽东在《论持久战》中进一步发挥说:"政治是不流血的战争,战争是流血的政治。"古人虽然还没有"综合国力"的概念,但好像早就明白这一真理。战争的胜负不仅取决于军事实力的比较,而且取决于交战双方的政治状况。人心的向背,战争的正义与否,都会影响战争的结果。《三国演义》的战争描写,实际上继承了《左传》《史记》所开辟的道路。《左传》《史记》之描写战争,不单纯追求战场上的紧张热闹,而是以人物为中心,结合人物的个性来写。十分注意突出战争胜负的原因,甲方为什么胜,乙方为什么败,全部的描写都围绕这一点来进行。突出叙写双方在决战前夕的精神状态。特别喜欢细写以少胜多、以弱胜强的战役。写双方主帅驾驭战争的能力,写战争中通过人的主观努力,使被动变成主动,劣势变成优势。重点写运筹帷幄之中,而不是写决胜千里之外。

当然,《三国演义》对于武将交战的描写,也有出色的段落,譬如关羽温酒斩华雄的故事。对于关羽来说,这是他崭露头角的第一次战斗。作者并不急于去写关羽和华雄的交战,而是不慌不忙地写华雄的骁勇。眼看着联军的将领一个个地败在华雄的手下。先是鲍忠关下搦战,被华雄手起刀落，斩于马下。接着是华雄夜袭孙坚的营寨，追得孙坚落荒而逃。孙坚的赤帻落到华雄的手里，大为丢脸。部将祖茂被华雄一刀砍于马下。华雄乘胜追击，用长竿挑着孙坚的赤帻来寨前大骂搦战。鲍信、祖茂以后，俞涉、潘凤又步其后尘。各路诸侯面面相觑，束手无策。作者在这里极写华雄嚣张的气焰，把关羽出场前的气氛烘托得足足的，这才安排主角关羽出场。作者并没有直接写关羽和华雄的交锋，却是避实就虚，写杯酒未凉而华雄已斩。关羽斩杀华雄的迅速、轻而易举，均在不言之中。这就用很俭省的笔墨把关羽超群绝伦的武艺描写得淋漓尽致。曹操为关羽敬酒和袁术之怒斥关羽形成鲜明的对照。前者是识英雄于草莽之中，表现出大政治家大军事家的慧眼和魄力；后者是小肚鸡肠，一副势利眼光，暴露出没落贵族的平庸自负。与此同时，联军内部的矛盾与不和已初露端倪。这就使读者对后来联军的分崩离析乃至袁绍、袁述的覆亡有了一定的思想准备。关羽斩颜良，其写法几乎是关羽温酒斩华雄的翻版，只见颜良连斩曹军的宋宪、魏续两员大将。接着，"徐晃应声而出，与颜良战二十合，败归本阵"。结果，关羽"奋然上马，倒提青龙刀，跑下山来，凤目圆睁，蚕眉直竖，直冲彼阵。河北军如波开浪裂，关公径奔颜良。颜良正在麾盖下，见关公冲来，方欲问时，关公赤兔马快，早已跑到面前。颜良措手不及，被云长手起一刀，刺于马下。忽地下马，割了颜良首级，拴于马项

209

之下，飞身上马，提刀出阵，如入无人之境"（第二十五回）。真所谓百万军中取上将首级，如探囊取物。"波开浪裂"四个字，尤为传神。

　　传统的描写战争的路子，也有它的不足。不足之一是对士兵的忽视。我们看《三国演义》的战争场面，都是双方的主将先交战，单挑独斗。一方的主将胜利了，便挥兵掩杀过去。士兵好像都是白吃饭的。只要将领出色，士兵有多少是无所谓的。只知千军易得，一将难求；不知单丝不成线，独木难成林，空头司令亦难成事，大厦将倾独木难支。在这一点上，《水浒传》也是如出一辙。《三国演义》第一回写黄巾军程远志统兵五万前来，刘、关、张只"统兵五百"，就大获全胜，"投降者不计其数"。同回写张角亲自领兵，"漫山塞野"，"盖地而来"，刘备领兵一千五百人，与之较量。结果是"角军大乱，败走五十余里"。令人不解的是，如此不堪一击、一触即溃的黄巾军为何能够搅得天下大乱。长坂坡一役，本来是曹军汹涌而来，刘备的军队一泻千里，兵败如山倒。可是，作者偏要乘机写出蜀汉一方的英勇："这一场杀：赵云怀抱后主，直透重围，砍倒大旗两面，夺槊三条，前后枪刺剑砍，杀死曹营名将五十余员。"（第四十一回）赵云的左冲右突，固然与曹操要活捉赵云有一定的关系，但其中的夸张亦无可否认。张飞的武艺声威，也写得非常夸张。张飞一声大喝，"曹操身边夏侯杰惊得肝胆碎裂，倒撞于马下"。这位将军大概是心脏不好，受不得刺激。令人意想不到的是，曹操的几十万大军在张飞的一声怒吼以后，居然"一齐望西奔走"，"一时弃枪落盔者，不计其数。人如潮涌，马如山崩，自相践踏"，"曹操惧张飞之威，骤马望西而走，冠簪尽落，披发奔逃。"（第四十二回）几十万大军不如一个张飞。如果当时张飞有一个扩音器，那效果就更加壮观。不但小说家喜欢写以少胜多，连史学家有时也不免染有此"病"。《三国志·魏书·武帝纪》写官渡之战时说，"时（曹）公兵不满万，伤者十二三"。裴注对此痛加反驳："魏武初起兵，已有众五千，自后百战百胜，败者十二三而已矣。但一破黄巾，受降卒三十余万，余所吞并，不可悉纪；虽征战损伤，未应如此之少也。夫结营相守，异于摧锋决战。本纪云：'绍众十余万，屯营东西数十里。'魏太祖虽机变无方，略不世出，安有以数千之兵，而得逾时相抗者哉？以理而言，窃谓不然。绍为屯数十里，公能分营与相当，此兵不得甚少，一也。绍若有十倍之众，理应当悉力围守，使出入断绝，而公使徐晃等击其运车，公又自出击淳于琼等，扬旌往还，曾无抵阂，明绍力不能制，是不得甚少，二也。诸书皆云公坑绍众八万，或云七万。夫八万人奔散，非八千人所能缚，而绍之大众皆拱手就戮，何缘力能制之？是不得甚少，三也。将记述者欲以少见奇，非其实录也。"

　　既然士兵不起作用，将领的阵亡就必然会"增加"。我们看《三国演义》,战场上阵亡的将领真是不少:"张飞挺丈八蛇矛直出,手起处,刺中邓茂心窝,翻身落马。程远志见折了邓茂,拍马舞刀,直取张飞。云长舞动大刀,纵马飞迎。程远志见了,早吃一惊,措手不及,被云长刀起处,挥为两段。"(第一回)"(张)飞纵马挺矛,与(高)升交战,不数合,刺升落马。""(朱)儁与玄德、关、张率三军掩杀,射死韩忠。""坚从城上飞身夺弘槊,刺弘下马,却骑弘马,飞身往来杀贼。孙仲引贼突出北门,正迎玄德,无心恋战,只待奔逃。玄德张弓一箭,正中孙仲,翻身落马。"(以上第二回)"鲍忠急待退,被华雄手起刀落,斩于马下。""斗不数合,程普刺中胡轸咽喉,死于马下。""祖茂于林后杀出,挥双刀欲劈华雄,雄大喝一声,将祖茂一刀砍于马下。""俞涉与华雄战不三合,被华雄斩了。""潘凤又被华雄斩了。""正欲探听,鸾铃响处,马到中军,云长提华雄之头,掷于地上。""(方悦)被吕布一戟刺于马下。""上党太守张杨部将穆顺,出马挺枪迎战,被吕布手起一戟,刺于马下。"(以上第五回)"徐荣便奔夏侯惇,惇挺枪来迎。交马数合,惇刺徐荣于马下。"(第六回)这里只是从前六回找了一些例子。后面还有一张长长的阵亡名单:严纲、张虎、孙坚、吕公、王方、鲍信、管亥、何曼、薛兰、李封、崔勇、李乐、李暹、李别、荀正、曹豹、于糜、樊能、张英、陈横、周昕、桥蕤、曹性、纪灵、车胄、宋宪、魏续、颜良、文丑、孔秀、孟坦、韩福、卞喜、王植、秦琪、蔡阳、裴元绍、蒋奇、史涣、刘辟、高览、汪昭、尹楷、彭安、张武、陈孙、吕旷、吕翔、邓龙、陈就、黄祖、夏侯兰、淳于导、夏侯恩、晏明、钟缙、夏侯杰、焦触、张南、马延、张颌、邢道荣、金旋、杨龄、宋谦、马铁、钟进、李通、曹永、成宜、马玩、李堪、邓贤、庞统、马汉、刘晙、杨昂、昌奇、杨任、张卫、朱光、陈武、任夔、雷铜、韩浩、夏侯德、夏侯渊、慕容烈、吴兰、夏侯存、翟元、成何、庞德、李异、谢旌、谭雄、崔禹、夏恂、周平、甘宁、潘璋、朱然、沙摩柯、常雕、雍闿、朱褒、忙牙长、韩德、薛则、董禧、杨陵、崔谅、曹遵、徐晃、孟达、陈造、苏颙、张普、谢雄、龚起、王双、秦良、张郃、秦朗、岑威、卑衍、韩综、桓嘉、徐质、郭淮、葛雍、张嶷、李鹏、王真、郑伦、夏侯霸、傅佥、张遵、黄崇、李球、张翼、孙歆、陆景、伍延。其中只有孙坚、华雄、颜良、文丑、车胄、黄祖、庞统、夏侯渊、王双、张郃、庞德等将领，历史上确有其人，或死在战场，或被俘而死。其余的，十之八九，都是小说虚构出来的屈死鬼。像关羽过五关所斩的六将，赵云长坂坡杀死的"曹营名将五十余员"，都是子虚乌有。

不足之二是对经济的忽视。诚然，《三国演义》常常写到粮食问题，写断人粮道、焚人粮草之类的战术。诸葛亮便对周瑜说："操贼多谋，他平生惯断人粮道。"（第四十五回)譬如写到袁术的失败,提到了粮食问题:"又被嵩山雷薄、陈兰劫去钱粮草料。欲回寿春,又被群盗所袭,只得住于江亭,止有一千余众,皆老弱之辈。时当盛暑,粮食尽绝,只剩麦三十斛,分派军士。家人无食,多有饿死者。术嫌饭粗,不能下咽,乃命庖人取蜜水止渴。庖人曰:'止有血水,安有蜜水!'术坐于床上,大叫一声,倒于地下,吐血斗余而死。"(第二十一回)毛宗岗也承认:"凡用兵之法,以粮为重。"双方交战,缺粮者利在急战;粮多者,以拖待变。但战争中粮食问题的严重性远不止此。献帝回洛阳,"是岁又大荒。洛阳居民,仅有数百家,无可为食,尽出城去剥树皮、掘草根食之。尚书郎以下,皆自出城樵采,多有死于颓墙坏壁之间者"。曹操弃洛阳而迁都许昌,多半是考虑到"以京师无粮,欲车驾幸许都,近鲁阳,转运粮食,庶无欠缺悬隔之忧"(第十四回)。诸葛亮的北伐,也常常因为粮尽而退。魏明帝青龙二年(234),诸葛亮进兵斜谷,屯渭南,魏明帝就指示司马懿坚拒勿战,以逸待劳,知道蜀军远来,利在速战。原因就是粮食难以供应。可是,战争所涉及的经济问题又并不仅仅是一个粮食问题。曹操的胜利在很大程度上应该归结为屯田的成功。《三国志·魏书·武帝纪》裴注所引的《魏书》有云:"自遭荒乱,率乏粮谷。诸军并起,无终岁之计,饥则寇略,饱则弃余,瓦解流离,无敌自破者不可胜数。袁绍之在河北,军人仰食桑葚。袁术在江淮,取给蒲蠃。民人相食,州里萧条。公曰:'夫定国之术,在于强兵足食,秦人以急农兼天下。孝武以屯田定西域,此先代之良式也。'是岁乃募民屯田许下,得谷百万斛。于是州郡例置田官,所在积谷。征伐四方,无运粮之劳,遂兼灭群贼,克平天下。"据《三国志·蜀书·诸葛亮传》介绍:"亮每患粮不继,使己志不申,是以分兵屯田,为久驻之基。"我们读《三国演义》,对曹操和诸葛亮的屯田都没有什么印象。曹操倒是用权术、诈骗的手段来"解决"过他的粮食问题。小说第十七回,写曹操和袁术"相拒月余,粮食将尽"。曹操居然会用"借头"的办法来"解决"他军粮匮乏的问题。他自己出主意,让仓官"可将小斛散之,权且救一时之急"。士兵怨声四起以后,曹操便杀仓官以示众,说是仓官贪污军粮,"故行小斛,盗窃官粮"。《诸葛亮传》说:"先主外出,亮常镇守成都,足食足兵。"因为士兵不重要,物资供应也不重要,所以小说便不去突出诸葛亮在保证兵源、物资供应方面的贡献。桃园三结义的时候,恰好就有两位"中山大商"来送马送粮。赤壁之战中,诸葛亮轻轻松松地就"借"来十万支箭。

不足之三是人文精神的缺乏。这一点与小说对士兵的忽视是互为表里的。战争中作出最大牺牲的还是民众,是士兵。可是,以描写战争闻名的《三国演义》却很少写到士兵的牺牲和苦难。在中国古代的诗文中,那种"可怜无定河边骨，犹是春闺梦里人"的叹息，"一将功成万骨枯"的唏嘘，"战士军前半死生，美人帐下犹歌舞"的讽刺，"边庭流血成海水，武皇开边意未已"的指责，并不少见。在元人张养浩的《山坡羊·潼关怀古》里，悲天悯人的情怀更是冲淡了一般的兴亡之感："峰峦如聚，波涛如怒，山河表里潼关路。望西都，意踌躇。伤心秦汉经行处，宫阙万间都做了土。兴，百姓苦；亡，百姓苦。"在这些诗文中，我们可以感觉到，士兵也是人，百姓也是人。可是，在擅长描写战争的历史演义中，我们却很少看到这种情怀。历史演义对英雄的突出遮蔽了弱势群体的苦难，英雄史观对群体的忽视渗透进了历史小说对战争的描写。

战争描写之经典

《三国演义》描写了数十次大大小小的战役和战争,其中又以赤壁之战的描写最为典型,最为出色。作者从四十三回到五十回,用了整整八回的巨大篇幅来写这样一场战略决战。从情节上看,赤壁之战的描写中,包括曹操下战书恫吓孙权、诸葛亮舌战群儒、智激孙权、再激周瑜、草船借箭、黄盖的苦肉计、群英会蒋干中计、庞统献连环计、曹操的横槊赋诗、火烧赤壁、关羽华容道放曹操等一系列的故事。一波未平,一波又起,跌宕起伏,摇曳多姿。这是一次以少胜多、以弱胜强的战役,全部的描写均围绕着战争胜负的原因来展开。对于刘备集团来说,这是实现诸葛亮提出的"隆中对"战略计划的第一步。作者正是从这样的高度来看待这次战役,所以他写得非常用心,非常耐心。

当时曹操有八十三万大军,而东吴与刘备方面只有几万人马。双方的兵力相差悬殊,形势非常严峻。曹操企图借战胜袁绍、击溃刘表的余威,直逼江南,下战书恫吓孙权,以达到不战而屈人之兵的目的。刘备方面希望借助孙权的力量联合抗曹,以实现其"隆中对"的既定战略方针。东吴方面,是战是降,内部意见没有统一。作为领袖的孙权,处在犹豫的状态之中。投降曹操而心有不甘,父兄血战所得的江山就将毁于一旦;抗拒曹操却又信心不足,眼见得双方兵力的对比非常悬殊。这么一种生死存亡的紧急关头,这么一次成败在此一举的历史时刻。如果要想继续割据江东,这是绝无仅有的一次机会。文官多主投降,以老臣张昭为代表;武将外加鲁肃,多主抵抗,以周瑜、鲁肃、程普、黄盖为代表。形势的危急使东吴内部主战和主和的两派斗争变得非常激烈。诸葛亮就是在这样微妙的情况下出使江东。他舌战群儒,与东吴集团里的主和派进行了针锋相对的斗争。针对孙权的畏阵怯敌思想,诸葛亮一面用激将法,激发孙权的自尊自信;一面又具体深入地分析了敌我双方的有利条件和不利条件,与东吴集团里的抵抗派一起,促使孙权提高了自信,坚定了决战决胜的决心。孙权、刘备终于结成了反曹的联盟,曹操想要不战而胜的如意算盘被打破了。

曹操在北方战胜了吕布、袁绍、袁谭、袁尚、乌桓等一系列敌人以后,志得意满,轻敌麻痹,思想准备不足。双方一接触,曹操就发现自己的水军不行。周瑜方面充分利用自己水军的优势,一再地挫伤曹军。曹操在发现了自己的弱点以后,就千方百计地努力,企图加以弥补。但是,曹魏方面的每一次努力，都被周瑜顺手牵羊地加以利用。群英会上，说客蒋干为周瑜的威风所震慑，劝降的打算只好放弃；反而因为他偷回去的一封假信，使曹操中了周瑜的离间计，杀了两个水军将领。周瑜打黄盖的苦肉计，阚泽的传递降书，又使曹操大上其当。曹操担心士兵晕船，便有庞统来献连环计，曹军的船只被紧紧地锁在一起。诸葛亮的草船借箭，使曹操白白地给联军送上十万支箭。具有讽刺意味的是：曹操一步一步地"克服"自己的弱点，也就一步深一步地走进联军所设的陷阱；曹操对水战的问题比较"有把握"之日，也正是联军实施火攻的条件日趋成熟之时。作者紧紧抓住决战前夕双方主帅的精神状态，进行了有力的对比：一边是横槊赋诗，豪情满怀，处境险恶却自我感觉良好。真所谓盲人骑瞎马，夜半临深池。一边是小心谨慎，呕心沥血，如履薄冰，如临深渊，狮子搏兔，全力以赴。如毛宗岗所云："天下有最失意之事，必有一最快意之事以为之前焉。将写赤壁之败，则先写其舳舻千里，旌旗蔽空；将写华容之奔，则先写其南望武昌，西望夏口。盖志不得，意不满，足不高，气不扬，则害不甚而祸不速也。写吴王者，极写采莲之乐，非为采莲写也，为甬东写耳；写霸王者，极写夜宴之乐，非为夜宴写也，为乌江写耳。然则曹操之横槊赋诗，其夫差之采莲、项羽之夜宴乎？"一边是骄兵必败，以为一切都在掌控之中；一边是哀兵必胜，唯恐有一点点的疏忽。这时候，决战的气氛已经十分饱满，真所谓"山雨欲来风满楼"。既然已经决定火攻，风向便成为最为关键的因素，所谓"万事俱备，只欠东风"。周瑜为此焦虑得吐血倒地，诸葛亮却是胸有成竹，知道其时必有东南风。这就是著名的"借东风"。表面上看，祭风、借风是迷信。其实，从积极方面去看，小说和戏曲的作者常常从迷信中汲取丰富的想象，以此酿造出艺术的花朵。借东风就是一例。东吴以巨大的代价战胜了曹操，但荆州、南郡、襄阳、零陵、桂阳、武陵、长沙诸郡却统统落入刘备之手。

虽然作者用了整整八回的巨大篇幅来描写赤壁之战，但大部分文字都用来描写周瑜、诸葛亮的运筹帷幄，真正写到决战的文字，并不很多。如毛宗岗所谓："写周郎用兵，不于既战时写之，正于将战未战时写之。一写其东风未发之前：各处打点、各人准备、秣马厉兵、治舟束甲，未战而已勃勃乎有欲战之势；一写其东风既发之后：诸将听令、各军赴敌、按部分班、星驰电走，将战而森森然有必胜之形。盖用兵之胜，决之于将战未战之时，而不待于既战之后也。若但观其战，不过某人射某人于水中，某人砍某人于马下而已，又何见江东士气之壮，而周郎兵略之善哉！"平心而论，这也是作者避难就易、藏拙扬长的必然选择。《三国志》对战争的描写极其简略，没有《左传》《史记》那种细节的描写；《三国演义》涉及的战争描写，主要来自宋元说话人

明　佚名　《诸葛亮像》

三国演义的
前世今生

的艺术想象。而说话艺人并没有战场拼搏的实际经验，所以小说对战场实战的描写比较简略。

　　作者在描写曹军和联军对立的同时，不时地穿插了联军内部的矛盾和纠葛。周瑜的儒将风度、英姿飒爽，他的足智多谋、指挥若定，写得笔酣墨饱。诸葛亮的形象则更为成功，巨笔如椽，浓墨重彩。周瑜一而再、再而三地算计诸葛亮，却一一地被诸葛亮识破并加以化解。诸葛亮的料事如神、神机妙算，鲁肃的忠厚善良、顾全大局，孙权的优柔寡断，曹操的老奸巨猾，黄盖的牺牲精神，关羽的神威，蒋干的愚蠢，均使人掩卷难忘。从诸葛亮一边来看，他和周瑜斗智，不是为了争强好胜，不是一般的赌气，而是站在联吴抗曹的战略高度来有理有节地处理与友军的关系。这就写出了诸葛亮的胸襟识度。曹操在逃窜的路上，三次大笑，笑诸葛亮、周瑜百密一疏，没在路上设伏。结果是每次大笑都招来预先埋伏的劲敌。第一次是赵云，第二次是张飞，第三次是关羽。这种情节设计，一方面写出曹操的顽强，逆境之中，没有颓丧之感；另一方面写出诸葛亮的料事如神，使老谋深算的曹操成为诸葛亮的陪衬。而关羽华容道释曹操，反映了传统文化中重恩怨的观念。关羽为了报答曹操的昔日之恩，居然将曹操放跑。值得注意的是，小说对关羽的释曹是抱着赞扬的态度。当私人恩怨和原则发生矛盾的时候，当私人恩怨和集团、国家、民族的利益发生矛盾的时候，可以置集团、国家、民族的利益于不顾,这当然是《三国演义》思想的局限性,是不可取的。毛宗岗深知关羽华容道释放曹操的是非难以说得清楚,只好将其归于天命:"孔明既知关公之不杀操,则华容之役,何不以翼德、子龙当之?曰:孔明知天者也。天未欲杀操,则虽当之以翼德、子龙,必无成功。故孔明之使关公者,所以成关公之义;而其不使翼德、子龙者,亦以掩翼德、子龙之短也。然则关公之释操,非公释之,而孔明释之,非孔明释之,而实天释之耳。"如此一来,大家都没有责任。

蜀汉一路下滑的转折点

拔襄阳、围樊城，水淹七军；擒于禁、俘庞德，中原震动。曹操甚至因此而考虑迁都的可能："某素知云长智勇盖世，今据荆襄，如虎生翼。于禁被擒，庞德被斩，魏兵挫锐，倘彼率兵直至许都，如之奈何？孤欲迁都以避之。"（第七十五回）关羽志得意满，踌躇满志，至此而达到了他一生事业的顶峰。可是，谁能想到，这赫赫的战功，却成为关羽最后的辉煌。正当关羽兵围樊城、曹仁苦苦支撑、双方相持不下之时，吴将吕蒙白衣渡江，形势遂急转直下。吕蒙的军队袭荆州、下南郡，傅士仁、糜芳投降东吴。上庸的刘封、孟达见死不救。孟达后来还投降了曹魏。荆州一失，蜀汉从此被封锁在三峡之内。刘备为了替关羽复仇，发起了伐吴之役。东吴则起用年轻的儒将陆逊为统帅。猇亭一战，火烧连营，蜀军溃不成军，刘备仅以身免。如此看来，关羽之死、荆州之失，竟成为蜀汉一路下滑的转折点。

由此可见，蜀汉事业的衰落，关羽要负相当的责任。有人说，关羽不应该拒绝孙权的求婚；有人说，关羽不应该冒险去进攻襄阳、樊城；有人说，关羽伐魏之时，不应该忘记后顾之忧。有人甚至因此而认为关羽是一个毫无政治头脑的人，是破坏吴蜀联盟的罪魁祸首。对于关羽的这些指责当然并非毫无根据。但是，我们也不能把责任过多地堆在关羽的身上。

按照小说的说法，先是曹魏和东吴密谋，进攻荆州，"破刘之后，共分疆土"。接着，"细作人探听得曹操结连东吴，欲取荆州，即飞报入蜀"。于是，刘备和诸葛亮便下令，让关羽先起兵取樊城，"使敌军胆寒，自然瓦解矣"（第七十三回）。这就是说，东吴与曹魏准备联手进攻荆州，蜀汉方面主动出击曹魏而置东吴于不顾，是刘备和诸葛亮下令让关羽采取行动，并非关羽擅自做主进攻樊城。从常理来说，如此大规模的军事行动，关羽不向刘备请示是不可能的。关羽性格再傲慢，也还不至于擅自发动一次战役。并且进攻曹军也需要后方的物资支援。比较而言，赤壁之战是刘备与孙权联合，共拒曹操，当时得到最大收获的是刘备；这一次是孙权和曹操联手，一起对付刘备，最后得到最大好处的是孙权。那么，史书上是怎么说的呢？《三国志·蜀书·先主传》的有关记载极为简略："时关羽攻曹公将曹仁，禽于禁于樊。俄而孙权袭杀羽，取荆州。"《诸葛亮传》则没有一字交代关羽进攻樊城以及后来荆州失守的事情。《三国志》中《蜀书》的疏略于此可见一斑。对于蜀汉历史上如此重大的事变中，诸葛亮的态度究竟如何，居然没有一字的交代。《关羽传》和《吕蒙传》对于关羽失荆州的经过介绍得比较详细。大致的经过是这样的：鲁肃死后，吕蒙代之。以此为转机，东吴对蜀汉的政策发生了很大的变化。吕蒙认为：关羽对东吴的威胁很大，应该寻找适当的时机攻占荆州，"今（关）羽所以未便东向者，以至尊圣明，蒙等尚存也。今不于强壮之时图之，一旦僵仆，欲复陈力，其可得邪？"（《三国志·吴书·吕蒙传》）吕蒙的意见得到孙权的首肯。可是，东吴对蜀方针的转变是保密的，吕蒙在陆逊的面前都没有一点透露。神秘诡谲，一切都在悄无声息地进行，蜀汉方面并没有引起警惕。就这一点来说，关羽作为前线指挥官是有责任的，刘备、诸葛亮也是有责任的。蜀汉方面，自上而下，对于东吴急欲扩张的迫切愿望，估计严重不足。对于东吴政策转变的蛛丝马迹缺乏应有的警惕。加上关羽的轻敌，才使吕蒙的计划得以一步一步地实现。诸葛亮在离开荆州的时候，对关羽镇守荆州不是非常放心，他好像有一种不祥的预感。但是，让关羽镇守荆州是刘备的意思，所以诸葛亮也不便反对。关羽听说马超武艺过人，欲入川与其比试。诸葛亮去信劝阻："亮闻将军欲与孟起分别高下。以亮度之，孟起虽雄烈过人，亦乃黥布、彭越之徒耳，当与翼德并驱争先，犹未及美髯公之绝伦超群也。今公受任守荆州，不为不重,倘一入川,若荆州有失,罪莫大焉。惟冀明照。""云长看毕,自绰其髯笑曰:'孔明知我心也。'"(第六十五回)由此插曲,可知关羽的争强好胜、目中无人。更加值得注意的是,诸葛亮对关羽亦有所顾忌,不敢直言,并提出骄兵必败的警告。

诸葛亮最担心的就是关羽和东吴的关系。他在离开荆州的时候,特意留言关羽:"北拒曹操,东和孙权。"关羽答应:"军师之言,当铭肺腑。"(第六十三回)但事实证明,关羽并没有真正理解这个八字方针,去注意和维护与东吴的团结。关羽因孙权的求婚而辱骂孙权,这件事成为东吴加紧准备袭击关羽的催化剂。当然,我们也不必夸大这件事的作用,争夺荆州是东吴的既定方针。赤壁之战以后,东吴方面坚决主张联合蜀汉、北拒曹操的只有一个鲁肃。周瑜就反对将南郡借给刘备。孙权对自己曾经同意将借南郡给刘备早已表示后悔。鲁肃死后,对蜀方针的转变只是时间的问题。关羽尽管没有去努力地搞好和东吴的关系,还说了一些不利于团结的话;可是,关羽出兵是进攻曹魏,并没有想去吞并东吴的地盘。关羽对东吴当然也是存有戒心的,他还没有天真到轻易相信吕蒙、陆逊等人的奉承的地步,所以关羽北上的时候,在荆州和公安留下了较多的兵力。吕蒙注意到关羽的这一安排,所以故意用各种办法来麻痹关羽,使关羽无"后顾之忧"。然后,他在关羽的后背狠狠地插上一刀。在这里，关羽的性格弱点是造成他一生悲剧的重要原因。陈寿说他"刚而自矜"，确实如此。他不但没有注意团结东吴，连自己内部也没有团结好。《三国志·蜀书·张飞传》上说："羽善待卒伍而骄于士大夫，飞爱敬君子而不恤小人。"可是，关羽手下的士兵，却被吕蒙轻而易举地瓦解了。可见他的"善待卒伍"也得打个大大的问号。他因为傅士仁、糜芳没有全力地支援前方而表示班师以后要处分他们，却将那么重要的地方去让他们把守。孟达、刘封见死不救，固然是不应该，但关羽平时不能团结人，也是重要的原因。手下的将领一个个这样离心离德，关羽不能说没有责任。关羽的悲剧在很大程度上，由他的性格缺陷所造成。冥飞在《古今小说评林》中指出："书中极力尊崇关云长，然写来不免有刚愎自用之失。"确是的论。宋人洪迈在其《容斋随笔》里总结道："自古威名之将，立盖世之勋，而晚谬不克终者，多失于恃功矜能而轻敌也。关羽手杀袁绍二将颜良、文丑于万众之中。及攻曹仁于樊，于禁等七军皆没，羽威震华夏，曹操议徙许都以避其锐，其功名盛矣。而不悟吕蒙、陆逊之诈，竟堕孙权计中，父子成禽，以败大事。"当然，《三国志》并未说文丑是被关羽所杀，洪迈大概也是读了野史，听了传说，才把文丑之死记在关羽的账上。

《三国演义》对关羽大意失荆州的描写比较客观，对关羽之死的悲剧色彩渲染得极为成功。

空 城 计

《三国演义》里的人物，其思想和性格，往往是一出场就定型，没有变化。曹操生来就奸诈，刘备生来就仁义，张飞一出来就鲁莽勇猛，诸葛亮更是生来就神机妙算，料事如神。《三国演义》中人物性格的刻画时有过火的地方。鲁迅在《中国小说史略》里就此批评《三国演义》："显刘备之长厚而似伪，状诸葛之多智而近妖。"但是，《三国演义》的刻画人物也不是处处如此，譬如第九十五至九十六回的失街亭、空城计、斩马谡一节，对诸葛亮思想性格的把握就很有分寸。

从蜀汉的发展来看，关羽大意失荆州以后，一路下滑。紧接着的张飞之死、彝陵的惨败、白帝城的托孤，蜀汉集团步入低谷，悲剧的气氛越来越浓。虽有诸葛亮的六出祁山，却总让人有回天无力的沮丧之感。第九十五回的街亭之役正是发生在六出祁山中的一个关键性的插曲。失街亭是诸葛亮的一大失误，这一失误安排在蜀汉一路滑坡的过程中是非常和谐的，这时与一百零三回的"秋风五丈原"已经相距不远。难能可贵的是，作者把尽力与命运抗争的诸葛亮写得非常具有分寸感。诸葛亮素有知人之明，知人善任，却偏偏会用缺乏实战经验的马谡去担当把守街亭的重任。诸葛亮一向料事如神，却没有想到马谡会在山上扎营。这就打破了诸葛亮"多智而近妖"的定格，给人以"智者千虑，必有一失"的真实感。恰恰是在错用马谡而招致被动，司马懿率军长驱直入的危急情况下，小说将诸葛亮和司马懿又一次作了鲜明的对比。诸葛亮一生谨慎却偏偏在失去街亭之后"大胆弄险"，司马懿则囿于对诸葛亮的"成见"而不敢进兵。如毛宗岗所谓："孔明若非小心于平日，必不敢大胆于一时；仲达不疑其大胆于一时，正为信其小心于平日耳。"虽然蜀汉失去街亭而大败，司马懿夺得街亭而大胜，但是，马谡因不听诸葛亮事前的指示而失败，司马懿却因为自己的判断失误而失去擒获诸葛亮的千载良机。给人的印象还是司马懿比诸葛亮略逊一筹。正是在这次重大的失误之中，小说把诸葛亮的严于律己和忠贞不贰写得非常动人。诸葛亮在事先一再地提醒马谡把守街亭的极端重要性，提醒他司马懿并非等闲之辈，并具体指示王平："下寨必当要道之处，使贼兵急切不能偷过。"这就说明，战败的主要责任在马谡。可是，诸葛亮在事后却多次地对自己的用人不当作出沉痛的自我批评。街亭失守的消息传来，诸葛亮跌足长叹说："大事去矣！此吾之过也！"战役结束以后，赵云班师，诸葛亮对赵云说："是吾不识贤愚，以致如此！"挥泪斩马谡以后，诸葛亮追忆当年刘备临终的嘱咐"马谡言过其实，不可大用"，失声痛哭，"深恨己之不明"。身居宰相高位、享有崇高威望的三军统帅能在自己的部下面前承担责任、痛责自己的用人不当、"不识贤愚"，这是多么令人感动！

《三国志·蜀书·诸葛亮传》裴注所引"郭冲三事"，即《三国演义》中空城计的张本：

> 郭冲三事曰：亮屯于阳平，遣魏延诸军并兵东下，亮惟留万人守城。晋宣帝率二十万众拒亮，而与延军错道，径至前，当亮六十里所，侦候白宣帝说亮在城中兵少力弱。亮亦知宣帝垂至，已与相偪，欲前赴延军，相去又远，回迹反追，势不相及，将士失色，莫知其计。亮意气自若，敕军中皆卧旗息鼓，不得妄出菴幔，又令大开四城门，扫地却洒。宣帝常谓亮持重，而猥见势弱，疑其有伏兵，于是引军北趣山。明日食时，亮谓参佐拊手大笑曰："司马懿必谓吾怯，将有强伏，循山走矣。"候逻还白，如亮所言。宣帝后知，深以为恨。

裴松之对郭冲三事的说法深表怀疑：

案阳平在汉中。亮初屯阳平，宣帝尚为荆州都督，镇宛城，至曹真死后，始与亮于关中相抗御耳。魏尝遣宣帝自宛由西城伐蜀，值霖雨，不果。此之前后，无复有于阳平交兵事。就如冲言，宣帝既举二十万众，已知亮兵少力弱，若疑其有伏兵，正可设防持重，何至便走乎？案《魏延传》云：

"延每随亮出，辄欲请精兵万人，与亮异道会于潼关，亮制而不许；延常谓亮为怯，叹己才用之不尽也。"亮尚不以延为万人别统，岂得如冲言，顿使将重兵在前，而以轻弱自守乎？且冲与扶风王言，显彰宣帝之短，对子毁父，理所不容，而云"扶风王慨然善冲之言"，故知此书举引皆虚。

清人陆以湉赞成裴松之的怀疑："司马懿智谋素优，使为尝试之计，分二十万众之二三击之，则阳平之城可得矣。岂孔明之谨慎而敢出此？此事见郭冲三事，裴世期驳之是也。"（《冷庐杂识》）魏禧《日录》也有类似的看法："料事者先料人。……能料愚者，不能料知；能料知者，并不能料愚。余尝览《三国志演义》，孔明于空城中焚香扫地，司马懿遇之而退；若遇今日山贼，直入城门，捉将孔明去矣。"（《松烟小录》）

其实，空城计也不是绝无可能。《资治通鉴》所载刘宋

朝萧承之事,就非常相似:

> 魏兵攻济南,济南太守武进萧承之帅数百人拒之。魏众大集,承之使偃兵开城门。众曰:"贼众我寡,奈何轻敌之甚?"承之曰:"今悬守穷城,事已危急,若复示弱,必为所屠,唯当见强以待之耳。"魏人疑有伏兵,遂引去。

投降种种

三国史是一部战争史，是战争就免不了有投降之类的事情。无论是曹魏，还是东吴，或是蜀汉，都有一些重要的将领或谋士是从敌方投降过来的。说是招降纳叛，其实也是网罗人才的一条途径。说是投降不太好听，说是弃暗投明就很光彩。历史上各种情况都有，投降、投诚、起义，也不见得都能够区分得那么清楚。史书对于这些人投降的具体情况，一般都不作详细的交代，这就给小说留下了很大的想象空间。投降大多不是什么好事，但是，投降也有种种不同的情况。小说对于那些有所肯定的人物，尽量地予以美化，使他们的投降显得不是因为怕死，而是因为被感动，是弃暗投明，至少是因为迫不得已。譬如黄忠是小说要肯定的人物，他是关羽进攻长沙的时候投降的。小说便写关羽率兵进城，"安抚已毕，请黄忠相见。忠托病不出"，最后是刘备亲自去请，"忠方出降"（第五十三回）。张飞使计，抓住刘岱。"玄德见缚刘岱过来，慌下马解其缚曰：'小弟张飞误有冒渎，望乞恕罪。'"于是，刘岱"深荷使君不杀之恩"（第二十二回）。对于那些小说要否定的人物，便写他们贪生怕死、乞求饶命的丑态。譬如，吕布是见利忘义的小人，他被俘后便乞求曹操饶他一命。张辽、臧霸是从吕布那里投降到曹操这边来的。据《三国志·魏书·张辽传》，张辽最早是丁原招募来的。丁原进京后，张辽归了何进。何进为宦官所害，董卓进京，张辽又成了董卓的人。董卓为吕布、王允所杀，张辽归了吕布。《张辽传》说："太祖破吕布于下邳，辽将其众降，拜中郎将，赐爵关内侯。"明明张辽是"将其众降"，而张辽是小说要肯定的人，小说为了给张辽留身份，便设计成力战被俘，而且宁死不屈，与吕布的乞求饶命形成鲜明的对比：

忽一人大叫曰："吕布匹夫！死则死耳，何惧之有！"众视之，乃刀斧手拥张辽至。操令将吕布缢死，然后枭首。……却说武士拥张辽至。操指辽曰："这个好生面善。"辽曰："濮阳城中曾相遇，如何忘却？"操笑曰："你原来也记得！"辽曰："只是可惜！"操曰："可惜甚的？"辽曰："可惜当日火不大，不曾烧死你这国贼！"操大怒曰："败将安敢辱吾！"拔剑在手，亲自来杀张辽。辽全无惧色，引颈待杀。（第十九回）

严颜投降张飞也是如此：

> 群刀手把严颜推至，飞坐于厅上，严颜不肯下跪。飞怒目咬牙大叱曰："大将到此，何为不降，而敢拒敌？"严颜全无惧色，回叱飞曰："汝等无义，侵我州郡！但有断头将军，无降将军！"飞大怒，喝左右斩来。严颜喝曰："贼匹夫！砍头便砍，何怒也？"（第六十三回）

对付这样宁死不屈的人，最后只好来软的一招。张辽是有刘备、关羽说情，"操掷剑笑曰：'我亦知文远忠义，故戏之耳。'乃亲释其缚，解衣衣之，延之上坐。辽感其意，遂降。"（第二十回）张飞对严颜也是来软的："张飞见严颜声音雄壮，面不改色，乃回嗔作喜，下阶喝退左右，亲解其缚，取衣衣之，扶在正中高坐，低头便拜曰：'适来言语冒渎，幸勿见责。吾素知老将军乃豪杰之士也。'严颜感其恩义，乃降。"

这种劝降模式几乎成了一种固定的模式，而且屡试不爽。请看许褚之投降曹操、太史慈之投降孙权：

> 操忙下帐叱退军士，亲解其缚，急取衣衣之，命坐，问其乡贯姓名。壮士曰："我乃谯国谯县人也，姓

许名褚,字仲康。……"操曰:"吾闻大名久矣,还肯降否?"褚曰:"固所愿也。"(第十二回)

慈急待走,两下里绊马索齐来,将马绊翻了,生擒太史慈,解投大寨。策知解到太史慈,亲自出营喝散士卒,自释其缚,将自己锦袍衣之,请入寨中。谓曰:"我知子义真丈夫也。刘繇蠢辈,不能用为大将,以致此败。"慈见策待之甚厚,遂请降。(第十五回)

这种模式似乎又被《水浒传》学去。花荣之招降秦明,宋江之招降彭玘、凌振、韩滔、呼延灼、项充、李衮、关胜、宣赞、郝思文、索超、董平、张清,都是如此。卢俊义的上山,情况也差不多。说是《水浒传》学《三国演义》,当然不太科学。《水浒传》和《三国演义》都是世代累积型的长篇小说,二书都经历了漫长的成书过程。虽然《三国演义》的最后成书比《水浒传》早,但是,那些彼此雷同的情节,也未必一定是成书晚的抄了成书早的。譬如说,在南宋的时候,说三国的艺人和说宋江、说武松的艺人都在勾栏瓦舍献艺,他们互相交流,也互相竞争;互相借鉴,也互相渗透,保不定谁学了谁的,想来是一种双向的渗透。

这种招降纳叛的方式也有不灵的时候。譬如泠苞被魏延所俘,"玄德重赏黄忠。使人押泠苞到帐下,玄德去其缚,赐酒压惊,问曰:'汝肯降否?'泠苞曰:'既蒙免死,如何不降?刘璝、张任与某为生死之交,若肯放某回去,当即招二人来降,就献雒城。'玄德大喜,便赐衣服鞍马,令回雒城。"(第六十二回)结果泠苞并非真心投降。

投降毕竟是不得已的事情,小说对于关羽的投降曹操,真是煞费苦心。历史上关羽确实投降过曹操。《三国志·魏书·武帝纪》有云:"备将关羽屯下邳,复进攻之,羽降。……公还军官渡。绍进保阳武。关羽亡归刘备。"看文章的口气,关羽是被困投降。《三国志·蜀书·先主传》说:"五年,曹公东征先主,先主败绩。曹公尽收其众,虏先主妻子,并禽关羽以归。"这里明确说关羽是被俘。《关羽传》对关羽被俘,受曹操礼遇,后来又逃归刘备的经过写得比较详细,也比较客观可信:

建安五年,曹公东征,先主奔袁绍。曹公禽羽以归,拜为偏将军,礼之甚厚。……羽望见(颜)良麾盖,策马刺良于万众之中,斩其首还。……曹公即表封羽为汉寿亭侯。初,曹公壮羽为人,而察其心神无久留之意,谓张辽曰:"卿试以情问之。"既而辽以问羽,羽叹曰:"吾极知曹公待我厚,然吾受刘将军厚恩,誓以共死,不可背之。吾终不留,吾当要以立效以报曹公乃去。"辽以羽言报曹公,曹公义之。及羽杀颜良,曹公知其必去，重加赏赐。羽尽封其所赐，拜书告辞，而奔先主于袁军。左右欲追之，曹公曰："彼各为其主，勿追也。"

看来，关羽确实是被俘而投降，也没有提出什么条件。这里把关羽不忘故主刘备的那份感情描写得十分真实，也很动人。"彼各为其主，勿追也"，短短八个字，把曹操的豁达大度也刻画得淋漓尽致。难怪裴松之就此感慨道："臣松之以为曹公知羽不留而心嘉其志，去不遣追以成其义，自非有王霸之度，孰能至于此乎？斯实曹公之休美。"毛宗岗已经将曹操定格为奸雄，他又如何解释曹操的豁达呢？请看毛宗岗的妙论：

> 曹操一生奸伪，如鬼如蜮，忽然遇着堂堂正正、凛凛烈烈、皎若青天、明若白日之一人，亦自有"珠玉在前，觉吾形秽"之愧，遂不觉爱之敬之，不忍杀之。此非曹操之仁，有以容纳关公，乃关公之义，有以折服曹操耳。
>
> 虽然，吾奇关公，亦奇曹操。以豪杰折服豪杰不奇，以豪杰折服奸雄则奇；以豪杰敬爱豪杰不奇，以奸雄敬爱豪杰则奇。夫豪杰而至折服奸雄，则是豪杰中有数之豪杰；奸雄而能敬爱豪杰，则是奸雄中有数之奸

雄也。

毛宗岗的意思，曹操虽是奸雄，但却是奸雄中的另类。他居然能够对豪杰敬之爱之。如此看来，曹操这样的奸雄，已经离豪杰不远。

投降总不是什么光彩的事情，小说似乎可以删去这一情节，可是，如果删去关羽降曹的情节，那么，关羽"秉烛达旦""关云长挂印封金""千里走单骑，过五关斩六将""华容道义释曹操"等故事也都要跟着牺牲。作者似乎又不忍割爱。于是，便有了"屯土山关公约三事""降汉不降曹"的虚构故事：

> 公曰："一者，吾与皇叔设誓，共扶汉室，吾今只降汉帝，不降曹操；二者，二嫂处请给皇叔俸禄养赡，一应上下人等，皆不许到门；三者，但知刘皇叔去向，不管千里万里，便当辞去。三者缺一，断不肯降。望文远急急回报。"（第二十五回）

于是，被俘而降变成了有条件的、暂时的投降。第一个条件是虚的。曹操挟天子以令诸侯，所谓"降汉"与"降曹"，很难区分。"降汉"的说法，本身也禁不起推敲。刘备方面以"兴复汉室"为号召，关羽又怎能以"汉"降"汉"？

至于说两位嫂子的安排，那是很容易满足的。要命的是第三个条件。但曹操大概想，感情可以慢慢地培养吧。小说更是挖空心思地借张辽之口来说明关羽如果不降曹就对不起刘备的道理：

> 当初刘使君与兄结义之时，誓同生死，今使君方败，而兄即战死，倘使君复出，欲求兄相助，而不可复得，岂不负当年之盟誓乎？其罪一也。刘使君以家眷付托于兄，兄今战死，二夫人无所依赖，负却使君依托之重。其罪二也。兄武艺超群，兼通经史，不思共使君匡扶汉室，徒欲赴汤蹈火，以成匹夫之勇，安得为义？其罪三也。兄有此三罪，弟不得不告。

如此看来，不投降就对不起刘备！这是一种十分奇怪的逻辑。按照张辽这种曲里拐弯的逻辑，为了将来可以相助刘备，现在关羽必须投降刘备的敌人曹操，以保住性命。张辽用的是反证法：如果现在活不了，将来怎能相助刘备？由此可见，投降是唯一的选择，战死则对不起刘备，也辜负了关羽超群绝伦的武艺、满腹的经纶。其实，投降对于刘备的两位夫人倒是确有意义。但是，小说如果仅仅以此作为关羽投降的条件，又把关羽的境界写得太低了。明人徐谓便说："世所传操闭羽与其嫂于一室，羽遂明烛以达旦。事乃无有。盖到此田地，虽庸人亦做得，不足为羽奇。虽至愚人，亦不试以此。以操之智，决所不为也。"（《奉师季先生书》）宋人唐庚曾经如此评论其中的是是非非。他认为，"羽为曹公所厚而终不忘其君"，"曹公得羽不杀，厚待而用其力"，这些都是战国之人可以做到的。但是，关羽"必欲立效以报公，然后封还所赐，拜书告辞而去，进退去就，雍容可观"，是战国之人做不到的；"曹公知羽必去，重赏以赆其归，戒左右勿追，曰彼各为其主也。内能平其气，不以彼我为心，外能成羽之忠，不私其力于己，是犹有先王之遗风焉。"（《三国杂事》卷上）

投降过来，曾为仇敌的历史难以抹杀。从投降者来说，需要一种心理辩解的理由；从招降者来说，也需要一种招降纳叛的根据。于是，又催生了一种理论，叫作"各为其主"。尽管各方都自认为是正义的一方，但既然讲忠，就要各为其主。这种理论超越了是非忠奸的界限，只要各为其主，不忘故主，就成为一种美德。我们不妨将其视为道德向政治的一种让步和妥协。关羽已经投降了曹操，但他身在曹营心在汉，一听说刘备的下落，马上就离曹而去。而曹操听说以后，不但不愤怒，反而赞誉道："吾昔已许之，岂可失信？彼各为其主，勿追也。""云长封金挂印，财贿不以动其心，爵禄不以移其志，此等人吾深敬之。"（第二十七回）类似的例子，在《三国演义》里比比皆是。甘宁本是刘表的人，杀了东吴的大将凌操。但孙权不记旧恨，念甘宁当年各为其主，可以理解和原谅。陈琳为袁绍起草讨伐曹操的檄文，后来袁绍失败，陈琳改投曹操。曹操既往不咎，因为当年陈琳在袁绍的部下，各为其主。这种各为其主的理论在乱世最为流行，反映了乱世中实用主义的盛行和伦理的宽容。

跳槽的理论

三国是乱世，中央政权名存实亡，州郡实力派乘机崛起，人才不再归中央政权统一管理。各个集团、各路诸侯都在自觉不自觉地争夺人才。唐人裴度在其《蜀丞相诸葛武侯祠堂碑铭并序》里说："当汉祚衰陵，人心竞逐，取威定霸者，求贤如不及；藏器在身者，择主而后动。"周瑜在动员鲁肃投靠孙权的时候，引用了马援对光武帝说的一番话："当今之世，非但君择臣，臣亦择君。"三国时的情况就像马援说的一样，是双向的选择。士人好像回到了春秋战国时代，在这样一个局势动荡、四海骚然的时代，人才的流动异常频繁。田丰投靠袁绍，言不听，计不从，故临终有这样的叹息："大丈夫生于天地间，不识其主而事之，是无智也！今日受死，夫何足惜！"（第三十一回）如张昭所言："而天下英豪布在州郡，宾旅寄寓之士，以安危去就为意，未有君臣之固。"（《三国志·吴书·吴主传》）选择的正确与否，不但关系到能否舒展自己的才能，而且常常涉及自己的身家性命。如宋人洪迈所说："韩馥以冀州迎袁绍,其僚耿武、闵纯、李历、赵浮、程奂等谏止之,馥不听。绍既至,数人皆见杀。刘璋迎刘备,主簿黄权、王累,名将杨怀、高沛止之。璋逐权,不纳其言。二将后为备所杀。王浚受石勒之诈,督护孙纬及将佐皆欲拒勒,浚怒欲斩之。果为勒所杀。武、纯、怀、沛诸人,谓之忠于所事可矣;若云择君,则未也。"(《容斋随笔》卷十三)三国之时,诸侯与其属下没有君臣名分那样坚固的人身依附关系。曹操的《短歌行》中有云:"月明星稀,乌鹊南飞;绕树三匝,何枝可依。"又云:"山不厌高,水不厌深。周公吐哺,天下归心。"前四句是说"臣择君",后四句是说"君择臣"。

三国时期,人才的流动非常迅速,一次选择不一定就非常准确,往往不能一次到位,这样就要"跳槽"。有的跳槽是自愿的,有的跳槽是被迫的,有的跳槽是经过被动员以后作出的选择。当然,也有一次到位的。譬如张飞、诸葛亮之于刘备,周瑜、鲁肃、程普之于孙权,曹仁、曹洪、程昱、郭嘉之于曹操。可是,一次到位的毕竟是少数。就刘备方面而言,糜竺本是陶谦的别驾从事,后来归了刘备。关羽有过投降曹操的曲折。赵云先投袁绍,后来转奔公孙瓒,直到小说第二十八回,才投了刘备。自说:"云奔走四方,择主而事,未有如使君者。今得相随,大称平生,虽肝脑涂地无恨矣!"黄忠、魏延本是刘表的人。严颜、法正、谯周、刘巴、黄权、李严、董和、吴壹本是刘璋的部下。刘巴先后依附刘表、曹操、士燮、刘璋，最后投靠刘备。王平本是曹操方面徐晃的副先锋，后来投了刘备。刘备大喜说："孤得王子均，取汉中无疑矣。"就孙权方面而言，主要是就地取"才"。但太史慈从刘繇那边过来。甘宁本来横行在江湖上，人称"锦帆贼"，后来投奔刘表，又在黄祖处滞留，最后投靠孙权。就曹魏方面来说，人才来自四面八方：于禁本是鲍信的部下；张辽本是吕布的人；臧霸最早是陶谦的部下，后来成为吕布的下属，最后投降了曹操。文聘本是刘表的大将。他归顺曹操时，曹操责怪他"汝来何迟？"荀彧、荀攸见袁绍成不了气候，转投曹操；张郃本是韩馥的人，韩馥死后，成为袁绍的人。因为受到郭图的排挤诬陷，投了曹操。曹操对张郃很看重，把他的归顺比作"韩信归汉"。贾诩本是李傕的高参，助纣为虐，出了不少坏点子，后来转为张绣的谋主，倒也言听计从，最后归了曹操；徐晃是从杨奉那边过来的；毛玠本是刘表的人；辛毗为袁谭使者，后来归了曹操。陈琳曾经为袁绍起草讨伐曹操的檄文，袁绍覆灭以后投奔了曹操，曹操既往不咎，收为己用；王粲、蒯越、蔡瑁本是刘表的部下，后来归了曹操。

有些人的跳槽非常频繁。譬如吕布，先是丁原的义子，后来杀丁原而投了董卓，以后因为貂蝉的缘故，配合王允杀了董卓。李傕、郭汜来攻，吕布抵敌不住，转投袁术。袁术虽是小人，但他也"怪吕布反覆不定，拒而不纳"。吕布又投袁绍，袁绍总算收留了他。又因傲慢惹怒袁绍，袁绍欲杀之。吕布又投奔张扬，李傕、郭汜让张扬杀他，吕布再投张邈。以后，他又与刘备合作一段。若即若离，貌合神离。最后自己独立，直至覆亡。吕布跳槽频繁，主要是因为他生性狂妄，见利忘义，反复无常，别人难以和他长期合作。特别是他杀丁原而投董卓，弃君子而投豺狼，一下子把自己搞得很臭。刘备在吕布危难之时给了他一块落脚之地，他居然会乘刘备与袁术交战的机会去偷袭徐州。孟达的反复无信与吕布有相似之处。他是法正的同乡，本是刘璋的部下。后来跟随法正投靠刘备，甚得重用。关羽危急时，他挑拨刘封坐观成败，见死不救。其后与刘封闹反，投降魏国，领着曹军去打刘封。到魏国后，不甚如意，又想叛魏而回蜀。他给诸葛亮去信："欲起金城、新城、上庸三处兵马，就彼举事，径取洛阳。"可是，他的部下申仪、申耽却暗中将其出卖，把孟达与诸葛亮交通欲叛魏的消息密报曹魏。司马懿得知孟达的图谋以后，率军日夜兼程，奇袭新城，与申仪、申耽里应外合，一举消灭孟达。《三国演义》对诸葛亮的处置其事，叙述比较简略，而《三国志·蜀书·费诗传》对其中的过程记载得详细一点。值得注意的是诸葛亮的态度。孟达派人送信给诸葛亮。在座的费诗认为，像孟达这样的反复之人，不值得给他回信。而诸葛亮听了费诗的话，"默然不答"，"欲诱达以为外援"。他觉得是一个机会，至少可以消耗一下曹魏的力量，于是就给孟达回信。可是，孟达被围以后，"(诸葛)亮亦以达无款诚之心，故不救助也"。孟达反复无常，变成一个后娘不爱、亲娘也不疼的孩子。其实，乱世之中，跳槽频繁不是太大的毛病，问题是为什么跳槽，跳槽以后不要把事情做绝。刘备的跳槽次数不亚于吕布。从刘焉到卢植，到朱儁，然后是公孙瓚，又与吕布合作一段，再投靠袁绍，投靠曹操，投奔刘表，最后是自己独立。蔡瑁即就此攻击刘备："刘备先从吕布，后事曹操，近投袁绍，皆不克终，足可见其为人。"（第三十一回）王累抨击刘备："况刘备世之枭雄，先事曹操，便思谋害。后从孙权，便夺荆州。"（第六十回）难怪毛宗岗揶揄刘备说："茕茕一身，常为客子，然则备之为君，殆在旅之六五耳。"刘备跳槽频繁，一是为形势所迫，一是因为他素具雄心，不甘人下。当然，刘备的四处奔走，并不都属于主动跳槽，有时是形势所迫。

跳槽意味着改变或破坏原先的从属依附关系，建立新的从属依附关系。频繁地跳槽就是主动地、频繁地改变隶属关系，这在封建社会是一种忌讳。对中央的依附关系松动乃至瓦解以后，必须尽快地建立新的人身依附关系，忠于皇帝变成忠于拥兵自重的各路诸侯。忠于汉帝变成忠于曹操，忠于刘备，忠于孙权，忠于袁绍等等。当然，在这种乱世，忠诚的信念归根到底，还是建立在恩怨关系的基础之上。如曹操对庞德所说："卿可努力建功。卿不负孤，孤亦必不负卿也。"（第七十四回）一个主动地、频繁地变换主人、改换门庭的人，使每一个新的主人都会怀疑他的忠诚。

　　人才常常需要从别人、从敌人那里挖来，这里就有一个动员对方跳槽的问题。事情就是这样的矛盾。为了从别人，特别是从敌人那里把人才挖来，就要鼓励跳槽；为了使自己的人才稳定下来，就必须反对跳槽。需要动员别人跳槽的时候，就要讲"识时务者为俊杰""良禽择木而栖，贤臣择主而事""弃暗投明"之类的话。李肃动员吕布弃丁原而投董卓的时候如是说："良禽择木而栖，贤臣择主而事，见机不早，悔之晚矣。"（第三回）吕布没有政治眼光，站错了队，那董卓岂是"良禽"可择之"木"、"贤臣"可择之"主"。满宠动员徐晃弃杨奉而投曹操时如是说："岂不闻'良禽择木而栖，贤臣择主而事'，遇可事之主，而交臂失之，非丈夫也。"（第十四回）跳槽的人自己要找心理平衡，也要讲这些。法正要投靠刘备，自说："盖闻马逢伯乐而嘶，人遇知己而死。张别驾昔日之言，将军复有意乎？"（第六十回）李恢原先反对邀刘备入川，后来又投靠刘备。刘备问他为什么改变了主意，李恢回答说："吾闻'良禽择木而栖，贤臣择主而事。'前谏刘益州者，以尽人臣之心，即不能用，知必败矣。今将军仁德布于蜀中，知事必成，故来归耳。"（第六十五回）

人物塑造

最难理解是曹操

毛宗岗说《三国演义》有"三绝",诸葛亮:"其处而弹琴抱膝,居然隐士风流;出而羽扇纶巾,不改雅人深致。在草庐之中,而识三分天下,则达乎天时;承顾命之重,而至六出祁山,则尽乎人事。七擒八阵,木牛流马,既已疑鬼疑神之不测;鞠躬尽瘁,志决身歼,仍是为臣为子之用心。比管、乐则过之,比伊、吕则兼之,是古今来贤相中第一奇人。"是"智绝"。关羽:"青史对青灯,则极其儒雅;赤心如赤面,则极其英灵。秉烛达旦,人传其大节;单刀赴会,世服其神威。独行千里,报主之志坚;义释华容,酬恩之谊重。作事如青天白日,待人如霁月光风。""是古今来名将中第一奇人",是"义绝"。而曹操是"古今来奸雄中第一奇人",是"奸绝"。"三绝"之中,写得最有深度的是曹操。可以说,《三国演义》中最难理解的人物也是曹操。

毛宗岗对曹操的矛盾复杂表现出极大的困惑:

> 历稽载籍，奸雄接踵，而智足以揽人才而欺天下者，莫如曹操。听荀彧勤王之说而自比周文，则有似乎忠。黜袁术僭号之非而愿为曹侯，则有似乎顺。不杀陈琳而爱其才，则有似乎宽。不追关公以全其志，则有似乎义。王敦不能用郭璞，而操之得士过之；桓不能识王猛，而操之知人过之。李林甫虽能制禄山，不如操之击乌桓于塞外；韩侂胄虽能贬秦桧，不若操之讨董卓于生前。窃国家之柄而姑存其号，异于王莽之显然弑君；留改革之事以俟其儿，胜于刘裕之急欲篡晋。

> 曹操有时而仁，有时而暴。免百姓秋租，仁矣；而使百姓敲冰拽船，何其暴也！不杀逃民而纵之，仁矣；又戒令勿为军士所获，仍不禁军之杀民，何其暴也！

毛宗岗不好解释，只好说："其暴处多是真，其仁处都是假。""奸雄之奸，非复常人意量所及。"《古今小说评林》中，冥飞之文有云："综观全书，倒是写曹操写的最好。"冥飞指曹操是"奸雄"，与此同时，他又充分地感受到曹操形象的复杂性：

> 书中写曹操，有使人爱慕处，如刺董卓、赎文姬等事是也；有使人痛恨处，如杀董妃、弑伏后等事是也；

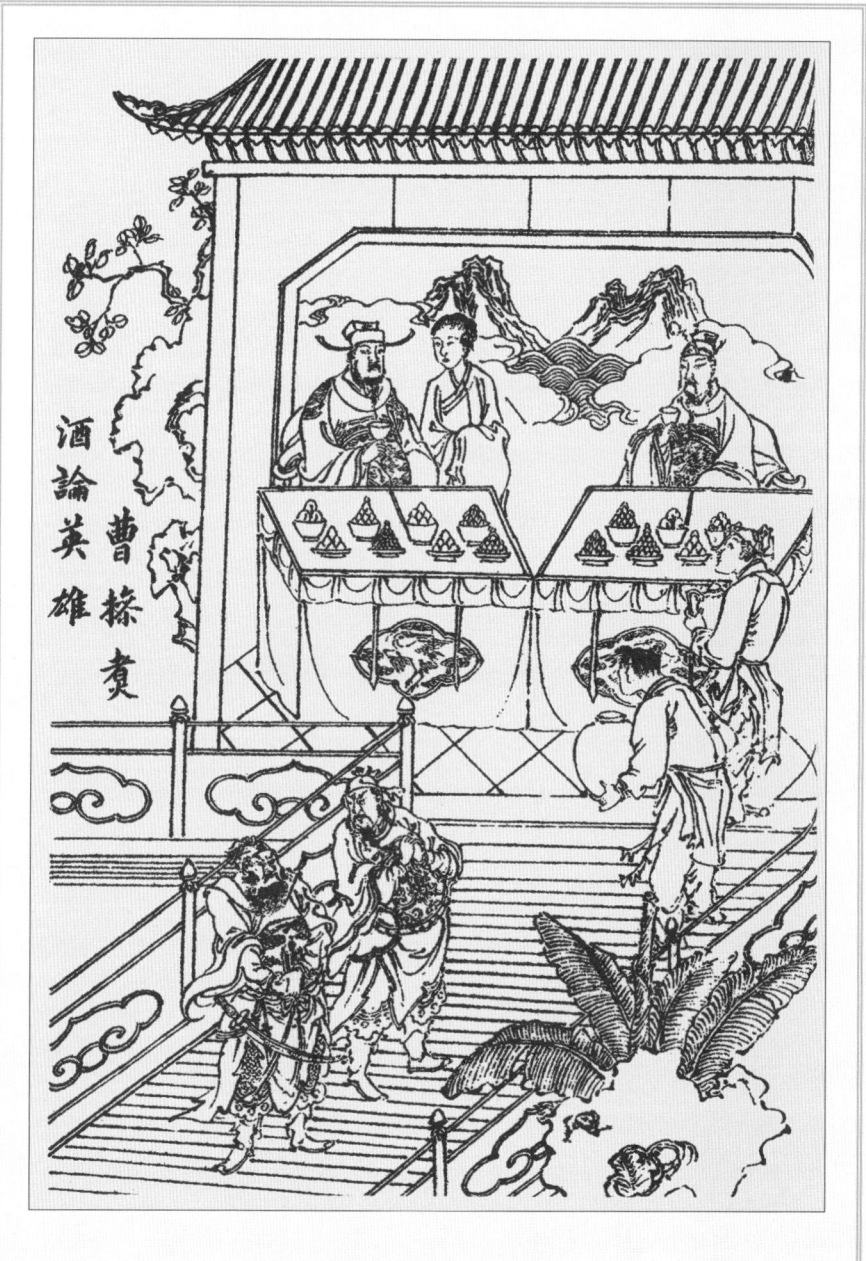

"曹操煮酒论英雄"绣像

有使人佩服处,如哭郭嘉、祭典韦,以愧励众谋士及众将,借督粮官之头,以止军人之谤等事是也。又曹操机警处、狠毒处、变诈处,均有过人者;即其豪迈处、风雅处,亦有非常人所能及者。盖煮酒论英雄及横槊赋诗等事,皆其独有千古者也。

曹操一出场,就给人以十分复杂的印象。他少年时代便游猎歌舞、恣意放荡。他小小年纪,便会用欺骗手段破坏父亲对叔父的信任:

> 操有叔父,见操游荡无度,尝怒之,言于曹嵩。嵩责操。操忽心生一计:见叔父来,诈倒于地,作中风之状。叔父惊告嵩,嵩急视之,操故无恙。嵩曰:"叔言汝中风,今已愈乎?"操曰:"儿自来无此病,因失爱于叔父,故见罔耳。"嵩信其言。后叔父但言操过,嵩并不听。因此,操得恣意放荡。(第一回)

一个少儿,便有如此心计手段,确实让人感到可怕。俗话说"知子莫若父。"看来,也未必是正确的了。后来曹丕用高参吴质的计策,排挤曹植,便是学他的父亲。关键是破坏父亲对曹植的信任:

> 初，丞相主簿杨修与丁仪兄弟谋立曹植为魏嗣，五官将丕患之。以车载废簏内朝歌长吴质与之谋。修以白魏王操。操未及推验。丕惧，告质，质曰："无害也。"明日复以簏载绢以入。修复白之，推验，无人，操由是疑焉。（《资治通鉴》卷六十八）

就杨修而言，一次簏内藏人，则次次簏内有人。就曹操而言，一次告状是假，则次次是假。杨修与曹操都是为聪明所误。曹操的用人，只要治国用兵之术，最恨虚誉不实之人。所以曹操的一生，常与名士发生冲突。边让、孔融、崔琰等大名士，都被他杀掉。祢衡是差一点。可是，曹操早年的时候，也未能免俗。他曾经多次去见那些名士，希望得到他们的品题标榜。其中最富戏剧性的一幕，便是他和名士许邵的会面：

> 汝南许劭，有知人之名。操往见之，问曰："我何如人？"邵不答。又问，劭曰："子治世之能臣，乱世之奸雄也。"操闻言大喜。（第一回）

许邵先是"不答"，沉默的背后当是一种十分矛盾的心情。他身为名士，鄙薄出身宦官家庭、放荡不羁的曹操。但是，眼前这位咄咄逼人的人物却也得罪不起。那句"子治世之能臣，乱世之奸雄也"，实在是高明而又得体，它依然反映了上述那种矛盾和复杂的心理状态。耐人寻味的是，曹操居然"闻言大喜"。道德上的微词，他毫不介意，泰然处之；而许邵对他政治抱负和才能的肯定却使他十分高兴和得意。毛宗岗就此议论道："许邵曰：'治世能臣，乱世奸雄。'此时岂治世耶？邵意在后一语，操喜亦在后一语。喜得恶，喜得险，喜得直，喜得无礼，喜得不平常，喜得不怀好意。只此一喜，便是奸雄本色。"这一戏剧性的会面，给曹操的形象描上了生动的油彩。而"治世之能臣，乱世之奸雄"这两句话，成为小说描写曹操的一个纲。呈现在读者面前的是一个错综复杂的人物形象，是一个能臣而兼奸雄的双重形象。就人物思想性格的复杂性而言，曹操是《三国演义》中最难理解的人。

《三国演义》描写人物，往往一出场就定性。曹操一出来就奸诈，刘备一出场就忠厚。这是《三国演义》人物描写上的缺点，作者不去考虑人物思想性格形成的原因。人物和人物之间，除了政治上的利害关系之外，好像没有别的什么关系。然而，曹操又不同于一般的纨绔子弟，他初入仕途，就厉行法治，革除弊政，表现出一位未来的大政治家的魄力和才能：

年二十，举孝廉，为郎，除洛阳北部尉。初到任，即设五色棒十余条于县之四门,有犯禁者,不避豪贵,皆责之。中常侍蹇硕之叔,提刀夜行,操巡夜拿住,就棒责之。由是,内外莫敢犯者,威名颇震。(第一回)

关于曹操,小说没有为我们介绍他何以形成那样一种矛盾复杂的性格。我们只能推测,曹操出身宦官家庭,他的奸诈冷酷、追求绝对专制的性格或许与此有关。其次就是那样一个没有信仰的时代,也助长了曹操性格中恶的一面。我们很快就看到,曹操虽然出身宦官,却能参与外戚何进、世族袁绍等人密谋诛杀宦官的会议。很显然,曹操看到,宦官实在是一个人人痛恨、没有前途的集团。曹操不愿意和他所出身的那个集团站在一起,不愿意把自己的命运和一个行将没落的集团绑在一起。但是,他又会反对尽诛宦官,说明他在那方面还有很多关系,不能一下子完全切断。事情就是这样复杂。曹操还能去行刺董卓,如果他被抓住处死,我们真不知人们将怎样评价他!虽然行刺未遂,但毫无疑问,这是非常勇敢的行为。真所谓"假使当年身便死,一生真伪有谁知!"当然,话又说回来,历史上并没有曹操刺董卓一事。这只是小说家言。就小说而言,至少到此为止,我们看曹操和刘备没有什么矛盾。刘备打黄巾,曹操也打黄巾。曹操讨伐董卓,刘备也讨伐董卓。

曹操刺董未遂,在逃亡的路上,干了一件最缺德的事情。这就是杀吕伯奢。本来是一场误会，人家要杀猪款待他，他却以为人家要暗算他。后来已经知道是误会，他却为了灭口，将吕伯奢也一并给杀了。正如毛宗岗所说："孟德杀伯奢一家，误也，可原也。至杀伯奢，则恶极矣。"杀吕伯奢的事在三国的风云中只是小事一桩，但是，小说借这件事写到曹操的灵魂深处："宁教我负天下人，休教天下人负我。"真令人周身寒彻！当然，关于杀吕伯奢一事，书上本有三种不同的说法：裴注所引王沈《魏书》说："太祖以卓终必覆败，遂不就拜，逃归乡里。从数骑过故人成皋吕伯奢。伯奢不在，其子与宾客共劫太祖，取马及物，太祖手刃击杀数人。"所引《世语》说："太祖过伯奢。伯奢出行，五子皆在，备宾主礼。太祖自为背卓命，疑其图己，手剑夜杀八人而去。"所引孙盛《杂记》说："太祖闻其食器声，以为图己，遂夜杀之。既而凄怆曰：'宁我负人，毋人负我！'遂行。"三书所记同事，却有如此大的出入。裴注所引《魏书》的说法对曹操最为有利。其他两种说法虽然不尽相同，但说曹操因疑人图己而错杀好人则同。但《三国演义》有意刻画曹操的奸诈狠毒，写他的极端自私，所以弃《魏书》的说法于不顾，在孙盛的说法上进一步添油加醋，让曹操索性连吕伯奢也一并杀了。将读者对曹操的反感憎恶推向顶点。

在讨伐董卓的战争中，曹操不但表现得很有正义感，而且是一个出类拔萃的英雄。像袁绍、袁术那样的大人物在曹操的面前都不免相形见绌。曹操指责袁绍等人"疑而不进",怒斥他们"竖子不足与谋!"并且自己率领一万人马去战董卓。不久,我们就看到,曹操的势力在急剧地膨胀,谋士、武将哗哗地往他那儿跑。曹操何以有那么大的吸引力、凝聚力,小说没有给我们解释。一边是糊里糊涂地写,一边是糊里糊涂地看。与此形成对照的是,小说写到刘备集团的时候,就极写刘备的人格魅力,写刘备集团内部的意气相投。曹操采纳了荀彧的意见,把汉献帝接到许昌。再往后,我们就看到曹操不断地欺负人家"孤儿寡母"。小说的同情无疑是在刘备集团这一边,但小说并没有将有利于曹操的材料全部放弃。譬如官渡之战中的曹操,征战乌桓、吞并吕布的曹操,击灭袁谭、袁尚中的曹操,其形象都在对手之上。在写到曹操和他的心腹谋士、将士的关系时,曹操也显得推心置腹、豁达大度。他亲自祭奠典韦:"大设祭筵,吊奠典韦亡魂。操亲自拈香哭拜,三军无不感叹。祭典韦毕,方祭侄曹安民及长子曹昂,并祭阵亡军士,连那匹射死的大宛马,也都致祭。"(第十八回)尽管如此,小说仍然紧紧抓住"汉贼"这一条来给曹操定格。凡是写到曹操与汉室的关系时,小说就极写曹操的狠毒残酷。如董承的密谋暴露,曹操进宫杀董妃,当时董妃有五个月的身孕。"曹操带剑入宫,面有怒容,帝大惊失色。操曰:'董承谋反,陛下知否?'帝曰:'董卓已诛矣。'操大声曰:'不是董卓!是董承！'帝战栗曰：'朕实不知。'操曰：'忘了破指修诏耶？'帝不能答。操叱武士擒董妃至。帝告曰：'董妃有五月身孕，望丞相见怜。'操曰：'若非天败，吾已被害。岂得复留此女，为吾后患！'伏后告曰：'贬于冷宫，待分娩了，杀之未迟。'操曰：'欲留此逆种，为母报仇乎？'董妃泣告曰：'乞全尸而死，勿令彰露。'操令取白练至面前。帝泣谓妃曰：'卿于九泉之下，勿怨朕躬！'言讫，泪下如雨，伏后亦大哭。操怒曰：'犹作儿女态耶！'叱武士牵出，勒死于宫门之外。"（第二十四回）后来伏完密谋曹操，被曹操得知。曹操派华歆去宫中，破壁搜出伏后，来见曹操。曹操"喝左右乱棒打死。随即入宫，将伏后所生二子，皆鸩杀之。当晚，将伏完、穆顺等宗族二百余口，皆斩于市。朝野之人，无不惊骇"（第六十六回）。类似的文字，写尽曹操的残忍冷酷，献帝、伏后、董妃的可怜，京都形势的恐怖。在写到曹操与刘备集团、东吴集团的关系时，小说也有意突出曹操的奸诈。

宋人洪迈虽然指"曹操为汉鬼蜮，君子所不道"，但也承认"操无敌于建安之时，非幸也"。称誉他"知人善任使，实后世之所难及。荀彧、荀攸、郭嘉皆腹心谋臣，共济大事，无待赞说。其余智效一官，权分一郡，无小无大，卓然皆称其职。"（《容斋随笔》卷十二）毛宗岗也不时地承认曹操能识人，能用人，能够笼络人："高帝踞床洗足而见英布,是过为傲慢以挫其气;曹操披衣跣足而迎许攸,是过为殷勤以悦其心。一则善驾驭,一则善结纳。其术不同,而其能用人则同也。光武焚书以安反侧,是恕之于人心既定之后;曹操焚书以靖众疑,是忍之于人心未定之时。一则有度量,一则有权谋。其事同,而其所以用心不同也。"将曹操和汉高祖、光武帝相提并论。又承认曹操能够"驾驭人才,笼络英俊"。"是以张辽旧事吕布,徐晃旧事杨奉,贾诩旧事张绣,文聘旧事刘表,张郃乃袁绍之旧臣,庞德乃马超之旧将,无不弃故从新,乐为之死。""韩信、陈平初皆在楚,而项羽驱之入汉;许攸、张郃初皆事袁,而本初驱之归曹,良可叹也。""操之开魏,则有'宁可无洪,不可无公'之弟,同心同德,是以能成帝业。"对曹操的军事才能,更是赞不绝口:"狮子搏兔搏象,皆用全力,曹操可谓能兵矣!""操之敌绍,能以寡胜众。""孙权之兵事决于大都督,刘备之兵事决于军师,而惟曹操则自揽其权,而独运其谋。虽有众谋士以赞之,而裁断出诸臣之上,又非刘备、孙权比也。""备之敌操,不能以寡胜众,是备之用兵不如操矣。"直指刘备、孙权的用兵不如曹操。

为什么曹操是这样一种让人琢磨不透的思想性格呢?首先,历史上的曹操本来就是一个复杂的人物,历史学家裴松之也注意到曹操思想性格的难以捉摸:

《魏书》曰:"袁绍宿与故太尉杨彪、大长秋梁绍、少府孔融有隙,欲使公以他过诛之。公曰:'当今天下土崩瓦解,雄豪并起,辅相君长,人怀怏怏,各有自为之心,此上下相疑之秋也,虽以无嫌待之,犹惧未信;如有所除,则谁不自危?且夫起布衣,在尘垢之间,为庸人之所陵陷,可胜怨乎!高祖赦雍齿之仇而群情以安,如何忘之?'绍以为公外托公义,内实离异,深怀怨望。"臣松之以为杨彪亦曾为魏武所困,几至于死,孔融竟不免于诛灭,岂所谓先行其言而后从之哉!非知之难,其在行之,信矣!(《三国志·魏书·武帝纪》注)

我们不能将一切不利于曹操的史料一概否定,都认为是污蔑不实之词。曹操性格的酷虐变诈也是历史的事实。曹操的父亲于泰山被杀,曹操将其归咎于徐州太守陶谦,率军攻打。一路上杀戮人民,发掘坟墓。《三国志·魏书·陶谦传》说是"谦兵败走,死者万数,泗水为之不流"。《水经注》卷二十五"泗水"记载说:"以其父避难被害于此,屠其男女十万,泗水为之不流。自是数县人无行迹,亦为暴矣。"即此一例,我们就可以想象曹操的残暴。其实我们只要看看历史上曹魏集团内部关系的紧张,便可以明白曹操是怎样的一种性格。

其次，曹操形象的复杂性与《三国演义》的成书过程有很大的关系。如前所述，《三国演义》是一部世代累积而成的长篇小说，各种材料带着不同的爱憎褒贬一举涌入三国故事的洪流，这些材料对于曹操的态度很不一样。譬如陈寿的《三国志》对曹操的态度就比较客观，而吴人所撰的《曹瞒传》对曹操就颇多揭露和讽刺。罗贯中在进行最后的加工时，面对大量倾向不一的材料，尽可能地加以协调和统一，但在实际上又遇到很大的困难。正如周强师在《三国演义考评》一书中所说，小说对曹操的描写是"东抄一段，西抄一段，然后拼凑起来的"。这些来历不同的材料带着不同的爱憎涌入小说，就造成了人物思想性格的复杂性。周强师讲的是嘉靖本里曹操出场的那些文字，这里讲的是毛本中对曹操的一般描写，但道理是一样的。

问题不仅在于成书过程中的兼收并蓄，缺乏严格的取舍和细致的处理，而且在于小说对于曹操这种人物感到难以理解。即是说，这种复杂性还有更为深刻的根源。曹操是一个政治家，在曹操那儿，道德是服从于政治的。从道德上看，曹操的言行似乎处处充满矛盾，可是从政治的需要去看，却是时时地服从于现实的政治军事利益。曹操这种人物是东汉末年那个动荡时代的产物。唯有这种"治世之能臣，乱世之奸雄"式的人物，才能收拾混乱的局面。曹操一生戎马，统一了大半个中国。继起的司马氏父子统一了全中国。而司马氏父子正是曹操的影子。司马懿的大诈似忠，更是超过了曹操。曹操那种"宁教我负天下人，不教天下人负我"的处世哲学，和他的才干智慧、权术结合，便构成了文学史上封建政治家的一种典型。在曹操这一形象的身上，凝结着人民对统治者深刻而丰富的认识。人们习惯于从道德角度去评价历史人物，但小说又把中原逐鹿的胜利者曹操设计为一个奸雄。这就形成了一个难以解释的事实：天下偏偏为无德者居之，得人心者却未得天下。难道天命竟是如此不公？即便说是汉家气数已尽，似乎也不必让一个奸雄来统一中国。如此看来，上天的英明又体现在哪里？由此可见，曹操的难以理解，归根到底，也是因为历史的难以理解啊！黑格尔讲过历史上"恶"的推动力，可是在中国的历史理论中，从来没有听说"恶"还能推动历史。于是，曹操的胜利便只能糊里糊涂地归结为天命。奸雄窃命的责任只好让老天来承担了。在《三国演义》中，我们随处可以看到对天命的拐弯抹角的埋怨。司马徽仰天大笑曰："卧龙虽得其主，不得其时，惜哉！"崔州平对刘备说："将军欲使孔明斡旋天地，补缀乾坤，恐不易为，徒费心力耳。岂不闻'顺天者逸，逆天者劳''数之所在，理不得而夺之；命之所定，人不得强之乎'！"（第三十七回）诸葛亮的《后出师表》的结尾，充满了"人谋难敌天数"的悲哀：

> 臣鞠躬尽瘁，死而后已；至于成败利钝，非臣之明所能逆睹也。

上方谷司马懿受困，火势冲天，眼见得没有生路，偏偏"一声霹雳响处，骤雨倾盆。满谷之火，尽皆浇灭，地雷不震，火器无功"。诸葛亮祈禳的时候，偏偏有魏延闯帐，将主灯扑灭。诸葛亮哀叹曰："死生有命，不可得而禳也！"（第一百三回）正是小说中把人谋发挥到极致的人物诸葛亮在哀叹天命的不可抗拒。既然"天下惟有德者居之"的原则未能实现的责任已经归结于神秘的天，也就等于归于不可知，也就是说，《三国演义》未能完成解释历史、总结历史经验的任务。毛宗岗有憾于此，所以他在书一开头加上了"天下大势，分久必合，合久必分"这几句话。这种循环论实际上取消了"天下惟有德者居之"的命题。既然"分久必合，合久必分"，那还区分什么"有德""无德"！并且，分久必合，是让"有德者"来合，还是让"无德者"来合呢？为什么偏偏让司马氏来合，而不让刘备来合呢？老天为什么这样不长眼睛呢？由此可见，毛宗岗加上的那几句话也没有解决什么问题。

曹操掌握朝政，曹丕篡汉而立，并非历史上权臣篡夺成功的唯一例子。前有先例，后有来者，类似的历史事实给后世的封建史学家带来了极大的困惑。事实上，权臣篡夺的成功,揭穿了正统观念的虚伪,暴露了儒家伦理的虚伪。史家无可奈何,只好将其归之于天命。

生死攸关的人才问题

三国时期,人才的得失成为生死攸关的问题。周瑜对孙权说:"自古得人者昌,失人者亡。"(第二十九回)可谓千真万确。人才问题在三国这样动荡的时代具有特殊的意义。难怪唐人李九龄有诗《读〈三国志〉》就此感慨道:"有国由来在得贤,莫言兴废是循环。武侯星落周瑜死,平蜀降吴似等闲。"曹操、孙权、刘备,三国之所以能够力克群雄,鼎足而三,关键在于其领袖人物能够识别人才、团结人才、使用人才。曹魏方面,人才最盛,有荀彧、荀攸、郭嘉、程昱、刘晔、许攸、贾诩、毛玠、张辽、乐进、于禁、张郃、徐晃、曹仁、曹洪、夏侯惇、李典、典韦、许褚、臧霸等。孙吴方面,也是人才辈出,有张昭、顾雍、鲁肃、周瑜、吕蒙、程普、黄盖、韩当、周泰、丁奉、徐盛、甘宁、陆逊、陆抗等。三国之中,蜀汉的力量最为弱小,《三国演义》把蜀汉的国力大大地夸张了。刘备集团的人才有诸葛亮、庞统、法正、关羽、张飞、赵云、马超、黄忠、魏延、姜维等。

曹魏、东吴、蜀汉三国的兴衰与其人才的兴衰基本上是同步的。为了说明这一点，我们不妨排比一下历史人物的年龄。从三国的领袖人物来看，曹操和孙坚是同龄人。都生于公元155年。刘备生于公元161年，比他俩小六岁。曹操享年六十六岁，刘备享年六十三岁。曹操死于公元220年，刘备死于公元223年，两人去世的年份相差无几。孙坚早逝（卒于公元191年），只活了三十七岁。他的继承人孙策活得更短（卒于公元200年），只活了二十六岁。都是英年早逝。可是，第二位继承人孙权却活了七十一岁，过了古稀之年，这才使东吴的事业没有因为孙坚、孙策的相继夭逝而中断。孙权逝世于公元252年，当时曹操已经去世三十二年，刘备去世二十九年，连曹丕都已去世二十六年。三国之中，东吴灭亡最晚（公元280年），与孙权的长寿不无关系。更重要的是，东吴集团先后有周瑜、鲁肃、吕蒙、陆逊、陆抗这样杰出的人物来支撑。在蜀汉，诸葛亮去世以后，就没有像东吴陆逊那样杰出的人物了。陆逊逝于公元245年，陆抗逝于公元274年，此时西晋已是立国九年。这些一流人才的相继出现，在十分困难的条件下延续了东吴集团的寿命。宋人洪迈感慨道：

> 孙吴奄有江左，亢衡中州，固本于策、权之雄略，

然一时英杰，如周瑜、鲁肃、吕蒙、陆逊四人者，真所谓社稷心膂，与国为存亡之臣也。自古将帅，未尝不矜能自贤、疾胜己者，此诸贤则不然。孙权初掌事，肃欲北还，瑜止之，而荐之于权曰："肃才宜佐时，当广求其比，以成功业。"后瑜临终与权笺曰："鲁肃忠烈，临事不苟，若以代瑜，死不朽矣！"肃遂代瑜典兵。吕蒙为寻阳令，肃见之曰："卿今者才略非复吴下阿蒙。"遂拜蒙母，结友而别。蒙遂亦代肃。蒙在陆口，称疾还，权问："谁可代者？"蒙曰："陆逊意思深长，才堪负重，观其规虑，终可大任，无复是过也。"逊遂代蒙。四人相继，居西边三四十年，为威名将，曹操、刘备、关羽皆为所挫，虽更相汲引，而孙权委心听之，吴之所以为吴，非偶然也。(《容斋随笔》卷十三)

与此形成对照的是，蜀汉的人才却在公元二世纪的二三十年代里急剧地衰落。短短十五年间，蜀汉集团的一流人物，庞统(214年)、关羽(219年)、法正(220年)、黄忠(220年)、张飞(221年)、马超(222年)、刘备(223年)、赵云(229年)相继逝世。赵云逝世五年以后(234年)，蜀汉的中流砥柱诸葛亮病逝五丈原，年仅五十四岁。不久，大将魏延在内乱中被杀(234年)。从庞统落凤坡中箭身亡到诸葛亮病重归天，不过二十年。此时此刻，蜀汉集团唯一赖以支持危局的只有一个姜维。况且刘禅的智商又在中人之下。如毛宗岗所讽刺的："豪杰不遇时，庸人多厚福。"从蜀汉人才的过早凋零，再看蜀汉之先于东吴而亡，会觉得一点都不奇怪。蜀汉早于东吴十七年灭亡，如果不是易守难攻的地理条件，如果不是司马氏集团先忙于收拾曹魏集团的残余势力，蜀汉的灭亡还要更早一些。

三国的情况如此，一国内部各派力量的消长也是同样的道理。公元265年，司马炎代魏称帝。但是，曹魏集团早在公元249年的高平陵事变以后就已经名存实亡了。曹芳登基的时候，曹魏集团早已人才凋零。曹爽、何晏等人，充其量只是三流人才，根本不是司马懿父子的对手。此时的司马氏集团一边，却是人才济济。按前人的说法，曹魏之代汉而立，司马氏之代魏而立，都是"取天下于孤儿寡母之手"。小说《三国演义》更是把倒霉的汉献帝、伏后、曹芳、曹髦、曹奂写得哭哭啼啼，可怜兮兮。人才凋零，只剩下孤儿寡母，自然是任人欺负了。

动乱时期，实用主义高涨，对才能的要求比较突出，对道德的要求大大降低。在这一点上，曹操的表现尤为突出。汉代以仁孝、经术为标榜，而曹操居然在他的《举贤勿拘品行令》中，大张旗鼓地招聘有才能而品行有污点的人物：

　　昔伊挚、傅说出于贱人，管仲，桓公贼也，皆用之以兴。萧何、曹参，县吏也。韩信、陈平，负污辱之名，有见笑之耻，卒能成就王业，声著千载。吴起贪将，杀妻自信，散金求官，母死不归，然在魏，秦人不敢东向，在楚则三晋不敢南谋。今天下得无有至德之人放在民间，及果勇不顾，临敌力战；若文俗之吏，高才异质，或堪为将守，负污辱之名、见笑之行，或不仁不孝而有治国用兵之术，其各举所知，勿有所遗。

曹操看重的是结果。取胜是硬道理，其他都是瞎掰。不仁不孝也不要紧，无所谓，只要具有治国用兵之术。我们不能不佩服老瞒的坦率。"许攸在冀州时，尝滥受民间财物，且纵令子侄辈多科税，钱粮入己"，是一个品行有污点的人，但许攸有智谋，曹操用之不疑。郭嘉有"负俗之讥"，具体所指，不得而知。曹操对他最为欣赏。赤壁惨败，曹操事后叹息说："郭奉孝在，不使孤至此。"智囊团的全体成员听到老瞒这样的感叹，应该感到无比的惭愧。

东吴方面也是一样。蒋钦、周泰"二人皆遭世乱，聚人在洋子江中，劫掠为生。久闻孙策为江东豪杰，能招贤纳士，故特引其党三百余人，前来相投。策大喜，用为军前校尉"（第十五回）。

诸葛亮用人，虽然没有说不仁不孝不要紧，但审时度势，也有灵活之时。譬如法正，其人品不无可议之处，如陈寿所评："法正著见成败，有奇画策算，然不以德素称也。"但诸葛亮听之任之，睁一眼闭一眼："法正为蜀郡太守，凡平日一餐之德，睚眦之怨，无不报复。或告孔明曰：'昔孝直太横，宜稍斥之。'孔明曰：'昔主公困守荆州，北畏曹操，东惮孙权，赖孝直为之辅翼，遂翻然翱翔，不可复制。今奈何禁止孝直，使不得少行其意耶？'因竟不问。法正闻之，亦自敛戢。"《三国志演义》第六十五回的这一段文字，其本事出自《三国志·蜀书·法正传》。诸葛亮看重的是法正的智术。《魏氏春秋》的作者孙盛因此而责备诸葛亮："威福自下，亡国之道。安可以功臣而极其凌肆？"宋人唐庚反驳说："古之英主，所以役使豪杰，彼自有意义，孙盛所见者少矣。"（《三国杂事》卷上）刘备执意讨伐东吴，诸葛亮未能谏阻而叹息说："法孝直若在，则能制主上，令不东行。就复东行，必不倾危矣。"（《法正传》）其看重如此。诸葛亮之思法正，犹如曹操赤壁大败之后思念郭嘉。郭嘉的人品也有人非议，陈群就"非嘉不治行检，数廷诉嘉"，而郭嘉"意自若，太祖愈益厚之"（《三国志·魏书·郭嘉传》）。难怪陈寿说法正"其程（昱）、郭（嘉）之俦俪邪"。

　　《三国演义》的艺术魅力在于斗智斗勇，在于人才与人才的博弈。人才难得，人才是比出来的。战争为人才脱颖而出创造了广阔的天地。

最急需的人才

每个时代都有对人才的不同的需求。中华人民共和国成立以前，战争年代，一流的人才集中在党政军。1949年以后，人才逐渐分流。改革开放以后，金融、法律、通讯、高科技、外语方面的专业对于人才的吸引力越来越强。一些早先不起眼的高校或专业逐渐变成考生青睐的目标。就高校而言，人文科学和基础科学越来越难以吸引一流的生源了。三国是乱世，战争频仍，特别需要军事、政治方面的人才。一流的人才集中在军事、政治方面。这是毫不奇怪的。军事方面的人才可以分成两大类：一类是具有武艺勇力的武将，一类是"运筹帷幄之中，决胜千里之外"的军师或统帅。前者以关羽、张飞、赵云、马超、张辽、徐晃、许褚、典韦、甘宁、徐奉等人为代表，后者以诸葛亮、庞统、荀彧、郭嘉、荀攸、程昱、周瑜、吕蒙、陆逊等人为代表。军政以外的人才，都显得可有可无。经学家郑玄露了一面，而作者之所以要让这位大名鼎鼎的经学家在小说里露面，只是为了利用他和袁绍的关系，给刘备写一封介绍信，以便通融一下。太平盛世，经学家风光无限。可当时是乱世，兵荒马乱的，百无一用是书生，经学家实在是可有可无。文学家王粲在书里有一次露面，是劝刘琮投降曹操。文学家陈琳在书里出场三次：一次是劝诫何进，不要招外兵，以免引狼入室；一次是为袁绍写了一篇声讨曹操的檄文；最后一次是曹操责备他写檄文，不该连祖宗三代都骂了。名医华佗在书里也有三次露面，主要的一次是刮骨疗毒，这固然表现了华佗医术的高明，但主要是表现关羽：

> 公饮数杯酒毕，一面仍与马良弈棋，伸臂令佗割之。佗取尖刀在手，令一小校捧一大盆于臂下接血。佗曰："某便下手。君侯勿惊。"公曰："任汝医治。吾岂比世间俗子，惧痛者耶！"佗乃下刀，割开皮肉，直至于骨，骨上已青，佗用刀刮骨，悉悉有声。帐上帐下见者，皆掩面失色。公饮酒食肉，谈笑弈棋，全无痛苦之色。
>
> 须臾，血流盈盆。佗刮尽其毒，敷上药，以线缝之。公大笑而起，谓众将曰："此臂伸舒如故，并无痛矣。先生真神医也！"佗曰："某为医一生，未尝见此。君侯真天神也！"（第七十五回）

这一段文字，有声有色，极尽夸张，一写关羽惊人的自制力，极写一代名将的人格魅力；一写华佗的高超医术。很明显，前者是主要的。华佗的另外两次露面均与曹操有关，写他为曹操治疗头痛病，主要表现曹操的多疑好杀。难怪毛宗岗不是感叹华佗医术的高明，而是认为华佗是要杀曹操："曹操之杀华佗，以佗之将杀操也。佗疗操而何以云杀操？曰：凿其头，则是欲杀之也。臂则可刮，未闻头可凿。如凿其头而能活，必如左慈之幻术则可；若以言医，则无是理也。无是理，则其欲杀之无疑也。"毛宗岗生当三百多年以前，他恐怕想象不到现代的脑外科技术。

借东风似乎可以表现诸葛亮的气象知识，但作者偏要写成装神弄鬼的样子。难怪冥飞在《古今小说评林》中批评道："写孔明亦是极力推崇，然借风、乞寿、袖占八卦、羽扇一挥回风反火等事，适成为踏罡步斗道士行为，殊与贤相之身份不合矣。"著超则指诸葛亮的登坛祭风，"直一茅山道士"，可笑至极。又说："昔余客沈阳时，平康一津妓，日读《三国志演义》，余诘以书中之人才若何？妓曰：'吾极不喜孔明，装神捣鬼，直一妖行惑众之人耳。'"木牛流马好像是写诸葛亮科技方面的才华，固然也有表现科技因素的客观效果，但作者的本意似乎不在这里。这木牛流马在诸葛亮手里很好使，到了司马懿手里就不灵了。可见，作者要强调的不是诸葛亮智慧中的科技含量，而是强调诸葛亮比司马懿高明。这种描写的客观效果就是司马懿处处事事不如诸葛亮，而不是让人觉得科技多么重要。

兼通军事和政治的人才是当时最需要、最难得、最有价值的人才。譬如像诸葛亮、周瑜、曹操、司马懿、陆逊这样的人物。一方面是能够为本集团制订出长远的发展战略，一方面是能够针对瞬息万变的政治军事形势，作出鞭辟入里的分析，并及时地提出应对的策略和方法。能够同时满足这两项要求的最杰出的人物就是诸葛亮。这里说的是《三国演义》里的诸葛亮。历史上的诸葛亮，诚如陈寿在《三国志·蜀书·诸葛亮传》里所评："可谓识治之良才，管、萧之亚匹矣。然连年动众，未能成功，盖应变将略，非其所长欤！"在刘备集团崛起的过程中，诸葛亮的主要贡献是外交和后勤两个方面，汉中之役和伐吴之役都是刘备亲自指挥的。《诸葛亮传》说："曹公败于赤壁，引军归邺。先主遂收江南，以亮为军师中郎将，使督零陵、桂阳、长沙三郡，调其赋税，以充军实"，"先主外出，亮常镇守成都，足食足兵"。所以陈寿说诸葛亮"应变将略，非其所长"，把诸葛亮比作管仲和萧何。但是，在三国故事的流传过程中，人们逐渐地强调诸葛亮的用兵才能，到了罗贯中的《三国演义》，诸葛亮变成一个用兵如神的军师，成为军事智慧和政治智慧的化身。

《三国演义》特别强调和欣赏政治军事的预见性。我们看当时的各路诸侯,身边都有摇羽毛扇的人物:董卓是那么残暴贪婪,但是他也有自己的军师李儒。李傕这样贪婪狠毒不次于董卓的人,有陈平一类的人物贾诩做他的谋主,后来贾诩成为张绣的谋主,最后投到曹操的门下。刘表并无四方之志,却有蒯越、蒯良为他出谋划策。曹操攻克襄阳以后,"即召蒯越近前抚慰曰:'吾不喜得荆州,喜得异度也。'"(第四十一回)其推重如此。吕布这样的见利忘义之徒,也有陈宫做他的高参。可惜陈宫见事迟,吕布对陈宫也并非言听计从。袁绍出身名门望族,更有审配、郭图、沮授、田丰为其谋划。可惜袁绍外宽内忌,优柔寡断,谋士们又各怀心腹,互相掣肘。孙权则有周瑜、鲁肃、吕蒙、陆逊为其运筹帷幄。雄才大略的曹操则有荀彧、郭嘉、荀攸、程昱做他的智囊。

毛宗岗拘于儒生的见识,称誉三国的人才时说:"至于道学,则马融、郑玄,文藻则蔡邕、王粲。"其实,乱世中最不需要的是书呆子。所以诸葛亮在出使东吴、舌战群儒的时候,特别挖苦了"虚誉欺人,坐议立谈,无人可及,临机应变,百无一能","笔下虽有千言,胸中实无一策"的书生(第四十三回)。诸葛亮的伯乐司马德操也说:"儒生俗士岂识时务?识时务者在乎俊杰。"从这一点上来看,诸葛亮和曹操在人才路线上还颇有相似之处呢。曹操的求才特别强调治国用兵之术。不同的是,诸葛亮没有说不仁不孝也不要紧。但他们都不要书呆子。毛宗岗就此感慨道："文人之病，患在议论多而成功少。大兵将至，而口中无数'之乎者也'，'诗云子曰'，犹刺刺不休。此晋人之言谈、宋儒之讲学，所以无补于国事也。张昭等一班文士，得武人黄盖叱而止之，大是快事。"

千呼万唤始出来

《三国演义》的人物之多，或许是中国古代长篇小说中首屈一指的。就这一点而言，它和神魔小说《西游记》恰成鲜明的对比。由此可见，名著不名著，与作品中人物的数量没有成比例的联系。当然，《三国演义》的人物之多，在某种程度上说，也是作品的性质所造成的。作为一部历史长篇小说，为了尽可能兼顾历史的真实性，不能随意地将人物合并，必须尽量地避免张冠李戴的现象。从小说的技巧而言，我们看《三国演义》中人物的出场，一般都不太讲究。在这一点上，《三国演义》比《水浒传》逊色多了。清人金圣叹就此批评道："《三国》人物事体说话太多了，笔下拖不动，趄不转。"刘、关、张的出场，曹操的出场，都看不出有什么精彩之处。却是在小说的第一回，把全书主要的对立面端了出来。紧接着第二回，孙坚出场，三国的各方首脑都亮了相。虽然总体上看，东吴的代表是孙权，可是，如果没有孙坚、孙策的艰苦创业，哪来的东吴？作者显然是急于将有关的三方介绍给读者，以便把笔头集中到刘、曹、孙三方来。具体来说，小说主要是通过镇压黄巾起义将三方人物集中到一起，黄巾是三方共同的敌人。如毛宗岗所说："以三寇引出三国，是全部中宾主；以张角兄弟三人引出桃园兄弟三人，此又一回中宾主。""前于玄德传中，忽然夹叙曹操；此又于玄德传中，忽然带表孙坚。一为魏太祖，一为吴太祖，三分鼎足之所从来也。"

很多人物的出场显得比较生硬，并没有预先作什么铺垫，招之即来，挥之即去。不讲什么"草蛇灰线""伏脉千里"。人物一出现，便是一篇传记式的介绍。一般是籍贯、家世、简历、仕宦、逸闻。情节完全中断，作者一概不管。譬如刘备、曹操、孙坚、刘表、糜竺、孔融、周瑜、甘宁、王粲的出场，都是如此。这种出场的介绍性文字，往往是直接从史书上抄来。譬如刘备的出场：

> 榜文行到涿县，引出涿县中一个英雄。那人不甚好读书，性宽和，寡言语，喜怒不形于色。素有大志，专好结交天下豪杰。生得身长七尺五寸，两耳垂肩，双手过膝，目能自顾其耳，面如冠玉，唇若涂脂，中山靖王刘胜之后，汉景帝阁下玄孙，姓刘名备，字玄德。昔刘胜之子刘贞，汉武时封涿鹿亭侯，后坐酎金失侯，因此遗这一枝在涿县。玄德祖刘雄，父刘弘。弘曾举孝

廉，亦尝作吏，早丧。玄德幼孤，事母至孝。家贫，贩履织席为业。家住本县楼桑村。其家之东南有一大桑树，高五丈余，遥望之童童如车盖。相者云："此家必出贵人。"玄德幼时，与乡中小儿戏于树下，曰："我为天子，当乘此车盖。"叔父刘元起奇其言，曰："此儿非常人也！"因见玄德家贫，常资给之。年十五岁，母使游学，尝师事郑玄、卢植，与公孙瓒等为友。及刘焉发榜招军时，玄德年已二十八岁矣。（第一回）

明显是从《三国志·蜀书·先主传》改编而来：

先主姓刘，讳备，字玄德，涿郡涿县人，汉景帝子中山靖王胜之后也。胜子贞，元狩六年封涿县陆城亭侯。坐酎金失侯，因家焉。先主祖雄，父弘，世仕州郡。雄举孝廉，官至东郡范令。

先主少孤，与母贩履织席为业。舍东南角篱上有桑树生高五丈余，遥望见童童如小车盖，往来者皆怪此树非凡，或谓当出贵人。先主少时，与宗中诸小儿于树下戏，言："吾必当乘此羽葆盖车。"叔父子敬谓曰："汝勿妄语，灭吾门也！"年十五，母使行学，与同宗刘德然、辽西公孙瓒俱事故九江太守同郡卢植。德然父元起常资给先主，与德然等。元起妻曰："各自一家，何能常尔邪！"起曰："吾宗中有此儿，非常人也。"而瓒深与先主相友。瓒年长，先主以兄事之。先主不甚乐读书，喜狗马、音乐、美衣服。身长七尺五寸，垂手下膝，顾自见其耳。少语言，善下人，喜怒不形于色。好交结豪侠，年少争附之。中山大商张世平、苏双等赀累千金，贩马周旋于涿郡，见而异之，乃多与之金财。先主由是得用合徒众。

为了更好地树立刘备的形象，小说家把本传中"喜狗马、音乐、美衣服"等文字一概删去。

曹操出场的介绍性文字，基本上来自《三国志》本传及裴注所引《曹瞒传》。小说第十回，荀彧、荀攸来投奔曹操，荀彧又介绍程昱，程昱介绍郭嘉，郭嘉推荐刘晔，刘晔推荐满宠、吕虔，满、吕推荐毛玠。曹操智囊团的核心就如此滚雪球似的悉数登场。东吴集团里许多人物的出场，亦是如此。周瑜向孙权推荐了鲁肃和张昭，鲁肃向孙权推荐诸葛瑾，其他如吕蒙、陆逊、潘璋、徐盛、丁奉，也都是"连年以来，你我相荐"而来。有些人物的出场，其情况的介绍虽然不是直接从史书上抄来，但也写成传记式的文字。小说第二十二回，说到陈登给刘备出主意，让他去求郑玄作书，下面便介绍郑玄：

原来郑康成名玄，好学多才，尝受业于马融。融每当讲学，必设绛帐，前聚生徒，后陈声妓，侍女环列左右。玄听讲三年，目不邪视，融甚奇之。及学成而归，融叹曰："得我学之秘者，惟郑玄一人耳！"玄家中侍婢俱通《毛诗》。一婢尝忤玄意，玄命长跪阶前。一婢戏谓之曰："'胡为乎泥中？'"此婢应声曰："'薄言往诉，逢彼之怒。'"其风雅如此。桓帝朝，玄官至尚书；后因十常侍之乱，弃官归田，居于徐州。

赵云的出场，作者稍微用了一点心思："（公孙）瓒翻身落于坡下。文丑急捻枪来刺。忽见草坡左侧转出一个少年将军，飞马挺枪，直取文丑。公孙瓒扒上坡去，看那少年生得身长八尺，浓眉大眼，阔面重颐，威风凛凛，与文丑大战五六十合，胜负未分。"（第七回）一出场，就救公孙瓒于危难之中。与名将文丑大战，竟不分胜负，可见其不同凡响。

《三国演义》是历史小说，他把虚构的功夫放在人物的故事上。至于人物的出场，并没有太留心。可是，书中有一个人物的出场，作者真正下了功夫，那就是诸葛亮。诸葛亮是作者胸中得意之人，所以他写得特别用心，也格外耐心。诸葛亮的出场，写得百步九折，真所谓"千呼万唤始出来"。毛宗岗形容道："隐隐跃跃，如帘内美人，不露全身，只露半面，令人心神恍惚，猜测不定。至于'诸葛亮'三字,通篇更不一露,又如隔墙闻环佩声,并半面亦不得见。纯用虚笔,真绝世妙文!""写来如海上仙山,将近忽远。"三国之中,蜀汉的建立最为艰难曲折。得孔明以前,刘备东奔西走,为人作嫁,寄人篱下,谁的气他都得受。虽有关羽、张飞、赵云等一班虎将,但文职人员却都是三流人才。南阳得孔明,赤壁破曹操,是刘备集团崛起的转折点。真所谓"山重水复疑无路,柳暗花明又一村"。唐人尚驰的《诸葛武侯庙碑铭并序》有云:"曹氏挟王室之威重,孙氏藉父兄之余业,刘氏独不阶尺土,开国于亡命行旅之间,天赞一武侯,即鼎足之势均也。"作者正是从这样的高度来看孔明的出山,所以他才写得那么用心,那么耐心。作者先在第三十六回、三十七回,借水镜先生之言"伏龙、凤雏,两人得一,可安天下","可比兴周八百年之姜子牙、旺汉四百年之张子房",虚写诸葛亮的声望魅力。接着,借单福(即徐庶)之口来呼应水镜先生对诸葛亮的推崇。单福帮助刘备设计奇袭樊城,大败曹仁。毛宗岗就此评论道:"叙单福用兵处,不须几句,然设伏料敌、破阵取城之能,已略见一斑矣。后文有孔明无数神机妙算,此先有单福小试其端以引之。如将观名优演名剧,而此一卷,则是副末登场也。"单福和刘备分手的时候,却说自己和诸葛亮相比,"譬犹驽马并麒麟、寒鸦配鸾凤耳"。又说:"若得此人,无异周得吕望,汉得张良也。""此人每尝自比管仲、乐毅,以吾观之,管、乐殆不及此人。此人有经天纬地之才,盖天下一人也!"刘备听了徐庶的一番话,"似醉方醒,如梦初觉",便去登门拜访。谁知事情远非想象的那样顺利。一顾茅庐的结果是领教了崔州平一番迂腐的言论。二顾茅庐的结果是见到了诸葛亮的两个朋友:颍川石广元和汝南孟公威,见到了诸葛亮的弟弟诸葛均和岳父黄承彦。尽管两次拜访都没有什么结果,但刘备求贤若渴的心情、诸葛亮的声望魅力,已经写得笔酣墨饱。如毛宗岗所说:"此回极写孔明,而篇中却无孔明。"与此同时,物以类聚,人以群分,对于诸葛亮的友人、弟弟、岳父的描写,也从侧面衬托出诸葛亮的胸襟识度。三顾茅庐总算没有白跑,可惜诸葛亮午睡没醒。作者以此对诸葛亮礼贤下士的诚意作了最后一次考验。刘备见到了诸葛亮,本来可以促膝谈心、共商大计了,可是作者依然不愿意直奔主题。如毛宗岗所分析:"及初见时,玄德称誉再三,孔明谦让再三,只不肯赐教,于此作一曲。及玄德又恳,方问其志若何。直待玄德促坐,细陈忠悃,然后为之画策,则又一曲。及孔明既画策,而玄德不忍取二刘,孔明复决言之,而后玄德始谢教,则又一曲。孔明虽代为画策,却不肯出山,直待玄德涕泣以请,然后许诺,则又一曲。既以许诺,却复固辞聘物,直待玄德殷勤致意,然后肯受,则又一曲。及既受聘,却不即行,直待留宿一宵,然后同归新野,则又一曲。此既见之后之曲折也。文之曲折至此,虽九

明 戴进 《三顾茅庐图》

三国演义的
前世今生

曲武夷，不足拟之。"其实，这是写足诸葛亮这位帝王之师的矜持，以衬托出他的身份。诸葛亮不出则已，一出就成为舞台的主角。他的一颦一笑、举手投足，都使读者为之屏息凝神。如毛宗岗所说："未遇诸葛，虽关、张之勇，无所用之；既遇诸葛，虽曹操之智，不能当之。"诸葛亮高卧隆中，对天下大势却了如指掌，恰如其分地分析了敌、我、友三方的实力，为刘备制订了先取荆州、后取川蜀的战略方针：

自董卓造逆以来，天下豪杰并起。曹操势不及袁绍，而竟能克绍者，非惟天时，抑亦人谋也。今操已拥百万之众，挟天子以令诸侯，此诚不可与争锋。孙权据有江东，已历三世，国险而民附，此可用为援而不可图也。荆州北据汉、沔，利尽南海，东连吴、会，西通巴、蜀，此用武之地，非其主不能守：是殆天所以资将军，将军岂有意乎？益州险塞，沃野千里，天府之国，高祖因之以成帝业；今刘璋暗弱，民殷国富，而不知存恤，智能之士，思得明君。将军既帝室之胄，信义著于四海，总揽英雄，思贤如渴，若跨有荆、益，保其岩阻，西和诸戎，南抚彝、越，外结孙权，内修政理；待天下有变，则命一上将将荆州之兵以向宛、洛，将军身率益州之众以出秦川，百姓有不箪食壶浆以迎将军者

> 乎？诚如是，则大业可成，汉室可兴矣。此亮所以为将军谋者也。惟将军图之。

刘备后来基本上执行了这一战略，赢得了三足鼎立的局面。充分证实了诸葛亮的远见卓识。

　　一百二十回的《三国演义》，一直写到第三十七回，诸葛亮才正式出场；可是，他一出场，就使局面顿时改观，起到了力挽狂澜、扭转乾坤的作用。博望坡设伏、舌战群儒、智激孙权、草船借箭、三气周瑜、智取汉中、安居平五路、七擒孟获、巧设空城计、制作木牛流马、智收姜维，处处表现出他高瞻远瞩、足智多谋、指挥若定的大政治家、大军事家的胸襟识度。从全书来看，诸葛亮出山以后，才显得那样风吹云动、精彩纷呈。毛宗岗但知"刘备以帝胄而缵统，则有宗室如刘表、刘璋、刘繇等以陪之。曹操以强臣而专制，则有废立如董卓，乱国如李傕、郭汜以陪之。孙权以方侯而分鼎，则有僭号如袁术，称雄如袁绍，割据如吕布、公孙瓒、张杨、张邈、张鲁、张绣等以陪之"，殊不知从人物描写的角度去看，诸葛亮在全书处在一个中心的位置上，书中的一切重要人物，包括曹操、刘备、孙权、周瑜、司马懿等等，几乎都成为他的陪衬："孔明神机妙算，吾不如也！""孔明真神人也！""此人有夺天地造化之法，鬼神不测之术。""此人见识，胜吾十倍。""既生瑜，何生亮！"（周瑜）"孔明真非常人也！"（鲁肃）"先生神算，世所罕及。"（刘备）"孔明智在吾先。""孔明真神人也。""孔明真有神出鬼没之计，吾不能及也！"（司马懿）"孔明胜仲达多矣！"（孙礼）"丞相真神人也！"（张翼）诸葛亮成为敌、我、友三方钦佩的对象。

诸葛亮的名士风度

我们读陈寿的《三国志》，读诸葛亮的文集，尤其是他那篇脍炙人口的《出师表》，并没有觉得诸葛亮和魏晋的名士们有什么相似之处。阮籍、嵇康、王徽之这些名士，鄙弃世务，鄙薄功业，他们和诸葛亮的"每常自比管仲、乐毅"，那种"鞠躬尽瘁、死而后已"的精神，似乎是风马牛不相及。魏晋名士的痛苦，关键在于知识分子力求在从政的过程中保持自己思想的独立性。只要知识分子不想失去自己，他就很难从政。魏晋易代之际，阮籍和嵇康等一类名士，面临着一种艰难的人生选择：入世则同流合污，失去自己；出世则无所作为、一事无成。一般来说，纯粹的思想家不能从政。思想家常常比政治家看得更远、更深刻；但是思想家常常缺乏行动的能力，他们缺乏解决具体问题的策略和方法。从政也无法满足思想家对理论问题的兴趣和追求。政治家也需要远见，但同时也要能够针对瞬息万变的形势提出解决具体问题的策略和方法。和阮籍、嵇康相比，诸葛亮似乎还不够超凡脱俗。诸葛亮十分幸运地遇到了刘备这样尊重他信任他的明主，得到了施展自己才华的大好机会。这是诸葛亮和魏晋名士的大不同处。

刘备和诸葛亮的关系是如此融洽，唐朝的大诗人李白就因此而十分羡慕诸葛亮："刘、葛鱼水本无二"（《君道曲》），"鱼水三顾合，风云四海生。"（《读诸葛武侯传书怀赠长安崔少府叔封昆季》）。岑参的诗《先主武侯庙》也发表了类似的感慨："先主与武侯，相逢云雷际。感通君臣分，义激鱼水契。"

我们读《三国演义》，品味一下小说里诸葛亮的形象，就会觉得诸葛亮很有一点魏晋风度的味道。历史上的诸葛亮，除了"每常自比管仲、乐毅""鞠躬尽瘁、死而后已"的一面之外，还有隐士"淡泊以明志，宁静以致远"的一面。这"淡泊"和"宁静"就有点接近魏晋风度的意思。到了说话人和小说家的笔下，更是给诸葛亮渲染出浓郁的名士风采。试看作者为诸葛亮设计的首次亮相：

> 玄德见孔明身长八尺，面如冠玉，头戴纶巾，身披鹤氅，飘飘然有神仙之概。（第三十八回）

这不是活脱脱一个魏晋名士吗！诸葛亮舌战群儒的时候，东吴的元老人物张昭讽刺诸葛亮"在草庐之中，但笑傲风月，抱膝危坐"（第四十三回），可见诸葛亮给人的印象就是一个名士的印象。当然，诸葛亮并非像张昭所讽刺的那样，徒有一种超凡脱俗的风度。草船借箭的时候，鲁肃生怕曹军出来，诸葛亮却满不在乎，叫鲁肃只管放心地"酌酒取乐"。每当激战之时，我们常常看到这样一幅图画："旗开处，推出一辆四轮车，车中端坐一人，头戴纶巾，身披鹤氅，手执羽扇。"（第五十二回）失街亭、空城计一节，更把诸葛亮的名士风度描写得淋漓尽致：

> 孔明乃披鹤氅，戴纶巾，引二小童携琴一张，于城上敌楼前，凭栏而坐，焚香操琴。……（司马懿）果见孔明坐于城楼之上，笑容可掬，焚香操琴。左有一童子，手捧宝剑；右有一童子，手执麈尾。城门内外，有二十余百姓，低头洒扫，傍若无人。

那两位旁边侍候的小童，那些"低头洒扫"的百姓，未必就能做到那么镇静。但小说家为了衬托诸葛亮的沉着，为了渲染出那种"内紧外松"的气氛，把他们写成那样。诸葛亮洞察一切，可是他却偏偏喜欢后发制人。诸葛亮料事如神，但他却比任何人都小心谨慎。诸葛亮功勋卓著，但是他却并不心高气傲。纵然是大兵压境，他也依然是那么从容镇定。这就是诸葛亮的魅力。诸葛亮的这些特点与魏晋名士的风度是有些吻合之处。魏晋名士的一个特征就是所谓"雅量",深藏不露,处变不惊,喜怒不形于色。再说魏晋名士也不是个个不理世务,其中也有几位安邦定国、危难之际能够力挽狂澜的出色人物。譬如东晋谢安那样的大名士,他指挥过著名的淝水之战。谢安高卧东山,时人有"安石不肯出,将如苍生何"之说。而诸葛亮则经先主三顾而后出。《世说新语·雅量篇》里这样描写谢安得到前方捷报时的反应:

> 谢公与人围棋,俄而谢玄淮上书信至,看书竟,默然无言,徐向局。客问淮上利害,答曰:"小儿辈大破贼。"意色举止,不异于常。

这样一次关系到东晋王朝生死存亡的战争,谢安却能够如此从容淡定。历史上的谢安身当东晋时代,可是《三国演义》的成书在元末明初。《三国演义》中诸葛亮的形象,显然是受到了有关谢安一类魏晋名士的传说的启发,使一位功勋卓著的文武全才,一位中国历史上著名的贤相显得更加光彩照人。其实,东晋裴启所撰的笔记小说《语林》中的诸葛亮,已经是一派名士风度:

> 诸葛武侯与司马宣王在渭滨,将战,宣王戎服莅

事。使人视武侯,素舆、葛巾,持白羽扇指麾,三军皆随其进止。宣王闻而叹曰:"可谓名士!"

晋人王隐所著《蜀记》写诸葛亮的空城计,也是一种典型的名士风度:

将士失色,莫知其计。亮意气自若,敕军中皆卧旗息鼓,不得妄出庵幔,又令大开城门,扫地却洒。

我们看诸葛亮出山前所交往的人群中,颇多荆襄一带的名士。其中有刘表未能屈致的庞德公,有号作"水镜"的司马徽,诸葛亮的岳父黄承彦也是当时的名士。其他如崔州平、徐庶、石广元、孟公威也都是和诸葛亮交往非常密切的名士。

"以貌取人"及魏延的悲剧

俗话说:"人不可貌相,海水不可斗量。"又说:"相马失之瘦,相人失之貌。"都是反对"以貌取人"。毛宗岗对以貌取人的现象也颇不以为然:"三国人才绝异,而其形貌亦多有异者:如大耳之玄德,赤面长髯之关公,虎须环眼之翼德,碧眼紫须之仲谋及黄须之曹彰,斯皆奇矣;而又有白眉之马良,至今称众中之尤者,必曰白眉。虽然,形貌末耳。舜重瞳,重耳重瞳,项羽亦重瞳,黄巢左目亦重瞳;或圣而帝,或谲而霸,或勇而亡,或好杀而亡。人之贤不贤,岂在貌之异不异哉?"所谓"貌异""貌奇",意即生得怪,其实不过是"貌丑"的委婉说法。事实上,以貌取人是人们常常会犯的错误。即便知人善任如孙权,也因此和凤雏失之交臂。第五十七回,鲁肃向孙权推荐庞统,"施礼毕。权见其人浓眉掀鼻,黑面短髯,形容古怪,心中不喜"。"古怪"就是丑陋的代名词。孙权又听庞统说话之中,对周瑜不甚佩服,"权平生最喜周瑜,见统轻之,心中愈不乐"。

结果，庞统离孙权而去。子不我思，岂无他人？此处不留人，自有留人处。庞统又去见刘备。但是，庞统生性傲慢，见刘备时故意不呈上鲁肃的推荐信，似乎是存心要考验一下刘备的眼力。谁知刘备能识卧龙，却不能识凤雏。有眼不识金镶玉，犯了与孙权同样的错误："玄德见统貌陋，心中亦不悦。"刘备的礼贤下士这一回没有经受住考验；但刘备比孙权还强一些：孙权是不用庞统，说是"公且退。待有用公之时，却来相请"。委婉地将庞统推出门外。刘备是大材小用，给庞统安排了一个闲职。看来，刘备的人才库没有孙权那么充裕。幸亏张飞看了庞统的现场办公，佩服得五体投地。后来，刘备听了张飞的汇报、孔明的介绍，又读了鲁肃的推荐信，承认自己"屈待大贤"的错误，立即敬庞统到荆州，"遂拜庞统为副军师，与孔明共赞方略"。

民间信仰骨相学者大有人在。在亦雅亦俗的《三国演义》中，骨相学的影响历历可见。刘备"两耳垂肩，双手过膝，目能自顾其耳"（第一回），自是大贵之相。"孙权生得方颐大口，碧眼紫髯。昔汉使刘琬入吴，见孙家诸昆仲，因语人曰：'吾遍观孙氏兄弟，虽各才气秀达，然皆禄祚不终。惟仲谋形貌奇伟，骨格非常，乃大贵之表，又享高寿。众皆不及也。'"（第二十九回）其实，耳朵大不一定就是福相。曹操、袁绍、吕布、纪灵都曾经骂刘备是"大耳儿""大耳贼"。中国人好以人的生理缺陷或生理特征起绰号，如《水浒传》中的赤发鬼刘唐、矮脚虎王英、黑旋风李逵、豹子头林冲、鬼脸儿杜兴、美髯公朱仝、青面兽杨志、丑郡马宣赞。耳朵大,显得古怪,不是什么好事。所以电视连续剧《三国演义》在挑选演员时,并没有挑一个耳朵特大的人来演刘备。说刘备耳朵大是大贵之相,是说异人自有异相。嘲笑人的生理缺陷,是中国传统笑话的一大热门,现在已经是二十一世纪,我们春节晚会最红火的小品里,不还是常常在拿残疾者来取乐吗?

以貌取人,有时候会误大事。益州集团的中坚人物张松,企图借助外来势力推翻刘璋集团的统治。"其人生得额镬头尖,鼻偃齿露,身短不满五尺,言语有若铜钟。"他奉命去许都,"说曹操兴兵取汉中,以图张鲁"。张松的身上还带着西川的地图,"上面尽写着地理行程,远近阔狭,山川险要,府库钱粮,一一俱载明白"。谁知"曹操自破马超回,傲睨得志","操先见张松人物猥琐,五分不喜,又闻语言冲撞,遂拂袖而起,转入后堂"(第六十回)。曹操因此而失去了进取汉中、西川的大好机会。当然,从历史上看,张松许都之行的意义被小说夸大了。据《三国志・蜀书・刘璋传》,张松去许都见曹操,是在曹操定荆州、赤壁之战以前。不是小说所谓击败韩遂、马超之后。赤壁之战发生在建安十三年(公元208年),曹操击败韩遂、马超是建安十六年(公元211年)。据《三国志・蜀书・先主传》,张松向刘璋建议请刘备之力抵御张鲁和曹操是在建安十六年，正是曹操击败韩遂、马超之后。是年七月击败韩遂、马超，同年九月，刘璋邀请刘备入川。张松见曹操时，刘备与孙权的联合已在酝酿之中。曹操需要全力对付的是孙、刘联军，根本无暇进军西川。曹操赤壁之战失败以后，周瑜、刘备的联军围攻江陵一年，曹操主动放弃江陵，把自己的防线收缩到襄阳、樊城一带。在这种情况下，曹操已经不可能进取西川。由此可见，曹操的冷淡和张松的丑陋之间并没有《三国演义》所说的那么大的关系。

从上面的几个例子来看，不但是"相人失之貌"，而且是"相人失之傲"。大凡有才之人，常有恃才傲物之气。自信自负，独立一世，不为五斗米折腰，平生不爱被人管。天生我才必有用。天子呼来不上船。不作辕下之驹，耻为笼中之鸟。甚至是"石头城上，望天低吴楚，眼空无物"（萨都剌《念奴娇》），常人往往因此而将其拒之门外。在历史上，不但是红颜薄命，有才的人也往往是命运坎坷，是所谓才大心雄遭人忌。相反，一些善于韬晦之计的野心家往往能做出谦虚恭顺的样子，真所谓"周公恐惧流言日，王莽谦恭未篡时"（白居易《放言五首》其三），历史上有很多权奸佞臣，都曾经在"谦恭"二字上狠下功夫。

自古以来，就有以貌取人的"专家"，他们将以貌取人的经验上升为"理论"和"学问"，叫作"骨相学"。连东汉杰出的大思想家王充也相信这一套。王充所著的《论衡》一书中，专门设有《骨相》一篇。篇中写道："人命禀于天，则有表候见于体"，"非徒富贵贫贱有骨体也，而操行清浊亦有法理"，"相或在内或在外，或在形体，或在声气"。《汉书·荆燕吴传》有云：高祖封刘濞为吴王时，"召濞相之，曰：'若状有反相。'"并告诫刘濞："慎无反！"《三国典略》有云："齐高归彦尝令皇甫玉相己。玉曰：'公位极人臣，必可反。'归彦曰：'我为何须反？'玉曰：'公有反骨。'"虽然从古至今，都有相信骨相之说的人，但是，早在战国时期，大思想家荀子就批驳了骨相之学。《荀子》里专门设了《非相》一篇，其中写道，相察形貌，不如评人的思想，评论思想，不如考察他的行为。形貌虽然丑陋，而思想行为善良，不妨碍其为君子。形貌虽然美好，而思想行为丑恶，也不妨碍其为小人。荀子身当两千多年前的战国时代，能具有这样清醒的唯物主义认识，确实很不简单。荀子将人的自然属性和道德属性严格地区分开来，非常高明。荀子还说，夏桀和纣王都是高大英俊、体力强壮，足以抵挡一百个人。可是，他们身死国亡，为天下的人所耻笑。再说徐偃王的形貌，眼睛可以向上看到前额；孔子的形貌，脸好像蒙上了一个丑恶难看的驱邪鬼面具；周公旦的形貌，身体好像一棵折断的枯树；皋陶的形貌，脸色就像削去了皮的瓜那样呈青绿色；闳夭的形貌，脸上的鬓须多得看不见皮肤；傅说的形貌，身体好像竖着的鱼鳍；伊尹的形貌，脸上没有胡须眉毛。禹瘸了腿，走路一跳一跳的；汤半身偏枯；帝尧和帝舜的眼睛里有两个并列的瞳仁。信从相面的人是考察他们的志向思想、比较他们的学问呢，还是只区别他们的高矮、分辨他们的美丑来互相欺骗、互相傲视呢？荀子一口气列举十一个圣人作例，他们的形貌都不佳，不是丑陋古怪，就是残疾病弱，可他们都有辉煌的业绩，或是高尚的品行。由此可见，人的善恶吉凶与骨相无关。

《三国演义》里的诸葛亮，知人善任，但是，他对魏延的看法却表现出骨相学的影响。诸葛亮和魏延的第一次见面，是在小说的第五十三回。当时韩玄要杀黄忠，魏延"砍死刀手，救起黄忠"。于是，关羽轻取长沙。"云长引魏延来见，孔明喝令刀斧手推下斩之"。刘备大吃一惊，问孔明说："魏延乃有功无罪之人，军师何故欲杀之？"孔明曰："食其禄而杀其主，是不忠也；居其土而献其地，是不义也。吾观魏延脑后有反骨，久后必反，故先斩之，以绝祸根。"所谓"不忠""不义"的罪名，当然难以成立。刘备集团中，多有"食其禄而杀其主""居其土而献其地"的人。难道都要一一杀掉？主要是"脑后有反骨"一条，煞是关键。魏延在蜀汉被列为五虎上将之一。《三国志·蜀书·魏延传》中写道：

先主为汉中王,迁治成都,当得重将以镇汉川,众论以为必在张飞,飞亦以心自许。先主乃拔延为督汉中镇远将军,领汉中太守,一军尽惊。先主大会群臣,问延曰:"今委卿以重任,卿居之欲云何?"延对曰:"若曹操举天下而来,请为大王拒之;偏将十万之众至,请为大王吞之。"先生称善,众咸壮其言。……诸葛亮驻汉中,更以延为督前部,领丞相司马、凉州刺史。

如此看来,似乎在历史上刘备和诸葛亮都很器重魏延,视其为能够独当一面的大将,"反骨"之说完全是小说家言。可是,《魏延传》里还有这样的记载:"秋,亮病困,密与长史杨仪、司马费祎、护军姜维等作身殁之后退军节度,令延断后,姜维次之;若延或不从命,军便自发。"这段记载虽然说得比较含糊,但可以看出,诸葛亮确实不那么信任魏延,所以在病危时与杨仪等人商量,避开了魏延,并且预料自己身后魏延有不从命的可能性。果不其然,诸葛亮秋风五丈原以后,魏延便与杨仪闹别扭,拒不从命,最后为马岱所杀。但是,平心而论,诸葛亮将退军事宜交与杨仪主管,也难免让魏延不服。魏延早就是镇守汉中、久经沙场的大将,而杨仪不过是一位没有实战经验的文职人员。让杨仪去指挥平素就桀骜不驯的魏延,自然酿出事来。魏延平时就"常谓亮为怯,叹恨己才用之不尽",又怎能将杨仪看在眼里!有人因此而责怪诸葛亮不会用人,这当然也不好说。魏延和蜀汉的许多文臣、武将的关系都很紧张。我们只要看,魏延和杨仪都向后主告状说对方谋反的时候,侍中董允、留府长史蒋琬"咸保仪疑魏",就不难明白其中的奥妙。魏延在朝中非常孤立,没有人替他说话。"亮深惜仪之才干,凭魏延之骁勇,常恨二人之不平,不忍有所偏废也。"真所谓金无足赤,人无完人。事实证明,只有诸葛亮才能驾驭魏延这样桀骜不驯的将领。其次,如《三国志·蜀书·费祎传》所说:"值军师魏延与长史杨仪相憎恶。每至并坐争论,延或举刀拟仪,仪泣涕横集。祎常入其坐间,谏喻分别,终亮之世。各尽延、仪之用者,祎匡救之力也。"诸葛亮将退军的重任托付杨仪而不敢交付魏延,实有其难言的苦衷。其实,魏延并没有造反,但是,他举兵内向的鲁莽行动迹近谋反,他也就在一场内乱中被定为叛贼,竟"夷延三族"。杨仪对魏延的反感,也并非完全出于公心。小说《三国演义》根据魏延晚节不忠的事迹设计出"脑后有反骨"的情节,虽然具有一定的故事性,以为可以借此突出诸葛亮的先见之明,其实是损害了诸葛亮的形象,把诸葛亮贬低为一个相面先生。但小说写后主对魏延的善后处理却耐人寻味:"后主降旨曰:'既已名正其罪,仍念前功,赐棺椁葬之。'"(第一百五回)可见,后主心里明白,说魏延谋反是有点冤。《三国志·蜀书·魏延传》议论道:"原延意不北降魏而南还者,但欲除杀仪等。平日诸将素不同,冀时论必当以代亮。本指如此。不便背叛。"还是比较客观的。《魏略》对魏延非常同情,力辩其冤:"诸葛亮病,谓延等云:'我之死后,但谨自守,慎勿复来也。'令延摄行己事,密持丧去。延遂匿之,行至褒口,乃发丧。亮长史杨仪宿与延不和,见延摄行军事,惧为所害,乃张言延欲举众北附,遂率其众攻延。延本无此心,不战军走,追而杀之。"裴松之认为《魏略》所述,乃"敌国传闻之言",不可信,"不得与本传争审"。《魏延传》对魏延被杀的过程叙述得非常详细,应该是可信的。

类似的故事也发生在曹魏集团。《晋书·宣帝纪》说:"帝内忌而外宽,猜忌多权变。魏武察帝有雄豪志,闻有狼顾相。欲验之。乃召使前行,令反顾,面正向后而身不动。又尝梦三马同食一槽,甚恶焉。因谓太子丕曰:'司马懿非人臣也,必预汝家事。'"《晋书》好采小说家言,这里所谓的"狼顾相"、所谓"三马同食一槽"的不祥之梦就是例子。"三马"系指司马懿、司马师、司马昭父子三人,"一槽"当指曹家。这种小说家言。也不是空穴来风。司马懿生于公元179年,比曹操小二十四岁。曹操去世的时候,司马懿已经四十二岁。终曹操之世,始终未曾重用司马懿。司马懿确实有才而求贤若渴的曹操偏不用他,可见曹操对司马懿一直存有戒心。小说家根据这一点设计出"狼顾相"之类的情节。这种"小说家言"又堂而皇之地进入正史《晋书》,最后又为小说《三国演义》所吸收。司马懿的"狼顾相"和魏延脑后的"反骨"是一个道理。

题外杂谈

恩怨观念之主宰人心

中国人极重私人的恩怨。当私人恩怨和原则发生矛盾的时候，可以置原则于不顾。当私人恩怨和集团，乃至国家、民族的利益发生矛盾的时候，可以不顾集团，乃至国家、民族的利益。有仇报仇，有恩报恩。有恩不报，是要被视为小人的。至于恩将仇报，那就简直不是人了。恩怨观念渗透于全民族的灵魂之中，不分男女老少、高低贵贱，不管有文化没文化。甚至突破了政治的分野。大将军何进要杀十常侍，何太后反对说："我与汝出身寒微，非张让等，焉能享此富贵？"（第二回）意思是不能忘本。何太后不懂政治，把残酷的政治斗争视作家长里短的事情，完全不明白外戚和宦官两大集团之不可调和。这是一场你死我活的搏斗。后来外戚和宦官的斗争趋于白热化，张让等人决定先下手为强，便将何进骗入宫中杀了。张让斥责何进："汝本屠沽小辈，我等荐之天子，以致荣贵，不思报效，欲相谋害！"（第三回）也是振振有词。曹操击灭袁谭，"下令将袁谭首级号令，敢有哭者斩"。青州别驾王修不顾禁令,"布冠衰衣,哭于头下"。曹操问他:"汝不怕死耶?"王修回答道:"我生受其辟命,亡而不哭,非义也。畏死忘义,何以立世乎?若得收葬谭尸,受戮无恨。"曹操为之感动,不但不加杀戮,反而表彰王修,敬为上宾,"以为司金中郎将"(第三十三回)。曹操承认各为其主的道德观念,表彰王修不忘故主的高尚行为,也就是承认恩怨分明的社会观念。貂蝉只因蒙王允"恩养,训习歌舞,优礼相待",所以能够赴汤蹈火,"万死不辞"。陈宫救过曹操的命,所以曹操击灭吕布抓住陈宫后便不想杀他。只是因为陈宫厌恶曹操的为人,宁死不屈,曹操不得已而把陈宫杀了。满宠劝徐晃"何不就杀(杨)奉、(韩)暹而去,以为进见之礼?"徐晃说:"以臣弑主,大不义也,吾决不为。"满宠赞扬道:"公真义士也!"(第十四回)从表面上看,徐晃不杀杨奉、韩暹,似乎是出于一种上下的名分,其实呢,完全是出于一种恩怨观念。"以臣弑主"是"大不义",那么,"以臣背主",不也是不义吗?如果真要讲义,那就不应该背叛杨奉、韩暹。说到底,无非是曹操势大,赏识他,跟着曹操才有远大前程,曹操的恩超过了老主子的恩。如果徐晃真的恪守名分,那么,在曹操和汉献帝的对立中,他应该站在汉献帝一边。徐晃的功名富贵是曹操给的,与献帝无关,他也因此成了曹操的人。曹操把张济的妻子邹氏叫来鬼混,典韦在中军帐房外给曹操站岗。张绣率军来偷袭，典韦在混战中为了保护曹操，多处负伤，"血流满地而死"。典韦何以能够如此呢？无非是为了报答曹操的知遇之恩。小说把典韦的悍勇和忠诚大大地渲染了一番，说典韦"死了半晌，还无一人敢从前门而入者"（第十六回）。毛宗岗的评语也称誉典韦"死典韦足拒生贼军"。其实，典韦死得一点也不光荣，主子与女人鬼混，奴才替他站岗，别人来找主子算账，奴才拼命阻挡而死，如此而已。亏得曹操事后还大力表彰典韦，意思是树立一个光辉的榜样，叫大家来学习。张辽被俘的时候，"曹操举剑欲杀张辽，玄德攀住臂膊，云长跪于面前"（第二十回），一起为张辽说情。后来曹魏与蜀汉交战时，张辽也常常手下留情。私人恩怨模糊了敌我的界限。关羽去打长沙，黄忠"战马前失，掀在地下"。关羽不忍杀他，叫黄忠"快换马来厮杀"。黄忠拜谢而退，心里寻思："难得云长如此义气！他不忍杀害我，我又安忍射他？若不射，又恐违了将令。""是夜踌躇未定。"（第五十三回）第二天交战，黄忠本有百步穿杨的本领，为了报答关羽的不杀之恩，两次虚拽弓弦，第三箭却是射关羽的盔缨，明显是卖个人情。私人恩怨泯灭了敌我对立的鸿沟，惺惺相惜的感情使黄忠忘却了生死的搏斗。

郭嘉不顾重病在身，要随曹军远征乌桓。曹操劝他别去了，郭嘉说："某感丞相大恩，虽死不能报万一。"诸葛亮之所以能够"许先帝以驱驰"，能够"鞠躬尽瘁，死而后已"，主要是为了报答刘备的"三顾"之恩。如果曹操抢先一步，三顾茅庐去请诸葛亮，诸葛亮会不会替曹操服务，恐怕也不好说。从历史上看，这种可能性还是存在的。虽然这种情况大煞风景。很显然，曹操的雄才大略，其实超过刘备。经过《三国演义》熏陶的读者在感情上自然无法接受这样的可能性。小说里当然不会是这样，因为《三国演义》已经把曹操定格为篡汉的奸贼，诸葛亮当然不可能成为曹操的军师。但诸葛亮在隆中对里并没有称曹操为"汉贼"。人人皆曰可杀的董卓死了，天下称快，蔡邕居然"伏其尸而大哭"。原因是什么呢？蔡邕为自己辩解说："只因一时知遇之感，不觉为之一哭。"（第九回）为了个人的知遇之恩，可以置天下人的爱憎于不顾。据《三国志·魏书·董卓传》裴注所引张璠《汉纪》云："卓为太尉，辟为掾，以高第为侍御史治书。三日中遂至尚书。后迁巴东太守，卓上留拜侍中，至长安为左中郎将。卓重其才，厚遇之。每有朝廷事，常令邕具草。"如此看来，董卓于天下为暴虐，于蔡邕则为有知遇之恩之贵人。毛宗岗就此议论道："今人俱以蔡邕哭卓为非，论固正矣。然情有可原，事有足录。何也？士各为知己者死。设有人受恩桀、纣，在他人固为桀、纣，在此人则尧、舜也。董卓诚为邕之知己，哭而报之，杀而殉之，不为过也。"毛宗岗的意思是，蔡邕之哭董卓，于法难容，于情可恕。从个人的恩怨出发，必然得出这样的结论。其实，据

《后汉书·蔡邕传》，蔡邕听说董卓的死讯，不过是"殊不意，言之而叹，有动于色"，并没有伏尸大哭。小说夸大了蔡邕的反应。其实，董卓当时提拔的名士很多，他听取李儒的意见，"擢用名流"，将党锢之祸中的著名人物荀爽、陈纪、韩融等人提为公卿。又听从"党人"的推荐，以韩馥为冀州牧，以刘岱为兖州刺史，孔伷为豫州刺史，张邈为陈留太守。可是，由于董卓的倒行逆施，他所任命的这些牧守后来都起兵反对他。蔡邕的哭卓是他一生的一个污点。中国的文人也好，侠客也好，都奉从"士为知己者死"的信条。曹操很欣赏贾诩，"欲用为谋士"，贾诩婉言谢绝说："某昔从李傕，得罪天下；今从张绣，言听计从，不忍弃之。"关羽为了报答曹操的昔日之恩，可以不顾军令，将曹操放了：

> 云长是个义重如山之人，想起当日曹操许多恩义，与后来五关斩将之事，如何不动心？又见曹军惶惶，皆欲垂泪，一发心中不忍。于是把马头勒回，谓众军曰："四散摆开。"这个分明是放曹操的意思。操见云长回马，便和众将一齐冲将过去。云长回身时，曹操已与众将过去了。云长大喝一声，众军皆下马，哭拜于地。云长愈加不忍。正犹豫间，张辽纵马而至。云长见了，又动故旧之情，长叹一声，并皆放去。（第五十回）

值得注意的是，关羽的这种行为得到了小说的高度赞扬。回目是"关云长义释曹操"，显然是一种赞许的口吻。这一回结末的对子是"拼将一死酬知己，致令千秋仰义名"，伟大得不得了。毛宗岗的评语说得更有意思。按道理说，曹操既是国贼，那就不应该放他，放曹操就是不忠。可曹操有恩于关羽，不放他又是不义。让我们看看毛宗岗面对这"忠"和"义"的道德悖论，是怎么处理的。真所谓"奇文共欣赏，疑义相与析"：

> 顺逆不分，不可以为忠；恩怨不明，不可以为义。如关公者，忠可干霄，义亦贯日，真千古一人。怀惠者，小人之情；报德者，烈士之志。虽其人之大奸大恶，得罪朝廷，得罪天下，而彼能不害我，而以国士遇我，是即我之知己也。我杀我之知己，此在无义气丈夫则然，岂血性男子所肯为乎？

如此看来，"忠"和"义"没有什么矛盾。按照毛宗岗的逻辑，蔡邕的哭董卓也是哭得有道理的。关羽是既忠亦义，奇怪的是，关羽放了曹操，做了这么一件"义亦贯日"的大事回来，却不能理直气壮地面对刘备和诸葛亮："云长默然"，"关某特来请死"。一副垂头丧气的模样！毛宗岗又说：

使关公当日以公义灭私恩，曰："吾为朝廷斩贼！吾为天下除凶！"其谁曰不宜？而公之心，以为他人杀之则义，独我杀之则不义，故宁死而有所不忍耳。

在这里，毛宗岗等于承认关羽是以私恩灭公义了。忠和义又不能两全了。这个刚才还认为忠义可以两全的毛宗岗，此时又不能不承认私恩和公义是难以兼顾的了。还是像关羽这样以私恩灭公义更伟大一些。可惜，毛宗岗又忘记了，关羽"义释"曹操的时候，他又把自己和刘备的"义"置于何地？难道曹操的恩已经超过刘备的恩了吗？看来，不但忠和义有矛盾，而且义和义也是难以调和。事实上，关羽放跑曹操以后，自觉愧对刘备和诸葛亮，心里并不像毛宗岗说的那样坦然。关羽固然是"宁死而有所不忍"，但也尽可放心。孔明可以"挥泪斩马谡"，却不能挥泪斩关羽。须知刘备和关羽、张飞"恩若兄弟"，是要同年同月同日死的。历史上并没有关羽华容道义释曹操的事情，但是，关羽和曹操在历史上确实有恩怨关系。《三国志·关羽传》里说："曹公壮羽为人，而察其心神无久留之意，谓张辽曰：'卿试以情问之。'既而辽以问羽，羽叹曰：'吾极知曹公待我厚，然吾受刘将军厚恩，誓以共死，不可背之，吾终不留。吾要当立效以报曹公乃去。'"所谓"立效"，就是后来的刀斩颜良。

用我们现在的观点去看，华容道义释曹操的情节完全没有必要，是给关羽的脸上抹黑，也损害了诸葛亮的形象。诸葛亮明知关羽会放了曹操，还要让关羽去把守华容道。既然诸葛亮有此先见之明，为何不派张飞或赵云去守？岂不是诸葛亮不会用人？再说，关羽擅自释放曹操，如此大过，诸葛亮又不能处死关羽，军令的严肃性何在？最后无法解释，只好归之于天命，于是，诸葛亮降为算命先生。在元代至治年间刊刻的《三国志平话》里，关羽没有放曹操，只是没有抓住曹操："曹相用美言告云长：'看操，与寿亭侯有恩。'关公曰：'军师严令。'曹公撞阵。却说话间，面生尘雾，使曹公得脱。"回来以后，诸葛亮见关羽未曾抓住曹操，便说："关将仁德之人，往日蒙曹相恩，其此而脱矣。""关公闻言，忿然上马：'告主公复追之。'玄德曰：'吾弟性匪石，宁奈不倦。'军师言：'诸葛亦去，万无一失。'"看来，《三国志平话》里的关羽，没有因为个人恩怨而放弃原则。

　　为了说明关羽华容道放曹操放得有道理，小说竭力地强调曹操对关羽的恩惠和谅解。不光是三日一小宴，五日一大宴，美女名马，而且当曹操在得知关羽不辞而别、连斩六将以后，曹操还怕沿路诸将阻拦关羽，特派张辽宣谕关将，不得拦阻。曹操已经做到仁至义尽，从个人恩怨出发，不容关羽不放曹操一把。如张辽先前对曹操所谓："刘玄德待云长不过恩厚耳,丞相更施厚恩以结其心,何忧云长之不服也?"(第二十五回)真所谓有怨报怨,有恩报恩,滴水之恩,当涌泉相报。

吕布白门楼被俘,乞求曹操饶他一命:"明公所患,不过于布,布今已服矣。公为大将,布副之,天下不难定也。"吕布的建议很诱人,曹操心有所动,问刘备:"何如?"刘备回答说:"公不见丁建阳、董卓之事乎?"提醒曹操不要忘记丁原、董卓二人血的教训。刘备的话送了吕布的命。吕布谴责刘备:"是儿最无信者!""大耳儿!不记辕门射戟时耶?"吕布对刘备的责备就是从恩怨观念出发的。吕布辕门射戟,为刘备救燃眉之急,因而有恩于刘备。可现在吕布落难,刘备却投井下石。有意思的是毛宗岗替刘备所作的辩护词:"即不辕门射戟,备未必死。"这种辩护自然是软弱无力的。虽然"备未必死",但吕布有恩于刘备的事实却无法否认,刘备忘恩负义的事实也就无法否认。毛宗岗会替刘备诡辩,却又会苛求曹操,说曹操对不起陈宫:"使操而有良心者,念其昔日活我之恩,则竟释之;释之而不降,则竟纵之;纵之则彼又来图我,而又获之,然后听其自杀,此则仁人君子之用心也,而操非其伦也。"我们看毛宗岗是多么的偏心眼!

一般人极重恩怨,张飞骂吕布"三姓家奴",那是骂得很毒的。连袁术这种人物都看不起吕布的为人:"术怪吕布反覆不定，拒而不纳"，"奉先反覆无信"，"袁术身披金甲，腕悬两刀，立于阵前，大骂吕布：'背主家奴！'"（第十七回）吕布为曹军所迫，穷极无计，准备去投靠袁绍。袁绍的谋士审配献言说："吕布豺虎也，若得兖州，必图冀州。不若助操攻之，方可无患。"吕布要去投靠刘备，糜竺说："吕布乃虎狼之徒，不可收留，收则伤人矣。"（第十三回）刘备要联合吕布，关羽和张飞一齐反对："吕布乃无义之人，不可信也。"（第十五回）中山狼式的人物最为人所不齿。《一捧雪》中的汤勤，《红楼梦》中的贾雨村，《水浒传》里的李固，《金瓶梅》里的应伯爵，都是最为人所痛恨的。

　　恩怨观念也有遇到挑战的时候。关羽千里走单骑，在古城恰好碰到张飞。张飞听孙乾说关羽回来了，"更不回言，随即披挂持矛上马，引一千余人，径出北门。""关公望见张飞到来，喜不自胜，付刀与周仓接了，拍马来迎。只见张飞圆睁环眼，倒竖虎须，吼声如雷，挥矛向关公便搠。关公大惊，连忙闪过，便叫：'贤弟何故如此？岂忘了桃园结义耶？'飞喝曰：'你既无义，有何面目来与我相见！'关公曰：'我如何无义？'飞曰：'你背了兄长，降了曹操，封侯赐爵。今又来赚我！我今与你併个死活！'"（第二十八回）在张飞看来，关羽既已投降曹操，那就没有什么兄弟情义可言。由此来看，张飞虽是粗人，但原则性比关羽强多了。直到关羽当着他的面杀了曹将蔡阳，才算了账。难怪毛宗岗说:"人但知降汉不降曹为云长大节,而不知大节如翼德,殆视云长而更烈也。云长辨汉与曹甚明,翼德辨汉与曹又甚明。操为汉贼,则从汉贼者亦汉贼。彼误以关公为降曹,故骂曹操,并骂关公,而桃园旧好,所以不暇顾矣。"

刘备要为关羽、张飞复仇,兴兵伐吴。赵云进谏道:"汉贼之仇,公也;兄弟之仇,私也。愿以天下为重。"赵云真是公私分明。可刘备回答说:"朕不为弟报仇,虽有万里江山,何足为贵?"这哪像一个政治家的回答!学士秦宓冒死进谏:"陛下舍万乘之躯,而徇小义,古人所不取也。愿陛下思之。"刘备反驳说:"云长与朕,犹一体也。大义尚在,岂可忘耶?"秦宓伏地不起说:"陛下不从臣言,诚恐有失。"刘备大怒说:"朕欲兴兵,尔何出此不利之言!"叱武士推出斩之。秦宓面不改色,回顾刘备而笑曰:"臣死无恨,但可惜新创之业,又将颠覆耳!"(第八十一回)秦宓直指刘备为关、张复仇是"小义"。

《蜀记》有云:

> (关)羽与(徐)晃宿相爱,遥共语,但说平生,不及军事。须臾,晃下马宣令:"得关云长头,赏金千金。"羽惊怖,谓晃曰:"大兄,是何言邪!"晃曰:"此国之事耳。"(《三国志》裴注所引)

看来，徐晃的原则性比关羽强多了。如果能不"遥共语"，那就更好了。或许是因为这条材料富有戏剧的色彩，所以被《三国演义》所吸收，见于第七十六回。

恩怨关系中，有一种特殊的情况，那就是杀父之仇。是所谓不共戴天之仇。当这种不共戴天之仇与集团的利益发生冲突的时候，作为集团的领袖，自然要调和、化解这种仇恨。譬如甘宁本是黄祖的人，他杀了东吴的将领凌操。后来，因为黄祖没有重视他，他心怀不满，又投奔孙权。并帮助孙权破了黄祖。在庆功的宴席上，凌操的儿子凌统见了甘宁，仇人相见，分外眼红。他拔起利剑，直奔甘宁，"宁忙举坐椅以迎之"。孙权劝说凌统以大局为重："兴霸射死卿父，彼时各为其主，不容不尽力。今既为一家人，岂可复理旧仇？万事皆看吾面。"（第三十九回）但凌统如何甘心？孙权只好将甘宁调往夏口，以避凌统；加封凌统为承烈都尉，以示安抚。后来与曹军对阵，甘宁救了凌统一命，从此两人"结为生死之交，再不为恶"。一恩一怨，从此扯平。

"关云长义释曹操"绣像

《三国》的妇女观

人们早就注意到,《水浒传》的妇女观很成问题。在将《水浒传》改编成电视连续剧的时候,案头的鉴赏变成了直观的鉴赏,这个问题再也无法回避,变得非常碍眼、非常棘手。时代已经到了二十一世纪,社会对妇女的看法已经发生了很大的变化,《水浒传》那种妇女观显然是太不合时宜了。《水浒传》大成问题的妇女观必定使改编者大伤脑筋。如果忠实于原著,把潘金莲写成一个"淫妇""荡妇",那就太封建了。把潘金莲写得招人同情吧,势必会影响武松的形象。如何塑造潘金莲、阎婆惜、潘巧云、卢俊义的妻子贾氏,如何处理孙二娘、顾大嫂、一丈青的形象,改编者困窘尴尬,简直是不知所措。电视连续剧《水浒传》中那些未能尽如人意的地方,一半与此有关。其实呢,《三国演义》的妇女观也是很成问题,可是,将《三国演义》改编成电视连续剧的时候却没有带来太大的不满。这是什么原因呢?原因很简单:《水浒传》中英雄的故事与女人的故事已经连在一起，切割不开。我们试想一下，离开了潘金莲、阎婆惜、潘巧云、卢俊义的妻子贾氏，武松、宋江、杨雄和卢俊义的故事怎么讲？可是，《三国演义》中的女子，除了貂蝉以外，她们在人物的塑造、情节的发展方面都没有那么大的作用。《水浒传》写的是江湖好汉，《三国演义》写的是历史人物。闯荡江湖常常会碰到妇女，紧张激烈的政治军事斗争中，女子就难得有表现的机会了。

就作品对妇女的看法而言，《三国演义》和《水浒传》其实是半斤八两。《三国演义》虽然以帝王将相为主，但也还常常要写到女子。兵荒马乱之中，时睹烟花粉黛；刀光剑影之中，不乏红裙翠袖。下面我们来看看《三国演义》中的妇女。妇女的地位当然也是可以分成三六九等的。地位高的像何太后，这位身为太后的女子显然不会给读者留下什么好印象。她出身屠户人家，靠着巴结宦官，进宫后当了灵帝的皇后。见识浅陋，没有一点政治头脑。鸩杀王美人、董太后二事写尽她的残忍。当时，外戚和宦官两大集团的搏斗已经进入白热化的阶段，她的弟弟大将军何进接受袁绍的建议，准备尽诛宦官。何太后反对说："我与汝出身寒微，非张让等，焉能享此富贵？今蹇硕不仁，既已伏诛，汝何听信人言，欲尽诛宦官耶？"（第二回）结果，宦官们先下手为强，把何进给杀了。汉献帝的皇后伏后，倒是不像何后那样小家子气，给人的印象是一个哭哭啼啼、可怜兮兮的女子。作者设计伏后的形象，不过是为了衬托曹操的残暴，为了写曹操之欺人孤儿寡母罢了。伏后本身没有多大独立的意义。

何太后、伏后的形象基本上与历史上的原型相符，我们从中看不出多少作者对女性的看法。连环计里的貂蝉却是一个重要的角色，经过小说家的处理，这个弱女子简直关系到东汉王朝的生死存亡。难怪董卓的谋主李儒说："吾等皆死于妇人之手矣！"中国人对女性的看法皆是喜欢走极端的：要么把女子说得一文不值；要么把女子说得举足轻重，简直是关系到国家的兴亡、民族的安危。书中甚至说，刘、关、张的三英战吕布，都不如一个貂蝉："三战虎牢徒费力，凯歌却奏凤仪亭。"其实，一个女子哪有那么大的作用！书中写到司徒大人王允，竟跪着对貂蝉说："百姓有倒悬之危，君臣有累卵之急，非汝不能救也。贼臣董卓，将欲篡位，朝中文武，无计可施。董卓有一义儿，姓吕，名布，骁勇异常。我观二人皆好色之徒，今欲用'连环计'，先将汝许嫁吕布，后献与董卓。汝于中取便，谍间他父子反颜，令布杀卓，以绝大恶。重扶社稷，再立江山，皆汝之力也。不知汝意若何？"（第八回）国难当头，男人们都跑哪里去了呢？把这样沉重的责任放在一个弱女子的肩膀上。毛宗岗如此评价貂蝉的作用：

十八路诸侯不能杀董卓，而一貂蝉足以杀之；刘、关、张三人不能胜吕布，而貂蝉一女子能胜之。以衽席为战场，以脂粉为甲胄，以盼睐为戈矛，以颦笑为弓矢，以甘言卑词为运奇设伏，女将军真可畏哉！当为之语曰："司徒妙计高天下，只用美人不用兵。"

貂蝉的形象很容易使人想起春秋时期吴越争霸中崭露头角的美人西施。两人都是担当色情间谍的角色，都没有受过专业的训练。显然，貂蝉的任务比西施更困难，西施要对付的是吴王夫差一个人，而貂蝉却要应付董卓和吕布父子二人。如毛宗岗所谓："为西施易，为貂蝉难。西施只要哄得一个吴王；貂蝉一面要哄董卓，一面又要哄吕布，使用两副心肠，妆出两副面孔，大是不易。"在吕布的眼里，"貂蝉故蹙双眉，做忧愁不乐之态，复以香罗频拭眼泪。"在董卓的面前，她又会撒娇："妾身已事贵人，今忽欲下赐家奴，妾宁死不辱！"当然，西施完成任务的时间很长，而貂蝉完成任务的时间则很短。中国的男人对女人的贞节是非常重视的，可是，王允好像把这么重要的事情给忽略了。在这里，我们也可以看到中国人的道德观念是多么的富有弹性，多么的实用主义。只要动机纯正，就可以不择手段。一般人对于美人计之类的故事也饶有兴趣，这当然也是《三国演义》中出现貂蝉故事的重要原因。中国古代的所谓"四大美人"——西施、王昭君、貂蝉、杨玉环，个个都与国家的兴衰有关，真所谓"倾国倾城"！难怪鲁迅感慨："文人美女，必负亡国之责。"

孙权与周瑜的美人计，也是这个道理。孙权用自己的妹妹做诱饵，准备"教人去荆州为媒，说刘备来入赘。赚到南徐，妻子不能勾得，幽囚在狱中，却使人去讨荆州换刘备"。刘备其实对美人并不是太感兴趣，双方的年龄差距不能不使他有所顾虑："吾年已半百，鬓发斑白，吴侯之妹，正当妙龄，恐非配偶。"谁知道半路上杀出个吴国太，破坏了孙权和周瑜的预谋。吴国太不懂政治，她老人家坚决反对用女人去做政治斗争的工具，更不用说让女儿去做政治斗争的牺牲品。在吴国太心里，只要女婿是英雄，年龄不是问题。结果当然是"赔了夫人又折兵"。吴国太痛骂周瑜："汝做六郡八十一州大都督，直恁无条计策去取荆州，却将我女儿为名，使美人计！杀了刘备，我女便是望门寡，明日再怎的说亲？须误了我女儿一世！你们好做作！"（第五十四回）看来，吴国太也不是在替刘备着想，她完全是从女儿的幸福出发。吴国太的添乱，使得一场你死我活的政治斗争变得非常富有戏剧色彩。这戏剧性来自两种妇女观的对立和斗争。一边要把女性当作政治斗争的工具，一边则追求女性自己的幸福。这种斗争之所以能够成立，完全是因为两个条件：吴国太的特殊地位和孙权的孝顺。在这里，我们看到了道德和政治的冲突：孝道的维护损害了政治斗争的利益。一计不成，又生一计，孙权和周瑜干脆顺水推舟，想利用新婚燕尔来消磨刘备的雄心壮志。于是，孙夫人从诱饵一变而为腐蚀刘备的糖衣炮弹。后来，孙吴方面想要动武解决荆州问题，又担心孙夫人成为蜀汉要挟东吴的人质，于是又生发出"赵云截江夺阿斗"的一场好戏。尽管吴国太一心一意要让女儿和政治脱钩，可是，从诱饵到糖衣炮弹，从糖衣炮弹到人质，孙夫人始终处于政治斗争的旋涡之中。嘉靖本的《三国志演义》里，孙夫人回到东吴，一去不复返。书里再也没有只字的交代。这是与历史相符的。毛宗岗的本子有憾于此，在刘备猇亭大败以后，又给孙夫人添上悲壮殉情的一幕："时孙夫人在吴，闻猇亭兵败，讹传先主死于军中，遂驱车至江边，望西遥哭，投江而死。"（第八十四回）于是，孙夫人成为有情有义、从一而终的贞烈女子。作者为了突出孙夫人的贞烈，还特意将孙夫人的殉情而死设计在刘备白帝托孤归天之前。孙夫人是在误听了"讹传"以后"投江而死"的。这是继长坂坡糜夫人之后又一个为刘备而自尽的女子。毛宗岗的改写，并非全无根据，民间确有此类传说。顾炎武考证说："芜湖县西南七里大江中蝶矶，相传昭烈孙夫人自沉于此，有庙在焉。……是孙夫人自荆州复归与权，而后不知所终。蝶矶之传殆妄。"（《日知录》卷三十一）小说的描写与顾氏的考证大致吻合："后人立庙江滨，号曰枭姬祠。""蝶矶"，即"枭姬"也。枭姬祠，今名蛟矶庙，位于

322

今安徽省芜湖市鸠江区二坝镇长江岸边的蛟矶山上。为纪念孙夫人投江殉情而建，是芜湖市著名八景之一。殉情之事本是虚构，后人建庙将其坐实。类似的"古迹"，在各地比比皆是。事实上，孙夫人并不太受刘备重视。《三国志》没有给孙夫人立传，倒是为刘备的甘皇后、穆皇后立了传。刘备一得益州，孙权立即派人将妹妹接了回去，从此一去不复返。由此可见，两人的感情也是一般。

紧张激烈的战争之中，女子常常被作为礼物送给对方，充作疏通双方关系的润滑剂。董卓为了笼络孙坚，要和孙坚结成秦晋之好，特意派李傕去求婚，谁知亲没求成，李傕反被孙坚臭骂一顿。袁术为了利用吕布，主动提出要和吕布结成儿女亲家。陈宫非常支持这桩婚姻，吕布就把女儿送去。陈珪得知此事后，向吕布陈述利害，坚决反对吕布与袁术结亲。吕布大惊，"急命张辽引兵，追赶至三十里之外，将女抢归"（第十六回）。后来，吕布被曹军包围，危急之中，吕布为了得到袁术的援助，又急着要把女儿送给袁术的儿子做媳妇。曹军围困万千重，"次夜二更时分，吕布将女以绵缠身，用甲包裹，负于背上，提戟上马"（第十九回），想杀出重围，把女儿送出去。在这里，吕布的女儿完全成为吕、袁连手反曹的一个筹码。袁谭向曹操投降，"操大喜，以女许谭为妻，即令吕旷、吕翔为媒"（第三十二回）。孙权为了和关羽笼络感情，要与关羽结为儿女亲家。谁知前往求亲的诸葛瑾却遭到关羽的一顿羞辱:"云长勃然大怒曰:'吾虎女安肯嫁犬子乎!不看汝弟之面,立斩汝首!再休多言!'遂唤左右逐出。"(第七十三回)关羽的怒火,发得一点道理都没有,即便是不同意这门婚事,也大可不必如此意气用事。诸葛亮临别时"北拒曹操,东和孙权"的八字方针被置诸脑后。结果是遭人暗算,坏了一世英名。

"曹操知孙策强盛,叹曰:'狮儿难与争锋也!'遂以曹仁之女许配孙策幼弟孙匡,两家结婚。"这种联姻的政治效果十分可疑,好像也起不了多大的作用,该打的时候还是要打。曹仁的女儿嫁给了孙策的幼弟孙匡,但后来"孙策求为大司马,曹操不许。策恨之,常有袭许都之心"。如毛宗岗所说:"尝纵观春秋时事,婚姻每为敌国。辰嬴在晋,秦尝伐晋;穆姬在秦,而晋尝绝秦。""若谓荆州之失,为关公拒婚所致,则又不然。曹仁之女曾配孙权之弟,而竟无解于赤壁之师;曹操之女亦为献帝之后,而究不改其篡夺之志。"他认为,"兴亡成败,止在能用人与否耳,岂在好色不好色哉!吴王不用子胥,虽无西施,亦亡。吴王能用子胥,虽有西施,何害?"即便如此,毛宗岗亦认为,应该委婉地拒婚,"不致大伤东吴之心也","犬子一语,太觉不堪耳"。明人袁中郎亦说:"蜀宫无倾国之美人,刘禅竟为俘虏。亡国之罪,岂独在色。"(《文章辨体汇选》卷六百五《灵岩记》)

> 殄滅國賊
> 不辱主命漢世
> 簪纓不及婦人
> 貂蟬

貂蟬绣像

《三国演义》虽然轻视妇女，但偶尔亦流露出英雄美人的情结。刘备担心孙夫人嫌他年龄大，东吴派来说亲的媒人吕范便说："吴侯之妹，身虽女子，志胜男儿，常言：'若非天下英雄，吾不事之。'今皇叔名闻四海，正所谓淑女配君子，岂以年齿上下相嫌乎！"在英雄的面前，年龄不是问题。孙权并非真心要与刘备攀亲，所以他对母亲和乔国太说："年纪恐不相当。"但乔国老却反对说："刘皇叔乃当世豪杰，若招得这个女婿，也不辱了令妹。"

像貂蝉、孙夫人这样成为政治斗争工具的女子毕竟是很少的。在小说的大多数场合，作者对女性都流露出一种轻视的态度。吕布偷袭徐州，张飞把城池丢了，刘备的妻子也陷在城里。关羽责备张飞，张飞急得要拔剑自刎。刘备竟向前抱住，说是："古人云：'兄弟如手足，妻子如衣服。'衣服破，尚可缝；手足断，安可续？"（第十五回）看来，刘备把兄弟感情看得很重，而把夫妻情分看得很轻，妻子是破了可以续补的衣服，简直是旧的不去，新的不来。孙夫人回东吴了，书里也没有写刘备怎么想念她。赵云好像很了解刘备，所以他"截江"夺的是阿斗，没有阻拦孙夫人回东吴。在这一点上，刘备和汉高祖刘邦倒是十分相似的。刘备的妻子，两次落在吕布手里，一次落在曹操手里。曹操南征荆州，刘备仓皇出逃，妻子也没顾得带走。可是，吕布和曹操事后都将刘备的妻子还给了刘备。大概他们与项羽一样，认为留在手里也没有用,人家不在乎。

在《三国演义》中,女子常常是"成事不足,败事有余"。郭汜的妻子最妒,所以杨彪得行反间计,使郭汜与李傕不和,互相打起来。刘表的家里,嫡庶不和,其中有刘表的续弦蔡夫人的进谗。书中说:"总为牝晨致家累,可怜不久尽销亡!"(第四十回)陈宫建议吕布"步骑出屯于外",以成掎角之势,结果遭到严夫人的阻拦。陈宫又建议吕布亲自率领精兵去切断曹军的粮道,结果遭到严夫人和貂蝉的一致反对。"布于是终日不出,只同严氏、貂蝉饮酒解闷"(第十九回)。忠言不进,两次挽救危亡的机会都因为吕布妻妾的反对而失去,加速了吕布集团的覆灭。刘备在东吴娶亲,"果然被声色所迷,全不想回荆州"。后来是赵云依诸葛亮的锦囊妙计,谎说"曹操要报赤壁鏖兵之恨,起精兵五十万,杀奔荆州,甚是危急"(第五十五回),才把刘备哄回荆州。连刘备这样的英雄都是如此,可见女色是多么可怕!张闿见财起意,半夜来杀曹操的父亲曹嵩一家。"曹嵩慌忙引一妾奔入方丈后,欲越墙而走,妾肥胖不能出。嵩慌急,与妾躲于厕中,被乱军所杀。"(第十回)关键是"妾肥胖不能出"。曹操将张济的妻子邹氏找来鬼混,机关泄露,逼反张济的侄儿张绣。结果是一场混战,曹操损失一员勇将典韦,长子曹昂"被乱箭射死",为曹操提供邹氏线索的兄子曹安民"被砍为肉泥"。这就是好色的恶果。"妻子如衣服"倒也罢了，猎户刘安竟把妻子当"狼肉"野味给不知情的刘备吃了：

> 当下刘安闻豫州牧至，欲寻野味供食，一时不能得，乃杀其妻以食之。玄德曰："此何肉也？"安曰："乃狼肉也。"玄德不疑，乃饱食了一顿，天晚就宿。至晓将去，往后院取马，忽见一妇人杀于厨下，臂上肉已都割去。玄德惊问，方知昨夜食者，乃其妻之肉也。玄德不胜伤感，洒泪上马。（第十九回）

后来刘备与曹操说起此事，"操乃令孙乾以金百两往赐之"。刘安杀妻待客，手段非常残忍。在刘安的眼里，做妻子的简直不是人，没有野味也就罢了，刘安居然将妻子充作野味。天下竟有这样的丈夫！这就很使人怀疑，是不是刘安夫妻平时不和，刘安借口无物招待刘备而下毒手杀害自己的妻子？令人深思的是，刘备虽然"不胜伤感"，好像也很为刘安待客的这份"热情"和"真诚"所感动，曹操居然还要派人去奖励这个残忍的家伙！值得注意的是，《三国演义》是把这个刘安作为正面人物介绍给读者的。当然，作者编织这么一个故事，其目的是为了写刘备是多么的得人心。可是，这种故事却在无意中写出了刘备乃至作者是多么的缺乏人道！刘安杀妻待客的故事，不由得使笔者想起吴起杀妻求将的故事：

> 齐人攻鲁，鲁欲将吴起，吴起娶齐女为妻，而鲁疑之。吴起于是欲就名，遂杀其妻，以明不与齐也。鲁卒以为将。（《史记·吴起传》）

唐朝的张巡被安史叛军围在城里，他居然杀妾给士兵们吃：

> 巡士多饿死，存者皆病伤气乏。巡出爱妾曰："诸君经年乏食，而忠义不少衰，吾恨不割肌以啖众，宁惜一妾而坐视士饥？"乃杀以大飨，坐者皆泣。（《新唐书·张巡传》）

韩愈的《张中丞传后叙》对此事也以肯定的口吻加以记载。毛宗岗所谓"古名将亦有杀妻飨士者"，大概就是指这类残忍的故事。由此可见，《三国演义》中出现刘安杀妻飨客这样的情节绝非偶然。这虽然是一个极端的例子，但也不是一个绝无仅有的故事。封建社会对女性的态度亦由此可见一斑。

《三国演义》里有几个得到高度赞扬的女性，譬如徐庶的母亲。曹操用程昱之计，模仿徐母的笔迹将徐庶诓来。徐母见到儿子，先是大吃一惊，了解原委以后，便把徐庶痛骂一顿:"辱子飘荡江湖数年,吾以为汝学业有进,何其反不如初也!汝既读书,须知忠孝不能两全。岂不识曹操欺君罔上之贼?刘玄德仁义布于四海,况又汉室之胄,汝既事之,得其主矣。今凭一纸伪书,更不详察,遂弃明投暗,自取恶名,真愚夫也!吾有何面目与汝相见!汝玷辱祖宗,空生于天地间耳!"(第三十七回)不等儿子申辩,便自己转到后面悬梁自尽了。徐母的形象,只有政治性,没有母性,完全是政治概念的化身。再如小说第六十四回,写赵昂与妻子商量:"吾今日与姜叙、杨阜、尹奉一处商议,欲报韦康之仇。吾想子赵月现随马超,今若兴兵,超必先杀吾子。奈何?"其妻厉声曰:"雪君父之大耻,虽丧身亦不惜,何况一子乎!君若顾子而不行,吾当先死矣!"赵昂的妻子也是只有政治性,没有母性。她一点也没有考虑有没有两全的办法,一点也没有将要失去儿子的悲痛。她有的只是对没有政治觉悟的丈夫的愤慨!当《三国演义》赞扬女性的时候,她们已经失去了女性的特点。貂蝉倒是体现了女性的特点,利用了女性的"优势",却又失去了女性的尊严。

第五十二回,联军在赤壁大败曹操以后,刘备派赵云去取桂阳。桂阳守将赵范投降,与赵云结为兄弟。又想将美丽的寡嫂樊氏嫁给赵云,以结秦晋之好。谁知赵云大怒,坚决拒绝。其理由有三:"赵范既与某结为兄弟,今若娶其嫂,惹人唾骂,一也;其妇再嫁,使失大节,二也;赵范初降,其心难测，三也。"赵云的迂腐，真是无人可及。连孔明都不以为然："此亦美事，公何如此？"毛宗岗则撰数联加以揶揄："太守华堂出粉面，可惜莽相如，负却卓王孙；佳人翠袖捧金钟，又怜美玉环，不遇韦节度。""李靖无心，枉了善识人的红拂；令公有院，逢着不解事的千牛。""老拳一击，打断了驾鹊仙桥；美酒三杯，撮不合行云巫峡。""虽非认义哥哥，也仿着云长秉烛；不学多情叔叔，羞杀他曹植思甄。"

儿女情长与英雄气短

我们看《史记·项羽本纪》，会觉得刘邦和项羽的性格很不一样。项羽在关键时刻常显得有点儿女情长——用封建时代的语言来说，叫作"妇人之仁"，不像个政治家。鸿门宴上，范增屡次地向项羽示意，叫项羽抓住这个难得的机会，把刘邦杀了。可是，项羽不忍，把刘邦放跑了。范增气得拔剑将玉斗劈了，恶狠狠地骂道："唉！竖子不足与谋！夺项王天下者，必沛公也。吾属今为之虏矣。"范增不幸而言中，一日纵敌，数世之患，一代豪杰终于演出霸王别姬、乌江自刎的一幕。与此形成对照的是，刘邦很绝情，却像一个真正的政治家。公元前205年，项羽大败汉军于彭城，刘邦仓皇出逃，"道逢得（儿子）孝惠、（女儿）鲁元，乃载行。楚骑追汉王，汉王急，推堕孝惠、鲁元车下，滕公常下收载之。如是者三。曰：'虽急不可以驱，奈何弃之？'于是，遂得脱。"刘邦的子女侥幸逃脱，刘邦的父亲和妻子吕后却成了楚军的俘虏。成为项羽要挟刘邦的人质。项羽"为高俎，置太公其上，告汉王曰：'今不急下，吾烹太公。'"谁知这一招对于刘邦却不灵，刘邦嬉皮笑脸地对项羽说："吾与项羽俱北面受命怀王，曰：'约为兄弟。'吾翁即若翁，必欲烹而翁，则幸分我一杯羹。"项羽气得真要把刘邦的父亲烹杀，结果遭到那个"内奸"项伯的劝阻，终于没有将太公和吕后杀掉。事实上，杀了也没有用，刘邦不吃这个。绑架人质遇到刘邦这样的主真是一点办法也没有。

我们看《三国演义》里失败的几个诸侯，差不多都有项羽那种弱点。董卓迷恋貂蝉，不忍放弃。李儒规劝他说："恩相差矣。昔楚庄王'绝缨'之会，不究戏爱姬之蒋雄，后为秦兵所困，得其死力相救。今貂蝉不过一女子，而吕布乃太师心腹猛将也。太师若就此机会，以蝉赐布，布感大恩，必以死报太师。太师请自三思。"（第九回）董卓拒绝李儒的建议，舍不得将貂蝉让给吕布，结果酿成祸变，身死人手，为天下笑。（第二十四回）曹操"遂起二十万大军，分兵五路下徐州"。刘备不得已向袁绍求救。袁绍的谋士田丰建议乘虚袭击许昌，袁绍"形容憔悴，衣冠不整""心中恍惚"，拒绝田丰说："吾生五子，惟最幼者极快吾意，今患疥疮，命已垂绝。吾有何心更论他事乎？""五子中惟此子生得最异，倘有疏虞，吾命休矣。"遂决意不肯发兵。"田丰以杖击地曰：'遭此难遇之时，乃以婴儿之病，失此机会！大事去矣，可痛惜哉！'跌足长叹而出。"此处有毛宗岗的评语讽刺道："绍所患者不过小儿之病，小儿所患者又不过疥癣之疾，可发一笑。"袁绍欲废长立幼，群臣亦分作两派，埋下了身后袁谭、袁尚同室操戈的祸根。难怪荀彧、郭嘉说他"见人饥寒，恤念之，形于颜色"，意思是妇人之仁。再看曹操的另一位劲敌吕布。陈宫建议他分兵城外，以成掎角之势，他却听了严夫人的话拒绝了陈宫的建议。陈宫建议他领兵去断曹军的粮道，他又听了严夫人和貂蝉的意见再一次拒绝陈宫的建议。不久，吕军内乱，吕布和陈宫成为曹操的阶下囚。名称八俊，威镇九州，地方数千里，带甲十多万的刘表，既爱少子，又怜长子；既怜长子，又怕蔡氏。优柔寡断，观望犹豫，终于造成身后两子分道扬镳，刘氏势力土崩瓦解的结局。毛宗岗就此讽刺道："袁绍昵后妻，刘表亦昵后妻；袁绍爱幼子，刘表亦爱幼子。袁绍优柔不断，刘表亦优柔不断。二人性情，何其相似至于如此之甚也！"

曹魏、东吴、蜀汉三国的领袖人物都没有类似袁绍、刘表、吕布那样的毛病。张绣来偷袭，典韦和曹操的长子曹昂、侄儿曹安民都在混战中死去。曹操为典韦大哭，而不是为子侄。刘备好几次不顾妻小而出逃。一次是吕布追来，"玄德见势已急，到家不及，只得弃了妻小，穿城而过，走出西门，匹马逃难。"（第十九回）一次是曹军追来，刘备携民渡江，"看手下随行人，止有百余骑；百姓、老小并糜竺、糜芳、简雍、赵云等一干人，皆不知下落。"（第四十一回)赵云后来找到刘备,将阿斗"双手递与玄德。玄德接过,掷之于地曰:'为汝这孺子,几损我一员大将!'"(第四十二回)这里有毛宗岗的评语说:"袁绍怜幼子而拒田丰之谏,玄德掷幼子以结赵云之心。"民间有歇后语说:"刘备摔孩子——刁买人心。"可见刘备的摔阿斗和曹操的哭典韦真有异曲同工之妙。毛宗岗解释道:"为天下者不顾家。玄德前败于吕布,遂弃妻小而不顾;今败于曹操,又弃妻小而不顾。与高祖委吕后于项羽,正复相同。彼袁绍室家情重,恋恋小儿,岂得为成大事之人?"孙权可以用妹妹做诱饵,使美人计。刘备私自逃跑时,小说夸张地写孙权派蒋钦、周泰带了他的剑,"汝二人将这口剑去取吾妹并刘备头来!违令者立斩!"尽管如此,徐盛等四将依然不敢造次:"他一万年也只是兄妹。更兼国太作主;吴侯乃大孝之人,怎敢违逆母言?明日翻过脸来,只是我等不是。不如做个人情。"(第五十五回)真是聪明过人。

　　孙权、周瑜自己不讲儿女私情,但知道利用别人的儿女情长。他们知道用孙夫人笼住刘备,让他恋于新婚,消磨壮志。如张昭所说:"刘备起身微末,奔走天下,未尝受享富贵。今若以华堂大厦、子女金帛,令彼享用,自然疏远孔明、关、张等,使彼各生怨望,然后荆州可图也。"刘备的抗腐蚀能力确实也令人不敢恭维:"玄德果然被声色所迷,全不想回荆州。"刘备虎口脱险以后,"蓦然想起在吴繁华之事，不觉凄然泪下"，书中揶揄刘备说："谁知一女轻天下，欲易刘郎鼎峙心。"（第五十五回）可惜孙权、周瑜没有利用好美人计，反而成全了刘备的好姻缘，真所谓"周郎妙计安天下，赔了夫人又折兵"。刘备要活命，则利用乔国太的好感。刘备要脱身，则利用孙夫人的柔情。第五十四回，刘备先是跪在吴国太的面前："若杀刘备，就此请诛。"吴国太问他："何出此言？"刘备回答说："廊下暗伏刀斧手，非杀备而何？"后来孙权的追兵杀来，刘备又去泣告孙夫人，说是"昔日吴侯与周瑜同谋，将夫人招嫁刘备，实非为夫人计，乃欲幽困刘备而夺荆州耳。夺了荆州，必将杀备。是以夫人为香饵而钓备也。备不惧万死而来，盖知夫人有男子之胸襟，必能怜备。昨闻吴侯将欲加害，故托荆州有难，以图归计。幸得夫人不弃，同至于此。今吴侯又令人在后追赶，周瑜又使人于前截住，非夫人莫解此祸。如夫人不允，备请死于车前，以报夫人之德。"毛宗岗就此揶揄刘备道："玄德在车前哀告夫人，涕泣请死，活似妇人乞怜取妍，在丈夫面前放刁模样。以英雄人作此儿女态，是特孔明之所教耳。""前在丈母面前请死，今又在夫人面前请死，此是从来妇人吓丈夫妙诀，不意玄德亦作此态，诈甚，妙甚。""老新郎学作妇人腔，宛然弱婿；小媳妇偏饶男子气，壮矣贤妻。一个向娘子身边长跪，顾不得膝下有黄金；一个为丈夫面上生嗔，那怕他车前排白刃。"历史上的刘备，并没有如此多情。是东吴自己将孙夫人送到荆州，刘备根本就没有去东吴成亲。孙夫人要回东吴，刘备也没有拦着。

曹操好色是小说中常写到的，戎马倥偬之际，他会向部下打听城里有没有妓女。但是，曹操不让妃妾干政。周瑜娶的也是美人，但没有听说小乔干预军政大事。

曹操与方士

方术源远流长。《史记》中有《日者列传》，褚少孙又补充了《龟策列传》。《汉书·艺文志》中有数术略，其中又分天文、历谱、五行、蓍龟、杂占、形法等六类。考古发掘的丰硕成果，更是将方术的追溯直推至史前时期。虽然孔子不曰"怪力乱神"，但是，科学与迷信杂糅的方术，在生活中却是无处不在的。魏晋时期，如鲁迅所说，这是一个"张皇鬼神，称道灵异"的时代。在中国小说史上，魏晋南北朝正是志怪小说创作的黄金时期。在《三国演义》里，也常常可以看到方术或明或暗的存在。张角的"散施符水，为人治病"，就是方士接近民众的手法。刘备的外貌"两耳垂肩，双手过膝"，就是帝王之相。宋人赵崇绚《鸡肋·垂手下膝》说："蜀先主、晋武帝、后周太祖、陈武帝、宣帝、前赵刘曜、秦苻坚、后秦姚苌、南燕慕容垂、五代南汉刘䶮、蜀王衍、南史陈柳皇后，皆垂手下膝。又北魏李祖昇、南史宋王元初、隋刘元进手垂过膝，皆以诛死。"张飞的

"燕颔虎须"，就是武将封侯之相。《水浒传》里的林冲，也是燕颔虎须，这都是方术中的相面。司马懿的"狼顾相"，魏延的"反骨"，都是方士的熟套。曹操梦见三马同槽，是占梦的例子。虹的出现代表凶气，所以灵帝时朝政紊乱，就有虹"见于玉堂"。糜竺家里着火，便有天使化作女子，预先来告诉他。

《三国演义》中凡人遇难，必有凶兆于前。譬如庞统死前，凶兆频频出现：紫虚上人为刘璋题曰："左龙右凤，飞入西川。雏凤坠地，卧龙升天。一得一失，天数当然。见机而作，勿丧九泉。"（第六十二回）彭羕提醒刘备："罡星在西方，太白临于此地，当有不吉之事，切宜慎之。"接着，"荆州诸葛亮军师特遣马良奉书至此。玄德召入问之。马良礼毕，曰：'荆州平安，不劳主公忧念。'遂呈上军师书信。玄德拆书观之，略云：'亮夜算太乙数，今年岁次癸巳，罡星在西方；又观乾象，太白临于雒城之分：主将帅身上多凶少吉。切宜谨慎。'"庞统"亦占天文，见太白临于雒城"，以为蜀将泠苞已被斩，已应凶兆。玄德曰："军师不可。吾夜梦一神人，手执铁棒击吾右臂，觉来犹自臂疼。此行莫非不佳？"庞统不以为然，仍主张进军雒城。玄德再与庞统约会，忽坐下马眼生前失，把庞统掀将下来。庞统与刘备换马，分兵往山南小路而行。行至两山逼窄处，庞统也心生疑虑，问是何地，"数内有新降军士，指道：'此处地名落凤坡。'庞统惊曰:'吾道号凤雏,此处名落凤坡,不利于吾。'令后军疾退。只见山坡前一声炮响,箭如飞蝗,只望骑白马者射来。可怜庞统竟死于乱箭之下。时年止三十六岁。"之前东南有童谣:"一凤并一龙,相将到蜀中。才到半路里,凤死落坡东。风送雨,雨随风,隆汉兴时蜀道通,蜀道通时只有龙。"而当时"孔明在荆州,时当七夕佳节,大会众官夜宴,共说收川之事。只见正西上一星,其大如斗,从天坠下,流光四散。孔明失惊,掷杯于地,掩面哭曰:'哀哉!痛哉!'众官慌问其故。孔明曰:'吾前者算今年罡星在西方,不利于军师。天狗犯于吾军,太白临于雒城。已拜书主公,教谨防之。谁想今夕西方星坠,庞士元命必休矣!'言罢,大哭曰:'今吾主丧一臂矣!'众官皆惊,未信其言。孔明曰:'数日之内,必有消息。'是夕酒不尽欢而散。"(第六十三回)从占梦到占星,在在都是凶兆。赤壁之战中,诸葛亮的借东风就与方术中的"风角"有关。风角,以季节风的风向变换和冷暖强弱来说明阴阳两气的消长。诸葛亮身披道袍,"跣足散发",在七星坛上装神弄鬼的样子,使人想起《水浒传》里的入云龙公孙胜、混世魔王樊瑞。当然,你也可以美其名曰"军事气象学"。秋风五丈原的时候,"孔明自于帐中设香花祭物,地上分布七盏大灯,外布四十九盏小灯,内安本命灯一盏。"步罡踏斗,禳星祈祷。这种景象,不是活脱脱一个方士吗?作者的本意或许是想神化诸葛亮,结果是将诸葛亮妖魔化了。难怪鲁迅要说:"状诸葛之多智而近妖。"

下面我们看看曹操与方士的故事。从历史上看,曹操与方士们确实有交集。曹丕《典论》中说,郤俭"能辟谷,饵伏苓",甘始"善行气,老有少容"。左慈"知补导之术"。三人都是曹操的"军吏"。今人只知华佗是神医,却不知华佗是一个方士。行医只是华佗专业的一部分。曹植《辩道论》中说:

> 神仙之书,道家之言,乃言传说上为辰尾宿,岁星降下为东方朔。淮南王安诛于淮南,而谓之获道轻举。钩弋死于云阳,而谓之尸逝柩空。其为虚妄,甚矣哉!……世有方士,吾王悉所招致,甘陵有甘始,庐江有左慈,阳城有郤俭。始能行气导引,慈晓房中之术,俭善辟谷,悉号三百岁。本所以集之于魏国者,诚恐斯人之徒,挟奸宄以欺众,行妖隐以惑民,故聚而禁之也。岂复欲观神仙于瀛洲,求安期于海岛,释金辂而履云舆,弃六骥而羡飞龙哉?自家王与太子及余兄弟咸以为调笑,不信之矣。然始等知上遇之有恒,奉不过于员吏,赏不加于无功,海岛难得而游,六绂难得而佩,终不敢进虚诞之言,出非常之语。余尝试郤俭绝谷百日,躬与之寝处,行步起居自若也。夫人不食七日则死,而

俭乃如是。然不必益寿，可以疗疾而不惮饥馑焉。左慈善修房内之术，差可终命，然自非有志至精，莫能行也。

曹植的这段话，信息量很大，我们不妨仔细地品味一下。首先，曹操是他儿子们的偶像，曹植对待方术的态度，间接反映了曹操的态度。曹植说："自家王与太子及余兄弟咸以为调笑，不信之矣。"明确地说明，曹操父子都不相信方士的自吹自擂。《辩道论》里的这段话，包括了多层意思：一、曹操、曹丕、曹植父子，对神仙之说并不相信。传说东方朔是岁星下凡，淮南王刘安成仙而去，纯粹瞎掰。甘始、左慈、郤俭等人，都说自己已经三百岁，显然是骗人。二、曹操确实招致了一些当时著名的方士。三、曹操招致方士的目的是怕他们借方术迷惑百姓，从中获利，造成社会的混乱，所以把他们召集一起，以便监视。免得他们在外面造谣惑众。历史上很多方士，因为"惑众"之罪被杀。春秋时西门豹扔到河里的女巫，是一个著名的例子，女巫的罪名就是惑众。《后汉书》里，提到一个闽中的方士徐登。神通广大，为人治病。"百姓神服，从者如归。章安令恶其惑众，收杀之。"《王氏见闻》里提及的五代的青城道士，也是因"惑众"而被杀。孙策杀于吉，如毛宗岗所分析的："孙策之怒，非怒于吉，怒士大夫之群然拜之也。"怒就怒在于吉的

"惑众"。"惑众"就意味着方士具备了动员民众的力量,有的就会发展成犯上作乱,这当然是不允许的。是所谓"卧榻之旁,岂容他人酣睡"。用现在的法律语言说,惑众是寻衅滋事之罪。四、方士知道曹操循名责实,犯法必究,所以"终不敢进虚诞之言,出非常之语"。方士的吹,也是要看对象的。遇到曹操这样的主,小心祸从口出,不是闹着玩的。五、这些方士并非不学无术之人,他们确实知道一些养生之类的知识。曹植亲眼看到郤俭"绝谷百日",这也不是一般人所能做到的。一般人七天不吃就快饿死了,可郤俭居然一百天不用吃饭,真是不服不行。

  我们读《三国志·魏书·华佗传》,知道曹操与华佗确实有交集。这位神医其实没有替关羽刮骨疗毒,却是常在曹操身边,做曹操的保健医生。曹操有头风病,当时没有核磁共振,不知道"头风"是偏头痛,还是大脑里长了肿瘤。曹操要求华佗常常在身边侍候,一旦犯病,华佗施以针灸,曹操就不痛了。可是,也没有彻底治愈。现在来看,若要彻底治愈,恐怕得做脑外科手术。华佗的针灸,只能算是保守疗法。有一次,华佗请假探亲,说是妻子病了。曹操多次带信让华佗回来,可华佗就是拖着。曹操是个多疑的人,就派人去核实。说是华佗妻子若是真的病重,那就算了,如果是撒谎,那就把他抓来。结果一查,华佗说谎,于是曹操大怒,将华佗关进监狱。严刑拷打之下,华佗也认了罪。一代名医，居然被曹操关死在监狱。华佗一死，曹操的病再也没人能治了。如果华佗不死，曹操或许还可以多活几年。曹操说："华佗的医学水平，能够把我的病彻底治好。可是，他故意不给我彻底治愈，以此自重。即便我不杀他，他也不会好好给我治的。"以曹操的性格，他喜欢把人往坏处想。华佗身为医者，救死扶伤，治病救人，不至于如曹操想的那样。后来曹操最喜欢的小儿子仓舒（曹冲）病了，医治无效而夭折。曹操伤心地说："我真后悔杀了华佗。华佗若在，这孩子死不了。"这就是历史上曹操与华佗之间真实的故事。可是，《三国演义》为了贯彻其拥刘反曹的主题，对史实做了改造。这种改造，把华佗说谎请假的曲折抛去，改成曹操怀疑华佗要借手术杀他："操即差人星夜请华佗入内，令诊脉视疾。佗曰：'大王头脑疼痛，因患风而起。病根在脑袋中，风涎不能出，枉服汤药，不可治疗。某有一法：先饮麻肺（沸）汤，然后用利斧砍开脑袋，取出风涎，方可除根。'操大怒曰：'汝要杀孤耶！'佗曰：'大王曾闻关公中毒箭，伤其右臂，某刮骨疗毒，关公略无惧色，今大王小可之疾，何多疑焉？'操曰：'臂痛可刮，脑袋安可砍开？汝必与关公情热，乘此机会，欲报仇耳！'呼左右拿下狱中，拷问其情。贾诩谏曰：'似此良医，世罕其匹，未可废也。'操叱曰：'此人欲乘机害我，正与吉平无异！'急令追拷。……旬日之后，华佗竟死于狱中。"（第七十八回）《三国演义》对史实的改造,更加突出了华佗医术的高明,使曹操多疑杀人的性格又一次暴露。曹操对华佗的怀疑与关羽对华佗的信任形成了前后对比。而从情节上看,也使曹操的病死显得更加合理。

《三国演义》里,讲得更加热闹的,是左慈与曹操的故事。在葛洪的《抱朴子》《神仙传》里,已经把左慈描写成一个神仙。左慈的故事有四个要点:一、左慈是一位神仙,能够变化,能够分身。二、曹操以左慈为妖道,要杀左慈。三、左慈分身、变化,戏弄曹操,曹操无可奈何。四、左慈又见刘表、孙策。三人都想杀他,却都杀不了他。接着,范晔的《后汉书·方术列传下》,将《神仙传》里的左慈故事,摘要收入。保持了上述的前三个要点。

《三国演义》继承《神仙传》里的左慈形象,从容展开,抓住一个"戏"字,大做文章。其实,左慈的出现既非情节之需要,又无助于塑造人物的思想性格。文字虽多,但艺术的效果还不如曹操与华佗的故事。当然,恰当曹操志得意满之时,插入一个左慈,可以调节一下节奏。所以毛宗岗说:"曹操当称魏王、立世子,江东请和、孙权纳贡之后,正志得意满之时也。威无不加,权无不遂,其势力足以刑人、辱人、屠人、族人,而忽遇一无可奈何之左慈,刑之不得,辱之不得,屠之、族之亦不得,而于是奸雄之威丧,奸雄之权沮,奸雄之势诎,奸雄之力尽矣。"第六十八回讲完

"左慈掷杯戏曹操",第六十九回紧接着又递入一个半仙似的人物管辂。有关管辂的文字,几乎是从《三国志·魏书·管辂传》照抄而来。神仙的介入,荒诞的色彩,冲淡了《三国演义》作为历史小说的真实感,给人一种"戏不够,神仙凑"的感觉。孙策之遇于吉,亦可如此去看。正如现在的某些影视作品,出现"戏不够,武打凑"的情况。"占猇亭先主得仇人"一回,关羽频频显灵,读者自然会怀疑其为子虚乌有。毛宗岗注意到这一点,为之辩解道:"《三国志》本以纪人事,岂尽如《西游记》仗孙行者之神通,赖南海观音之相救乎?"意思是这么一点神话故事,不必大惊小怪,与《西游记》相比,不值一提。毛宗岗深知,神怪色彩一浓,必然有损于《三国演义》历史小说的品格:"使尽赖鬼谋,何以见人谋之善?使尽仗仙力,何以见人力之奇哉?"结论是:"不可无一,不容有二"。

什么藤结什么瓜

几千年的中国社会，是宗法社会。宗法社会就必然要序家谱、明辈分，讲门第、论出身、重血统。封建王朝覆灭以后，封建的宗法观念并没有随之而销声匿迹。革命一来，卑贱者革了高贵者的命，被奴役者革了奴役者的命；可是，经历了一场社会大变动，社会地位转换以后，古老的血统论和阶级分析法相结合，产生出一种按照出身来考察人的政治立场的制度和方法。流行的说法是："什么藤结什么瓜，什么阶级说什么话。"后一句话没有问题，前一句话却很值得玩味。原来人的政治立场，决定于他的出身，犹如藤决定了瓜一样。毒藤上结的必然是毒瓜，好藤上结的就是好瓜，道理就这么简单。真理往往是朴素的，这种制度和方法极具可操作性。按照这种简便易行的阶级分析方法，全体中国人按照出身，从政治上被分成了三六九等。譬如说，农村的人可以分成雇农、贫农、下中农、中农、富裕中农、富农、小地主、地主、大地主。他们的子女就继承了父辈、祖父辈的这笔无形的"遗产"。很显然，这种公民生而不能平等的理论难免有简单化的嫌疑；于是，又有"重成分，不唯成分，重在表现""出身不由己，道路可选择"的弥缝之说。从实际的情况来看，"唯成分论"占据了统治的地位，而"不唯成分论"则处于辅助的地位。

曾经有一个时期，出身的重要性达到了现在的年轻人难以想象的地步。可以毫不夸张地说，出身问题关系到全中国每一个人的婚姻和前程。唯其如此，看人必定先看他的成分。其实，中国人对出身的高度重视在《三国演义》中已经有充分的证明。

刘备并没有挟天子以令诸侯的实力和号召力。他自小"贩履织席为业"，在逐鹿中原的群雄中，刘备是名副其实的草根，他的实际社会地位是最低的，也没有可以利用的社会资源，他的雄心与他的实力非常地不相称。据说刘备是"中山靖王刘胜之后"，虽然正史也承认这一点，其实没有太大的实际意义。要知道从刘胜到刘备已经过了三四百年。诸葛亮在著名的"隆中对"里提到："将军既帝室之胄，信义著于四海"，承认刘备是汉朝宗室。这无非是"龙生龙，凤生凤，老鼠生儿会打洞"，阿Q所谓"我们先前——比你阔的多了"，赵太爷所谓"你哪里配姓赵"，都是同样的无聊。裴松之在他给《三国志·蜀书·先主传》所作的注里，就曾经很客气地对刘备的光荣出身表示过一点怀疑："臣松之以为先主虽云出自孝景，而世数悠远，昭穆难明，既绍汉祚，不知以何帝为元祖以立亲庙。"宋人司马光也对此表示慎重的态度："昭烈之于汉，虽云中山靖王之后，而族属疏远，不能纪其世数名位……是非难辨，故不敢以光武及晋元帝为比，使得绍汉氏之遗统也。"（《资治通鉴》卷六十九）血统论在中国的老百姓中很有市场，历代的农民起义都要抓一个宗室子弟来做旗帜，以号召民众。秦末的农民起义，诈称公子扶苏未死，奉为旗帜。项羽则找到了楚怀王的一个孙子，来号召民众，是所谓义帝。西汉末年的绿林军，立西汉的远支皇族刘玄为帝，年号更始。刘备利用传说中的宗室身份，作为自己的政治资本。当然，刘备的崛起主要是靠自己的艰苦奋斗，靠正确的战略，那种有名无实的宗室身份起不了太大的作用。我们只要看刘表、刘璋这些比刘备更加货真价实的宗室都没有取得成功，看明末的宗室桂王、福王、唐王、鲁王，一个跟一个地覆灭，他们是那样的不堪一击，也就不难明白其中的道理。但是，这点资本用得好，也能起点作用，总比没有好。《三国演义》的倾向是拥刘反曹，所以就极力地来夸大刘备的宗室血统。连徐庶的母亲都知道刘备的宗室身份："吾久闻玄德乃中山靖王之后，孝景皇帝阁下之孙。"（第三十六回）我们看小说里的刘备，不管和谁第一次见面，几乎都要把自己的宗室身份标榜一番：

>（见到张飞）玄德曰："我本汉室宗亲，姓刘，名备。今闻黄巾倡乱，有志欲破贼安民；恨力不能，故长叹耳。"（第一回）

>玄德说起宗派，刘焉大喜，遂认玄德为侄。（第一回）

>（刘）恢见玄德乃汉室宗亲，留匿在家不题。（第二回）

>玄德离席再拜曰："刘备虽汉朝苗裔，功微德薄，为平原相犹恐不称职。……"

遇见那个不起眼的督邮，刘备也要表白自己"乃中山靖王之后"。刘备一顾茅庐时，向应门的童子自我介绍说："汉左将军、宜城亭侯、领豫州牧、皇叔刘备，特来拜见先生。"没有忘记自己的"皇叔"身份。他给诸葛亮的留言上也特意表明："窃念备汉朝苗裔，滥叨名爵。"虽然是"滥叨名爵"，但"汉朝苗裔"不"滥"。他的自我介绍，就好比现在有的人在名片上列出一大堆令人眼花缭乱的头衔，让人目不暇接，"美不胜收"。童子回答刘备："我记不得许多名字。"（第三十七回）等于是对刘备的揶揄和讽刺。刘备遇见汉献帝时，就更有必要把出身说清楚了："臣乃中山靖王之后，孝景皇帝阁下玄孙，刘雄之孙，刘弘之子也。"献帝立刻"教取宗族世谱检看"。宗正卿一读："孝景皇帝生十四子。第七子乃中山靖王刘胜。胜生陆城亭侯刘贞。贞生沛侯刘昂。昂生漳侯刘禄。禄生沂水侯刘恋。恋生钦阳侯刘英。英生安国侯刘建。建生广陵侯刘哀。哀生胶水侯刘宪。宪生祖邑侯刘舒。舒生祁阳侯刘谊。谊生原泽侯刘必。必生颍川侯刘达。达生丰灵侯刘不疑。不疑生济川侯刘惠。惠生东郡范令刘雄。雄生刘弘。弘不仕。刘备乃刘弘之子也。"（第二十回）真所谓文献具在，言之有据。至此，刘备的皇叔身份得到了最权威的确认。元代至治年间刊刻的《三国志平话》甚至写道："献帝见先主面如满月，两耳垂肩，貌类似汉景帝。"好像献帝见过三百多年前的汉景帝！其实，《史记》《汉书》并没有一字提到景帝的长相。再说，传了这么多代，居然面貌还会相似！这基因的作用真是太强大了。后来刘备称汉中王乃至登基称帝，这个皇叔的身份还是很有用的。具有讽刺意味的是，刘备自封汉中王时给汉献帝所上的奏表中却是没有理直气壮地说自己是"中山靖王之后"。可见还是底气不足。此表直接从《三国志·蜀书·先主传》上抄来，文字相差无几，其中写道：

> 在昔《虞书》，敦叙九族，庶明励翼；帝王相传，此道不废。周监二代，并建诸姬，实赖晋、郑夹辅之

力；高祖龙兴，尊王子弟，大启九国，卒斩诸吕，以安大宗。（第七十三回）

这是在羞羞答答地暗示自己的宗室身份。可惜，刘备只知道"大启九国"，不知道还有"七国之乱"。宗室强大未必就好。建文帝就是被燕王朱棣推翻的。康熙的晚年，深为嗣位问题所苦恼。归根到底，就是因为宗室强大，尾大不掉，所以才使得嗣位问题变得那么棘手。

当然，并不是所有的人都承认刘备那个疑似的皇叔身份。袁术就骂刘备："织席编屦小辈，安敢轻我！"（第二十一回）"汝乃织席编屦之夫，今辄占据大郡，与诸侯同列；吾正欲伐汝，汝却反欲图我！深为可恨！"袁术的部将纪灵骂刘备："刘备村夫，安敢侵吾境界！"（第十四回）不承认刘备的高贵血统。刘备称汉中王，曹操闻讯大怒，大骂刘备："织席小儿，安敢如此？吾誓灭之！"（第七十三回）此时他又不说："今天下英雄，惟使君与操耳！"也忘掉了他不拘一格的人才政策。诸葛亮舌战群儒的时候，东吴方面的陆绩就对刘备的出身表示怀疑："曹操虽挟天子以令诸侯，犹是相国曹参之后。刘豫州虽云中山靖王苗裔，却无可稽考，眼见只是织席贩屦之夫耳，何足与曹操抗衡哉！"诸葛亮的反驳也非常有意思："曹操既为曹相国之后，则世为汉臣矣。今乃专权肆横，欺凌君父，是不惟无君，亦且蔑祖；

不惟汉室之乱臣，亦曹氏之贼子也。刘豫州堂堂帝胄，当今皇帝按谱赐爵，何云'无可稽考'？且高祖起身亭长，而终有天下；织席贩屦，又何足为辱乎？"（第四十三回）诸葛亮首先针对曹操的情况，提出要"重在表现"，出身虽好，表现不好，也不足道。其次指出刘备的血统有权威性的证据，无可怀疑。三是以汉朝的开国皇帝为例，说明出身贫穷者，未必不能拥有天下。看诸葛亮的意思，退一万步说，即便刘备的出身有问题，那也没关系。汉高祖的出身也并不显赫。正如那《西厢记》中红娘痛斥郑恒："你道是官人则合做官人，信口喷，不本分。你道穷民到老是穷民，却不道'将相出寒门'！"陈胜、吴广早就喊出"王侯将相，宁有种乎"的响亮口号。由此可见，唯成分论和不唯成分论的斗争是古来就有。从诸葛亮的出身来说，他不应该支持唯成分论。我们看元代的《三国志平话》，诸葛亮被曹操、夏侯惇、张郃骂作"村夫"，周瑜嘲笑诸葛亮"出身低微，元是庄农"。刘备集团内部，也有类似的声音。张飞早先的时候，即辱骂诸葛亮是"牧牛村夫"。直到《三国演义》，曹操还骂诸葛亮为"诸葛村夫"。在三顾茅庐以前，张飞称诸葛亮为村夫："量此村夫，何足为大贤！"（第三十八回）在明清的戏曲中，张飞多次地辱骂诸葛亮是"村夫""村牛""农叟"："兀那村夫，你听者，则这张飞情性强，我忙捻丈八枪，你若不随哥哥去，将火来，我烧了你这卧龙岗。若不是俺两个哥哥在此，我则一枪搠杀你这个村夫，你无道理，无廉耻，无上下，失尊卑也。""到今日，反拜村夫为了军师参谋，倒使参商卯酉……他本是卧龙岗一农叟，我是个大丈夫，怎落在他人后。他是个耕田锄地一村牛，怎比我开疆辟土金精兽。"（《群音类选·气张飞杂剧》）"谁知那村夫好不知进退，镇日间谭天论地，讲长道短。"（《大明天下春·三国志》）诸葛亮也自称"耕夫"。可见诸葛亮的出身并不高贵。刘备集团的人都很注意确认刘备的皇叔名分。吕布称刘备为贤弟，张飞立刻驳斥吕布："我哥哥是金枝玉叶，你是何等人，敢称我哥哥为贤弟！"（第十三回）可惜张飞这样爽快之人，亦未能免俗。

毛宗岗极力地为刘备争正统，所以他在评点中也尽量地强调刘备的血统："百忙中忽入刘、曹二小传，一则自幼便大，一则自幼便奸。一则中山靖王之后，一则中常侍之养孙。低昂已判矣。后人犹有以魏为正统，而书'蜀兵入寇'者，何哉？"其实，毛宗岗也是实用主义、双重标准，刘表、刘璋是正经宗室，他又不说人家是正统了。毛批对刘表没有什么好话，无非是"徒有其表""儿女态""优柔不断""以虚名自爱，文而无用。虽胄美三公，名高八俊，亦何益哉"。对刘璋则挖苦道："忠厚为无用之别名，非忠厚之无用，忠厚而不精明之为无用也。刘璋失岂在仁，失在仁而不智耳。"毛宗岗又为宗室刘备的沦落贫困而不满于汉武帝的削藩政策："汉武用主父偃计，削弱宗藩，以致光武起于田间，昭烈起于织席，可胜叹哉！"

出身不好就是毛病。陈琳给袁绍起草声讨曹操的檄文，其中一大段内容就是拼命挖苦曹操的出身：

> 司空曹操，祖父中常侍腾，与左悺、徐璜，并作妖孽，饕餮放横，伤化虐民；父嵩，乞匄携养，因赃假位，舆金辇璧，输货权门，窃盗鼎司，倾覆重器。操赘阉遗丑，本无懿德；僄狡锋协，好乱乐祸。（第二十二回）

从曹腾骂到曹操，骂他祖孙三代，脏言污语，骂得狗血喷头。难怪曹操听了，吓出一身冷汗。原来，曹操的出身并不光彩。祖父曹腾是桓帝时宦官集团的头面人物，而宦官正是当时民众痛恨的对象。东汉自顺帝以后，允许宦官养子以袭爵，于是，曹腾就有了养子曹嵩，也就是曹操的父亲。曹嵩出钱一万万，买了一个太尉的官。曹嵩是曹腾本家那儿继承过来，还是从夏侯氏那边过来，人们弄不清楚，所以陈琳的檄文中说他"乞匄携养"。史书上也说"莫能审其生出本末"。后来，陈琳投靠曹操，曹操虽然既往不咎，也责备陈琳："卿昔为本初移书，但可罪状孤而已，恶恶止其身，何乃上及父祖邪？"《三国志·魏书·陈琳传》意思是说，你骂我，我没意见，各为其主嘛；你怎么骂我祖宗三代。具有讽刺意味的是，公孙瓒与袁绍反目，表称袁绍的十大罪状，见于《三国志·魏书·公孙瓒传》裴注所引的《典略》，十大罪状之九就是讥笑袁绍的出身："《春秋》之义，子以母贵。绍母亲为婢使，绍实微贱，不可以为人后，以义不宜，乃据丰隆之重任，悉污王爵，损辱袁宗。"意思是说，袁绍的出身也不怎么样，你有什么资格担任讨董联军的领袖？打铁还得自身硬嘛。陈琳的讨曹檄文又使人想起唐人骆宾王的讨武檄文。无独有偶，骆宾王也攻击武则天"地实寒微"——武则天的祖辈并不显赫，父亲武士彟经商起家，随李渊起兵而发达。当然，曹操本是豁达爱才之人，没有计较以前的老账。陈琳是当时著名的才子，后人将其与王粲等人并称为"建安七子"。陈琳不仅有文才，亦有政治眼光。袁绍劝何进召外兵以诛宦官，陈琳指为失策："不可！俗云'掩目而捕燕雀'，是自欺也。微物尚不可欺以得志，况国家大事乎？今将军仗皇威，掌兵要，龙骧虎步，高下在心，若欲诛宦官，如鼓洪炉燎毛发耳。但当速发雷霆，行权立断，则天人顺之。却反外檄大臣，临犯京阙。英雄聚会，各怀一心，所谓倒持干戈，授人以柄，功必不成，反生乱矣。"（第二回）后来事态的发展，不幸为陈琳言中。由此可见，陈琳确实是人才。

曹操的出身使他天然地反对唯成分论。我们看他的用人，果然是不分贵贱。曹魏的谋士中固然颇多大族中的翘楚，武将中却有很多来自庶族寒门的人物。曹操的用人，完全不顾出身的贵贱，这是他比袁绍高明的地方。当然，出身对人的思想性格会有一定的影响。曹操那种酷虐变诈的性格和他出身宦官世家当有一定的关系。

袁绍门第显赫，他家四世三公，"树恩四世，门生故吏遍于天下"。可见袁绍不但是出身好，而且有广泛的社会联系可以利用。董卓也是顾虑袁氏的社会影响，生怕袁绍"收豪杰以聚徒众，英雄因之而起"（第四回），则天下非董卓所有矣。所以封袁绍为渤海太守来安抚他。讨伐董卓时，袁绍之所以能够一呼百应，应者云集，成为各路诸侯的盟主，就是凭借这个条件。曹操也不得不说："袁本初四世三公，门多故吏，汉朝名相之裔，可为盟主。"（第五回）名门望族的潜在势力使很多人望而生畏。后来的官渡之战，未决胜负之前，许昌和曹军中的许多人都在与袁绍暗中勾结，为自己留后路，也是这个道理。袁氏以门第傲人，这是人才逐渐离他而去的一个重要原因。曹魏方面的荀彧、荀攸、许攸，刘备方面的赵云，都是从袁绍那儿走的。犹如韩信、英布、彭越之弃项羽而奔刘邦。荀彧本是士族中的佼佼者，可是他却离开同是士族的袁绍而投奔出身宦官的曹操，曹操人才政策的成功由此可见。